公元787年,唐封疆大吏马总集诸子精华,编著成《意林》一书6卷,流传至今
意林:始于公元787年,距今1200余年

意林®轻文库

轻小说 青春最美,梦想出发
中国式优质轻小说第一品牌

第二继承人 上

DI-ER JICHENGREN

福小福 著 / FU XIAOFU

吉林摄影出版社
·长春·

图书在版编目（CIP）数据

第二继承人. 上 / 福小福著. -- 长春：吉林摄影出版社, 2015.10
（意林·轻小说. 恋之水晶系列；12）
ISBN 978-7-5498-2417-5

Ⅰ.①第… Ⅱ.①福… Ⅲ.①长篇小说 – 中国 – 当代Ⅳ.①I247.5

中国版本图书馆CIP数据核字(2015)第230018号

第二继承人 上
Di-er Jichengren Shang

著　　　者	福小福
出 版 人	孙洪军
总 策 划	安　雅　张　星
责任编辑	施　岚　胡晓路
图书统筹	流　木
特约编辑	李佳勍
绘　　图	Tendy
书籍装帧	胡静梅
美术编辑	张云丽
作家经纪部	卢晓凤
开　　本	700mm×1000mm　1/16
字　　数	300千字
印　　张	16
版　　次	2015年10月第1版
印　　次	2018年1月第3次印刷

出　　版	吉林摄影出版社
发　　行	吉林摄影出版社
地　　址	长春市泰来街1825号
	邮编：130062
电　　话	总编办：0431-86012616
	发行科：0431-86012602
网　　址	www.jlsycbs.net
经　　销	全国各地新华书店
印　　刷	北京嘉业印刷厂

书　　号	ISBN 978-7-5498-2417-5	定价：25.00元

版权所有　侵权必究

如发现印装质量问题，请与印务部联系退换，电话：010-51908584

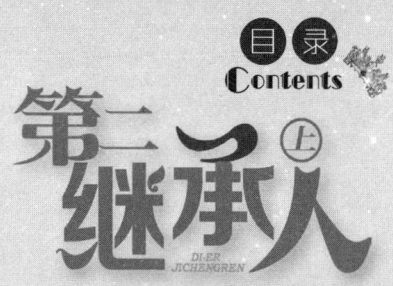

目录 Contents

- 001 / 楔 子
- 003 / 第一章　我是完美的化身
- 011 / 第二章　救来的孽缘
- 019 / 第三章　黑椒牛柳意面
- 027 / 第四章　凤凰与鸟的区别
- 033 / 第五章　故意或自愿
- 041 / 第六章　冲撞的后果
- 049 / 第七章　意外落海
- 067 / 第八章　我原谅你
- 095 / 第九章　命运的嘲弄

目录 Contents

- **111** / 第十章　聚散终有时
- **125** / 第十一章　最后的晚餐
- **137** / 第十二章　相逢已是陌路
- **147** / 第十三章　他从天而降
- **165** / 第十四章　在能爱的时候说爱你
- **181** / 第十五章　我们的未来
- **195** / 第十六章　这次是我先到
- **213** / 第十七章　幸福的方向
- **231** / 第十八章　新生

楔 子

"混账!你真的要为了那所谓的情爱让李氏家族陷入危机吗?"

李钟敏垂下眼,面容苍白如玉:"在我夜夜被噩梦控制的时候,我曾多么痛恨这个世界,但今天,您不知道我有多么感激……"

他顿了顿,抬眼望向对方苍老的面庞:"爸爸,我会阻止她,会救下她,否则,岂不辜负了上苍对我的一番美意?"

说完,李钟敏转过身,大步奔向阳光刺目的地方,轮廓渐渐模糊了。

踏着记忆中的血腥、尖叫、挣扎、茫然,他毅然决然地走往能带给他幸福的方向。

第一章

我是完美的化身

2014年冬，清远。

"求求你，再给我一次机会，英焕，我知错了……"身着上一季香奈儿最流行的黑色风衣的美丽女孩哭得上气不接下气，特意做过的粉色水钻指甲紧紧抓着旁边男孩的衣服哀求道。

而男生俊美英挺的脸上却是一片漠然，道："走开。"

不必他说第二次，两个跟班的男生早已冲上去，一左一右毫不留情地将女孩的手从英焕军绿色的大衣袖上扯下。

女孩哭泣着还想扑过去，随即被跟班一把推开。

"别这么不要脸行不行？没听到我们英焕说让你走吗？"男孩没好气地嚷道。

原英焕无意于身后的闹剧，一手插兜朝前走去，只听到后面女生凄厉地大喊："英焕！"而后，便是"咚"的一声闷响。

他下意识停住，缓缓回转过身——尹恩秀，也曾名动校园的学生主播，竟在人来人往的走廊就这么对他跪下了。

尹恩秀跪在他面前，双拳紧握，头压得极低，一下一下摇着头，伴随着成串掉落的泪水抽泣道："我不敢了，真的不敢了，英焕，让我回到你身边吧，没有你我不可以的……"秀丽的卷发随着她的动作从耳鬓间落下，凌乱地挡住她的脸，看起来越发可怜。

寂静。

在周围人的唏嘘声中，原英焕一步一步走了回来，轻轻推开跟班，站到了尹恩秀面前。

"没有我你不行？"原英焕伸手挑起了尹恩秀的下巴，注视着这个顶着自己女朋友名头长达半年的女孩，片刻之后，嘲讽地笑开，"是啊，当然不行，没有我你甚至连香奈儿的新一季冬装都没法换，要如何度过这寒冷的冬天呢？"他收回手，在尹恩秀泪眼蒙眬不可思议的注视下，恢复冷淡而高高在上的表情，"恩秀啊，人要明白自己到底想要什么，你若想用美丽的脸蛋儿来换锦衣玉食，没有问题，但要安守本分；你要想靠自己的美丽，得到一个对你千依百顺的男人，那也可以，就走好自己的路，别后悔。因为——后悔是没有用的。"他不再看她，自顾自向大门走去。

"啊！原少爷，原少爷……"

"英焕好帅！"

周围的女生拥挤着，呼喊着，激动地想要得到原英焕的一个注视，却无一人敢挤到他想走的路上。隐约间，他仿佛听到一个不和谐的声音响起：

Chapter 01 我是完美的化身

第一章

"这是什么样的败类奇葩啊……"

原英焕皱眉，驻足朝声音发出的左后方看去，换来的却是那个方向的女生一致的疯狂大喊，红着脸向他示爱。

应该是听错了吧？

他反感地稍往另一侧退了些，毕竟他是完美男性的化身，也是这所学校所有女生的梦中情人。

他无奈而又满足地笑笑，在跟班的簇拥下迈出大楼。

清远是南方六省经济最为发达的城市，大半个国家的顶级富豪都将集团总部设在这里。而清远精英学校，便集中了这些最有钱人的子女。可同时，也有异类存在。

"英焕啊，喝点儿饮料吧，刚才跟那个女孩废话也该口渴了吧？"江陵讨好地将汽水罐递给饮料区内戴着墨镜、闲坐在竹椅上晒太阳的英焕。

英焕觉得可有可无地接过来，拿在手里转了个圈。

张希德也凑到竹椅另一边巴结道："我们英焕根本就是王子，需要真正的公主来配，而不是尹恩秀那种小门户官员女冒充的上等货色。"

"就是！"江陵应和。

英焕戴着墨镜的脸看不清表情，只是一侧的嘴角微微勾起，手里转着饮料，好像心情不坏。

张希德见状更加兴起，再接再厉道："这所学校本就该盛满珠玉，不够档次的穷人和只会学习的穷人都是混进来的玻璃珠，英焕，你什么时候向董事长提意见，将那些玻璃珠统统踢出学校，那样这里的空气才真正清新了呢。"

"呵呵……"英焕低笑，随手将手里的饮料抛给张希德，"说得好，给你了。"说着，修长的身体一跃而起，朝不远处的球馆走去。

"哦，谢谢英焕！"张希德激动得脸都红了，对着英焕的背影连连道谢，然后想都不想地便拉开了易拉罐环。"砰"的一声，被摇晃了半天的汽水如喷泉般迸溅而出，生生喷了张希德满头满脸！

"哈哈哈哈哈！"英焕回过头，恶作剧得逞地大笑起来。

张希德的面孔扭曲了片刻，很快也跟着干笑起来，将饮料随手丢到地上，一边用衣袖擦着脸上粉色的芬达，一边走过去道："英焕，你真是爱开玩笑啊，哈哈，这个太有意思了……"

英焕不屑地轻哼一声，张希德和江陵紧跟在他身后，百般献媚，三个人渐渐走远。

一个穿着橘黄色服务生制服的女生走到竹椅旁,头痛地盯着满地的饮料汁液,恼恨地冲着三个人离开的方向道:"这些家伙简直跟害虫一样讨厌,呀,都快下班了,真是……"她一边骂着,一边不得已地回店里去拿拖把。

英焕模糊地听到了些刺耳的话,不悦地回过头,逆光却睁不开眼,只隐约地看到一个服务生大婶儿的后背轮廓。

"呵,"他冷笑一声,只觉得连过去教训一下那不知天高地厚的大婶儿的兴趣都没有,嘴里仿佛自言自语一样,"玻璃珠子有什么可怕的,真正令人讨厌的是无孔不入但又让你连踢一脚都觉得麻烦的烂石头。"

"啊?英焕,你说什么?"江陵没听清楚。

"没事,"英焕冷淡道,"去打球了。"

"好了,姑娘们,今天辛苦你们了,快来取你们的报酬吧。"

距离正常下班时间足足过去四十分钟后,BK饮料区的老板娘才姗姗来迟,笑容满面地递上今天的工资。

夏媛宸接过钱时脸色只是淡淡的,并不吭声,而旁边那个一起与她做工的女孩却忍不住道:"我说徐姐,您的表是不是该换电池了?怎么总是比我们的慢许多?"

"哎呀,你这个臭丫头!竟然敢调侃我!"被称作徐姐的人嗤笑一声,并不正面回答,反倒不阴不阳道,"年纪轻轻有手有脚的,多做一会儿累不死的,记得把餐牌也擦干净再走。"

"你!"那女孩还想争辩,被媛宸一把拉住。

"算了。"媛宸低头看看手里的钱,攥紧手,对身旁的伙伴摇摇头。

徐姐冷哼一声,扬长进屋。

女生瞪着徐姐的背影对着空气踢了几脚,甩开媛宸的手愤愤道:"喂,我说你怎么变成哑巴了?平时的机灵劲儿哪儿去了?就这么由着她占咱们便宜吗?"

媛宸无奈地翻了个大白眼:"姐姐,咱们不吃亏能怎么办?我还要靠她拿第二天的早餐钱呢。除了学校,我们还能去哪里打工?"

"……"女孩被她的话噎了一下,随即又挺挺胸膛道,"为什么没有?外面的咖啡馆、饭店满街都是,难道还会饿死我们?"

"呵——"媛宸笑了下,最后搬起一把椅子放回集中区,低声道,"要去你去,我可不想整天在工商巡查时被老板轰着藏到衣柜里。万能的未成年人保护法啊……"

"……"

Chapter 01 我是完美的化身

第一章

"呀！"当媛宸从放空状态中回过神儿来，那前辈学姐竟早已走得无影无踪，她气得狠狠扔下抹布，"怎么这样！餐牌还没擦，自己就先溜了！"

"喂，记得把外头的事做完再走。"徐姐从里面探出头来警告道。

"知道了，知道了。"媛宸咬咬唇，加快动作。

"媛宸啊，又被徐大婶儿扣住加班了吗？"食堂的大姐看她一路气喘吁吁地跑过来不由得招呼道。

"嗯。"媛宸准点迈进了食堂大门，两手扶着膝盖喘了几口粗气，可怜巴巴道，"可不是，忙到现在连口饭都不给吃，真是黄世仁呢。"

"哈哈哈，放心，我们可不是黄世仁。"大姐爽朗地笑起来，随手从门口商店的笼屉里拿出一个包子，塞给媛宸道，"给！吃了再干！"

"不不，这怎么好意思！"媛宸赶紧摆手拒绝，"我已经吃了您好几次东西了，您又不肯收我钱……"

"嗨，说什么钱呢，我知道你在这所学校有多不容易，小小年纪天天打工赚生活费，而那些孩子，就鲍参翅肚随便扔……唉哟，这是什么世界啊？"大姐无限同情地走开。

媛宸低下头，吃着热腾腾的食物却慢慢笑起来。

很快解决完自己的晚饭，食堂的钟表已经指向了五点，再过半个小时大量学生就要到了。媛宸费力地将一桶桶筷子塞入保温盒里，并一一试验消毒吐筷功能是否正常。就在这时，二楼的欧式雕花实木扶手边突然露出好友宋承慧焦急的脸："有没有人！快来雅间帮下忙！"

大姐立刻从收银台边跑出来，对上面喊道："怎么了？"

"刚才江陵同学打电话过来，说原少爷今天会提前过来吃饭！"

"什么？"食堂大姐大惊失色。

宋承慧急道："他们应该马上就到了！"

"媛宸，你先别管下面的事了，上去帮宋承慧的忙！"大姐当机立断道。

"可是，可是我筷子还没有放完……"她的话还没说完，就被大姐一把夺下筷子，只见大姐急得连连跺脚："我的傻姑娘！底下一百名学生没有筷子都比不上原少爷进屋没有菜严重，你就快去吧！"

媛宸深吸一口气，放下手道："您别急，我马上上去。"然后三步并作两步小跑上楼，挽住好友宋承慧的手，便一起进了包厢。

这个所谓的校内核心学生专用包房媛宸还是第一次进来，里面挂满了她无法理解、画风抽象的名家名作，暗红色系实木雕花板的背景装饰，让豪华的房间多了一份沉穆，仿佛某个古老家族的会客殿堂。然而她没有时间多作欣赏，快速穿过摆着沙发的休息区后，径自便进了配菜间。

冷菜的沙拉已经上了，只需端上去即可，红酒却需要先打开醒一下，宋承慧看着媛宸熟练的动作，颇为惊讶地感叹了一声："啊，我们媛宸居然也会这些，我第一次做时可是手忙脚乱的呢。"

媛宸一手抱着醒酒器，偏头笑道："你忘了？可没有我没去打过工的地方。"

"唉，媛宸，你真是命苦……"宋承慧感叹一声，一边从抽屉里取出精雕细琢如装饰物一般的餐巾纸盒，一边对朋友抱怨道，"你说人为什么要有贫富之分呢？咱们跟这所学校的学生不一样，这所学校的学生又跟那些所谓的少爷党不一样，你说这都是为什么？"

媛宸正在塞红酒塞的动作略略一顿，片刻之后，低着头平静笑道："我觉得也没什么区别吧，不过是有钱的浑蛋和非常有钱的浑蛋。"

"天——"宋承慧吓了一跳，紧张地四处张望，"你怎么敢这么说话？不怕那些人吃了你！"

"有什么，他们又不在。"媛宸不甚在意地扯住好友的胳膊撒娇道，"当着面不敢说，背地里抱怨两句还不行吗？反正你又不会去举报我，是不是？是不是？是不是？"她说着就去搔宋承慧的痒。

宋承慧严肃的脸再也绷不住，扑哧笑出来往旁边躲。

"行了别闹了！快收拾！"两个人很快恢复忙碌，十分钟后，终于赶在那帮人踏上二楼的前一刻将最后一份餐具摆放好。茶几上的鲜花喷上了清新的水雾，厚重的布帘拉开，只留下一层影影绰绰的浅黄色薄纱，夕阳的光线透进来，为这个过于厚重华丽的房间蒙上了一层温暖的色彩。

媛宸站在门口最后一次环视房间，确定每一个细节都没有问题了，才赶紧拉着宋承慧的手退出去。

"这边这边，快点儿！"为了避免跟那些人撞上，媛宸特意带着好友走的消防通道，离开那个布满珠玉装饰和昂贵木材的空间，来到简朴空旷微凉的通道，她才觉得总算松了口气。

"还好，不用看到他们。"

"哈，我发现你还真是不崇拜原少爷哎。"宋承慧停下，扶住好友的双肩，认真地注视着她,"我说,少爷又不是什么暴脾气,见到咱们也不会吃咱们的,你怕什么?"

"不是怕,而是见他有什么好处?给他颁个年度最佳臭屁奖吗?"媛宸笑着往前走,无限遗憾道,"在我眼里,他真没有刚才摆上桌的那盆蹄髈吸引力大。"

"我说……你真是。"宋承慧都不知道该怎么说好了,加快脚步跟了上去。

空旷的通道里响起两个人的脚步声和嬉闹声,全都顺着一扇未关严的窗户飘进了与此处一墙之隔的另一个世界。

原英焕站到楼内走廊的拐角处,嘴角微微抽动着,脸色极为难看。

而江陵跟张希德更是一副主辱臣死的样子,大怒道:"哎呀,这是哪儿来的臭丫头,居然敢说我们英焕不如一盆蹄髈!可怎么修理她好呢?"

"你不用重复了。"原英焕神情冷峻。

"啊?什么?"江陵愣了下。

原英焕扭过头,对着愚蠢的跟班一字一句道:"我听到她是怎么骂我的了,你不用重复了。"

"这……这个……"江陵一头冷汗,结结巴巴说不出话。而原英焕早已转回身,两手插兜大步走开了,眼角的余光扫过身旁的磨砂玻璃,隐约露出女孩模糊的侧影……不过是个连蹄髈都吃不起的可怜虫,他大好的时光怎允许耽误在那种人身上?

第二章
救来的孽缘

所有人都知道清远精英学校是有钱人的学校,而清远的副董事长怕人不知道,所以每年她都会组织春秋两次远游:一次乘船远渡国外,让沙滩和比基尼美女净化孩子们的心灵;一次走进原始森林,在冬日的沉寂即将覆盖大地前,跟动植物来一次亲密接触。

冰雪初融,春季游轮行即将拉开序幕。

当工作人员将成箱的昂贵食材、进口酒水等一应生活需用都搬上船后,终于到了迎接少爷和公主们的时刻。

大红色的厚重绒布地毯从登上甲板的楼梯一直往外延伸三百米,两旁有不少校方请来的重量级媒体记者,还有数位不请自来的娱记。伴着咔嚓的拍照声,以原英焕、纪秀芝等人为首的学校第一集团穿着礼服闪亮登场了。

"哎呀,这个可真是……"原英焕一手插兜往船上走,一手烦躁地扯着脖子上过紧的领结,突然正前方一名记者托着相机蹿出来,给他来了个大特写,惊得他停住了脚步,刹那间恼怒就到达了顶峰。

"给我把底片交出来。"他冷冰冰地命令道。

记者下意识地抱紧了怀里的相机。

原英焕身后的四名保镖同时站出来,一字排开,双手背后,面无表情地盯着记者。片刻之后,那记者妥协,咬着牙极为不情愿地交出相机。

一名保镖走上前,利索地取出储存卡。

当那名娱记拿回自己的相机时,眼神里明显透出怨愤。

英焕居高临下地俯视着他,脸上尽是鄙夷,语气懒懒道:"世界上我最讨厌的职业就是狗仔,没有之一。你知道上一个私自报道我跟女孩照片的狗仔在哪里吗?"一勾唇,露出几颗亮白的牙齿,那是个充满危险的笑。

"抱……抱歉。"那名娱记不自在地低下头。

同为一流财团继承人,在学校占有股份的人,纪秀芝的动静就小了许多,纪家出动了保镖、秘书、生活助理,将自家小姐围得水泄不通,记者们只影影绰绰照到了两张被挡了一半的脸而已。

"你妈到底为什么叫来这么多记者?咱们是猴子吗?嗯?要供人展览?"纪秀芝一进到船舱便没好气地摘下垂落着几根雪白鹅羽的貂绒帽,呼哧呼哧扇着风吐槽。

原英焕白了她一眼,毒舌道:"别担心,你现在的样子看起来一点儿都不像猴子,倒像吐着舌头快要热死的母河马……哎,大婶儿,大婶儿,给这位河马,哦不,纪小姐,送一杯冰芒果汁来!"他冲着服务生招招手,然后无视纪秀芝快要喷火的眼神,自顾自走了。

越来越多的天之骄子走过了红地毯，进入游轮，休息区只剩下零星几名没什么地位的学生了。

领班过来对端着酒托盘，站立在一边等待召唤的媛宸和宋承慧道："好了，我们的美少女可以上船了，这里不用看了。"

"哦……"宋承慧长吐了口气，脸上的笑容一下就垮了，将托盘放到旁边的小桌上，嘟着嘴揉着手臂，对媛宸抱怨道，"你看，多不公平，他们去走明星的红地毯，我们就要最后上船收红毯。"

媛宸笑着瞥了她一眼，过去帮她敲肩膀，安慰道："好了，别不高兴了，你不知道最后压轴的通常是大人物吗？那些先上船的都是给咱们开道去的。"

"哈哈，你啊！"宋承慧被她逗笑儿了，两个人顺势挽着手走了。

领班在负一层客舱里给所有服务人员召开了紧急会议。

她一一扫视过大家笔挺的制服，无论男女均是白色衬衣外套黑色马甲的装扮，不同的是男士打了领结，而女孩子则别了胸针。

"很好，看来大家精神面貌都不错。"她笑着点点头，又恢复了严肃，"这次咱们上船来的酒店专业服务人员、礼仪人员，还有校内勤工俭学来帮忙的同学一共八十四人。你们要记住你们的目标只有一个，就是满足四楼的客人！"她盯着每个人的眼睛，一字一顿强调道，"满足四楼客人的任何合理或不合理的要求。"

"如果我们确实做不到呢？"有人忍不住问道。

"不能做不到！"领班神色冷淡，"因为，顶楼的客人只有一个，而你们有八十四个人。"

"哦……就是那个很帅的少年吗？"一名年轻的小礼仪人员惊呼一声，柔嫩的小手捂住自己的口，"那……那要是他提出了某种特殊要求呢？"

领班笑笑，面容柔和，眼底却极快地闪过一丝鄙夷："一般情况下原少爷是不会的，但要是你们中的任何一个人真的碰上了，就请抓住机会吧。那，可能是将会改变你们一生命运的机会。"

客舱里一时沉寂下来，那一刻，媛宸能清楚地看到每个人眼底闪烁着强烈欲望的光芒。她忍不住低下头，轻轻叹了口气。

——继承者的世界里没那么多飞上枝头的麻雀，倒是常有被麻雀拉下枝头的凤凰。而凤凰常逝，高树永存。

这，才是亘古不变的道理。

"原英焕！"纪秀芝"砰"的一声踹开了房门，脚踩着八厘米的超细跟水晶高跟鞋却步履如风，飞速跨过宽敞豪华有半个小篮球场大的客厅，一进卧房就怒气冲冲地将自己的钥匙拍到桌上，"你给我解释下，这到底是怎么回事？"

"什么怎么回事？"原英焕上身只穿着小背心，原本一手垫在脑后躺着，此时也不得不坐起来，厌烦道，"你是不是女孩？就这么闯进男人的房间吗？"

"哪里有男人？我只见到一只毛还没长齐的猴子而已。"纪秀芝装模作样地左右看看，明显还在记下午的仇，再转回头来时已恢复高傲和表面的风度，"我不是来跟你说这些废话的，我告诉你，我不会跟那些暴发户一起住在二楼的。你去跟服务生说，把我调到顶层来。"

"呵——"原英焕脸上写满了痴人说梦，理都不理她，拎起自己脱下的博柏利衬衣，边穿边往外走。宽阔的肩膀，流畅的身体线条，姣好得令人心动，但纪秀芝明显没有欣赏的心情，她只见到他对自己的无视。

"你给我站住！"她大步追出去，跟着原英焕往电梯间方向走，喊道，"我跟你同属于精英学校董事会子女，都是第一财团继承人，凭什么你能独占四楼，我就得待在下面？你给我说清楚！"

原英焕抱着双肩站在电梯前，神情不耐，恰好电梯"叮咚"一声到了，他一步跨进去，正好与纪秀芝面对面，冷冷道："就因为这条游船恰好是我家的，想住进四楼的女孩只有一个去处，我的房间我的床，你要来吗？纪小姐。"

"……"纪秀芝气急，却一时说不出话来，而原英焕已面无表情地按下闭梯键。保镖想跟上来，却被他用眼神逼退。

"如果连守好我的房间都做不到，我也没必要每月支付你们数万美金了。"他用冷淡的语气说出一口流利的英语。

几名肤色各异的高大保镖齐齐低下头："对不起，先生。"

电梯门关上，外面隐隐传来纪秀芝的惊呼："放手！你们知不知道我是谁！"

……

这艘游轮一共四层，一楼为普通企业家子女居住，约二十个房间都被占满了；二楼仅有的五个豪华包厢，被五个上市公司董事长家的子女占据，当然还包括我们无辜被降级的纪小姐；三楼是宴会厅，半封闭半开放的环境，可以到甲板上吹吹海风跳跳舞；而对大多数人神秘的顶层，与其他所有人住宿都隔开的顶层，则被原英焕一人占据。这里，等级的区分表现得淋漓尽致。

原英焕迈进宴会场的时候，里面穿着礼服三三两两正低声交谈着的学生们下意识也都停下了自己在做的事。江陵跟张希德连同其他两个上市公司继承人第一时间走了过来，手里拿着鸡尾酒、果盘等，包围住原英焕。

"英焕啊，你怎么才下来？我们正说这个宴会没有你实在太寂寞了呢。"因占据较好地理位置，而最先走到原英焕面前的张希德道。

江陵马上不甘落后地递上鸡尾酒："你真不考虑让我陪你去顶楼吗？很多事我都能帮你做的，多方便。"

"有什么方便的？"原英焕一只手懒洋洋地插在米色休闲裤兜里，衬衣只系了中间一颗扣子，闲适的模样跟这个衣香鬓影、珠光宝气的宴会简直格格不入，却是这里最亮眼的存在。

"这个……这个，嘿嘿……"江陵被他的毒舌堵得说不出话来。原英焕已自顾自走开，朝冷拼区走去。

金黄色船形的餐台上摆放着满满的精致美丽的食物，英焕先取了两片火腿肉，又拿了一块蘸着鹅肝酱的烤面包，最后自己倒了一杯鲜果汁，就近找了个餐位坐下，就这么大刺刺地吃了起来。一向被用来给继承者们交流感情的宴会，对他而言仿佛不过是个普通的晚饭。

吃饱喝足后有同学接二连三过来敬酒，原英焕并不是个时刻都不给人面子的人，五六人中总会懒洋洋应付一个，只是随便喝些就因为酒类杂而有了微醺感。正当他准备回楼上休息的时候，纪秀芝火冒三丈地推开了宴会厅的大门。

她换了一身粉红色波光潋滟的小礼服，头发明显重新梳过，柔媚的妆容却跟现在的表情不太搭配。她的助理在身后一溜小跑，紧张地连连呼喊："小姐，你小心啊。"好像生怕她摔倒。

"原英焕，你给我站住！"她喊道。

原英焕缓缓转过身，双手插兜，烦躁地"啧"了一声，别过了头。

"你竟敢这么对我！你以为我是街上的阿猫阿狗吗？居然让保镖来赶我？呵呵，真是太可笑了！"

原英焕慢慢将视线对准纪秀芝，一字一顿道："想笑，你就自己在这儿笑。"然后，一脚朝后踢开凳子，绕过纪秀芝便要走。

纪秀芝人生中头一次碰到如此不给自己面子的克星，恨得咬牙切齿："站住！"

她的助理见她脸色可怕，虽然惧怕原氏家族，可还是不得不挡到了原英焕面前，硬着头皮道："请……请您等等。"

原英焕沉默地盯着眼前这几个男人，直把他们看得都低下头去。他脚未动，只身体

微微转过来，近乎嘲笑一样问："我没有看错吧？你在我的船上，拦我的路？"

"你能做的事我为什么不能做？"纪秀芝眯眯眼，愤愤道，"原英焕，你也不要太得意。原董事长现在正在参加亚太金融峰会，在丝绸新计划的推行案上，他还需要我父亲宝贵的一票呢！"

"我不需要纪家什么。"原英焕不耐烦地打断，"你现在就可以给你爸打电话，让他带着他那宝贵的一票去巴厘岛度假。原家的钱我十辈子都花不完了。"

"你……"纪秀芝被他气得脸色通红，"好，你好样儿的，不需要纪家的一切是吗？OK（好）啊，我现在就让人开快艇来接我。"

原英焕勾唇一笑，微微弯腰，右手调侃地上举，做出一个请君自便的姿势，但下一刻他的笑就垮了。只听纪秀芝继续道："但是我还要带走这艘船上所有的被子、枕套、窗帘、浴袍……"

"你凭什么？"原英焕直起身，放下手，冷着脸问。

"就凭这艘船上所有的纺织类物品都是我家赞助的啊。"纪小姐勾起一侧唇笑了，"哎呀，我忘了，还有你脚下正踩着的地毯——麻烦你跳起来一下，我要让人开始收东西了。"

原英焕低头看了看自己脚下绣工精美的欧式大地毯几秒钟，嘴里发出烦躁的咕哝声。

"说吧，你想怎么样？"他妥协。

"我要搬到顶楼去。"

"不可能，"原英焕斩钉截铁地回答，"你换一个吧。"

纪秀芝绷着脸沉默片刻："真的不行？"

"不行。"

"好吧。"纪秀芝轻笑一声，左手食指轻点下巴，好像思考的样子，右手自然地向后伸去，这时距离她最近的服务生就是夏媛宸，侍应长一个眼色，她只得无奈地端了杯鸡尾酒过去。奇怪的是纪秀芝回头看了她一眼，眸子里却闪过一道深深的厌烦，非但没接，反而朝其他方向伸出手。

侍应长立刻快步过去递了酒，同时狠狠瞪了夏媛宸一眼，压低声音喝道："你出去洗杯子！"

夏媛宸低下头便走了，没人注意到这么个小插曲。

纪秀芝接过酒，优雅地抿了一口，片刻之后就做出决定："我不能就这么让你走，太没面子了。这样吧，罚你三杯酒，我就不提换房的事了。"说着，轻轻一甩头发，美

第二章

艳不可方物。

纪家的助理很快端过来三杯色泽鲜艳的鸡尾酒,原英焕皱眉注视片刻,问:"只要我喝了,你就不再烦我了,对吧?"

纪秀芝维持着大家闺秀的姿态一笑点头,表示肯定。

原英焕冷冷地瞥了她一眼,伸手拿起,连着喝完三杯。

"可以了吧?"他放下最后一只杯子,大步出了门。背影看着一开始还极为正常,可约莫五百米后,他转了个弯,竟脸色苍白地一头栽倒在地!

媛宸抱着一盆准备去洗的脏杯子,刚从储物间出来,冷不防就有人突然倒在自己脚下,险些刹不住踩了上去!

"喂,你没事吧?"她勉强维持着平衡,抱着盆,伸脚踢踢地上看不清面容的人,"喂,醒醒啊——"

第三章
黑椒牛柳意面

"该死的,你要是死在这里我就真说不清了,哎呀……我今天到底为什么要走这条路!"耳边女孩的抱怨声朦胧而混沌,仿佛离得很近,又仿佛来自很远的地方。一只柔软的手粗鲁地将他的头抬起,然后大量不知名的呛鼻的液体被硬灌入他的嘴里。

"呕——"强烈的肥皂水气味烧得他嗓子生疼,胃里一阵涌动,他忍不住拼命呕吐起来。

"好,吐出来就对了。"女孩似乎胡乱拿过什么,在他嘴边用力擦了几下,再次往他嘴里灌起肥皂水。

原英焕从小到大没有受过这样的苦,一边吐一边被呛得咳嗽起来,眼里都激出了泪水。

"哎!你别咳啊!呛到气管就麻烦了。"有人在翻动他的身体,仿佛想让他趴下,但第一次没成功,他的身体刚歪过一点儿,就因为那人力有不逮,而"咣当"一声躺倒。原英焕痛得几乎以为自己要清醒过来了。

这个家伙,他不由得在心里暗暗骂着,到底是在救他还是害他啊!但是,还别说,就在这地狱般的催吐来回了几次后,腹腔里那要裂开一般的胀痛感竟慢慢消退下去了。

帮助他的人好像也累了,放下他坐在他旁边,呼哧呼哧喘着粗气。过了一会儿,才又慢慢来到他身边,慢慢侧托起他的头,往下面放了什么,这次的动作却很轻柔。

原英焕趴在冰冷的甲板上,身上无一处不寒凉,只有脸下面,被垫上了一条柔软且似乎经过多次洗涤的围巾,隔绝了那潮湿的触感。他喉中发出一声痛苦的咕哝,拼命地想睁开双眼,但其实不过微微动了动眼皮。一个女孩步履匆匆的背影闪过,很快地,他又陷入一片黑暗。

"醒醒,醒醒,英焕啊……"如蚊虫嗡嗡一样的声音让原英焕不胜其烦,他下意识挥了一下手,竟真的抬起来打到人了!

"英焕!你醒了?"江陵激动地一把抓住他的手,那姿态宛如对着自己最重要的情人,"医生啊!快来看看我们英焕!"

哗啦一下,医生、同学、原家保镖、助理,全都围了上来,每个人脸上都是关切忧虑的神色。

原英焕盯着头顶的天花板,头仍旧晕眩,呆了一下才反应过来自己是在三楼的医务室里,周围乌泱泱一群人闹得头疼,他干脆将头转向里侧道:"吵死了。"

原家的管家立刻过来驱散众人:"少爷已经醒了,非常感谢大家的关心,但是还请离开吧。"这位中英混血的老先生已经上了年纪,浑身上下却打理得丁点儿瑕疵都没有，宛如英国上流社会的绅士。众人都知道这位管家在原家有着很高的地位，他开口了，马上有外围的同学告别并离开。

原英焕却突然吃力地撑起身体："等等，她呢？"

"我在这里啊！"江陵马上冒出来，大白脸上洋溢着欢快的笑容。

"滚开。"原英焕嫌恶地后退，一巴掌正好拍到江陵脸上，将他推开。

"我问救我的那个丫头呢？"他伸长脖子努力朝后张望，没好气地喊道，"喂！你快给我出来，让我抓住你就死定了……"仿佛直觉地感到，那个女孩肯定不会老老实实待在这里等着邀功，她一定会跑的。

出乎意料地，就在离他几步远的地方，张希德的旁边，一名身着服务生制服的长直发女孩怯怯站出来道："是……是我。"

"哦，英焕，你找她啊？"江陵万分失望似的，伸手拽过宋承慧，"喏，就是这丫头发现你昏倒在甲板上了，幸好她还不算太傻，知道叫我们去救助。"

"是这样吗？"原英焕的目光在宋承慧身上扫过，又落回到江陵身上。

管家马上走过来，俯身轻声补充道："少爷，事实上这位小姐为您进行了紧急催吐，否则依照您对牛奶的过敏程度，现在可能都需要回程去医院治疗了。"他看了一眼宋承慧，几乎可以预见到这个姑娘光明的未来了。在原家待了二十年，他很清楚这位原家独子的脾气——桀骜不驯，却又恩怨分明。

"是这样吗？"原英焕依旧轻声问着。

管家好像听出了主人的怀疑，偏过头，微微眯了眯眼。

宋承慧愣住，下一瞬眼眶里就涌上了大滴大滴的泪水，她抱紧手里的粉色毛线围巾，鞠了一个九十度的躬，声音里带着哭腔："对……对不起，我不打扰您休息了……"说着，扭头便要跑出去。粉红色的围巾一头掉到了地上，随着她的步伐拖着地面。原英焕的目光在那抹熟悉的颜色上停顿了片刻，突然扬声开口："喂，如果没什么事的话，就留在这儿吧。"

宋承慧不可思议地回过头，训练有素的原家下人则已经动起来，一个轻手轻脚地过去扶住她，一个迅速为她搬来宽敞奢华的实木雕刻椅，放在原英焕的床旁边。

宋承慧在所有人艳羡的注视下迟疑着坐下，原英焕甚至吩咐人给她倒了杯热饮。在场的人不约而同地沉默，大家都知道，虽然眼前这个叫宋承慧的女孩子仍旧穿着服务生制服，可她的地位已经在在场绝大多数人之上了。这实在让人着迷，让人无法抗拒。

"混账,你想害死纪家上下是不是!"纪秀芝面如寒霜,大步回到自己房内,一进屋就示意所有人都出去,而后,一巴掌狠狠地甩到自己的小助理脸上。

助理的脸马上红肿起来,她伸手捂住,维持着刚刚被打过的姿势,眼泪扑簌扑簌往下落,却一声都不敢吭。

纪秀芝瞧着她的样子冷笑一下:"怎么?还觉得委屈?你们这些下等人为什么就不能安守本分,非要贪图不属于你们的东西呢?"

"小姐,我没有……"助理鼓足勇气含泪道,"我……我只是怕原少爷酒喝得太多会身体不适,到时先生会责备您的……"

"哟,倒成一心为我好了?"纪秀芝一手扶着腰,扭过头气急反笑,"瑟琳娜,你那点儿小心思我一清二楚,我早就知道你惦记着Vincent原了,你以为偷偷把一杯高度数威士忌换成椰奶酒他就会注意到你并喜欢上你吗?错!你大错特错!我跟他从小一起长大,我知道他从来不肯喝牛奶,却不知道他为什么不肯,但托你的福,我今天终于知道了。"她停住,在助理骤然惨白了的脸色下,用冰冷漠然的语气一字字道,"因为他对牛奶有严重的过敏反应,一不小心就会死的。你说,如果他发现是你把他害成这样,他会怎么对付你?"

"……"助理双眼无神,随着她的话浑身脱力地瘫倒在地。片刻之后,像从噩梦中惊醒一样大哭着跪爬过去,抓住纪秀芝的腿道:"小姐,不要……你知道我不是有心的,我不想害他的。求求你,不要说出去……"

纪秀芝冷冷地看着她的动作,眼见她从流泪到绝望,半晌后才一脚踢开她,居高临下道:"我当然不会说出去,我还怕原家以为我是同谋呢!但你这个凶手不能再留在纪家,也不可以再留在清远市了。等船一靠岸你就走吧,再也别让我看到你。"说罢,丢下她大步走向门口。

身后响起瑟琳娜沙哑急切的哀求声:"小姐!不要,再给我一次机会!我还要供养我的弟弟妹妹……"

纪秀芝白皙的指尖搭上厚实黄铜做的雕刻把手,脚步一顿,垂下眼眸,用疏离的语气对这个陪在她身边七年的女孩道:"记住,乌鸦永远变不成凤凰。你是,那个房间里的蠢女孩亦如是。你们能选择的,不过是当一只过得稍好点儿的乌鸦,或者悲惨不幸的乌鸦而已。这,是我对你最后的忠告。"而后,头也不回地离去。

"喂,那个是用来泡手的。"原家的下人按照惯例,在宋承慧预备开始为原英焕泡茶时,递上了一玻璃盅的香草玫瑰水。原英焕看她在迟疑了几秒后,竟把那小碗朝自己

第三章 黑椒牛柳意面

嘴边递过来，忍不住扯了扯嘴角，皱眉提醒道。

宋承慧的脸登时通红，立刻收回手将碗放到一边，起身连连鞠躬道歉："对不起，对不起。"

"……"原英焕的眉毛烦躁地纠在一起，抱肩瞅着眼前这个不停跟自己道歉的女孩，越看越觉得她和记忆中的感觉不一样。如果是那个丫头……

"你可真是死沉死沉的啊！天啊，谁能给我个千斤顶……"回忆中的女孩气喘吁吁地抬起他，在他耳边骂道。

原英焕的唇边忍不住露出一点儿笑，随即又立刻换上恼恨的表情，呵，那个毫不温柔的女子。若真换成当时的她，此刻会把那碗香汤硬灌到自己嘴里也说不定。

"你不要这么紧张，我又不会吃了你。"他对宋承慧道。

宋承慧勉强挤出一丝笑。

门口响起咚咚的敲门声，管家老先生走过来道："少爷，晚餐到了。"

"嗯。"原英焕无可无不可地应了一声，管家回头示意服务生进来。

宋承慧与来人的视线一碰，脸色立时一变。

夏媛宸穿着她熟悉的黑白服务生制服，表情平静，好像不认识她，也不认识这屋里的任何一个人一样，推着餐车在距离原英焕七八米远的位置站定道："您好，今天为您准备的中餐是生煎包和粤式特色小吃；西餐为三文鱼沙拉、黑椒牛柳意面，请问您需要什么？"

原英焕不喜欢陌生人靠他太近，但不包括送餐人员，事实上这种距离他连餐车一层、二层摆的是什么都看不清。他微微眯了眯眼，将目光移到那个女服务生身上："你，过来。"

那女孩仿佛怔了下，不理解地侧侧头，没动。

他不耐烦地说："你推过来点儿，我看不到。"

"哦……"那个可恶的女孩居然说，"我刚才不是给您报过菜名了？"

原英焕气急要笑："我比较想用自己的眼睛看，行不行？"他指指自己的双目。

"当然可以。"那个女孩终于推着餐车靠近了一米。明明是彬彬有礼的姿态，却让他不知为什么总觉得憋得慌，原英焕喘着气扯了扯自己的领子。

宋承慧近乎慌张地走过去挡在媛宸身前，对原英焕强笑道："英焕，你想吃什么？不用自己看啊，告诉我啊，我端给你好不好？"

原英焕深深地注视着宋承慧，半晌后才无声地一笑，带着些嘲讽似的对一边的管家道："今天可真有意思，好像大家都不想让我见到菜一样，难道是厨子们怕我偷师？"

　　他的语气并不严厉，但从小将他带到大的人已经清楚感觉到他濒临爆发的情绪。那管家的目光在屋里打了个转，近乎犀利的思维立刻判断出自己此刻应该做什么，他果断走到宋承慧身边，用恭敬却没什么商量的语气道："承慧小姐，还是不要打扰少爷用餐了吧？"

　　"我……我想在这儿陪他……"宋承慧下意识看向媛宸，万分不想让他们单独在一处。

　　原英焕终于开口："宋承慧，你就先回去休息吧，我看你今天很累了。"他的话说出来明明是关切的，可那冷淡的声音与语气无一不表露出，这个男人此刻对她没什么耐心了。

　　宋承慧终于不敢再说，嗫嚅着转身出门，短短几步路无数次回眸看向昔日的好友，那目光里盛满了哀求。

　　媛宸心下想笑，却又笑不出来。宋承慧以为她想做什么？跑过来检举揭发她吗？笑话，原家又不会给她发奖金。至于这位原大少的"垂爱"，她自认消受不起，谁爱要谁要。

　　当门被关上，媛宸敏感地注意到原英焕松了口气，有些懒散又有些空落落似的，靠坐着身后的丝绸枕头——他好像，不太想见到宋承慧？

　　事实上，媛宸的直觉完全没错，英焕确实应付着宋承慧挺累了。本来，在那迷迷糊糊的昏迷中，他感受到的都是那个女孩对他的粗暴与满不在乎，施救的动作放肆而野蛮，完全没有一点儿女性的温柔，让人真想好好教训她一顿。可是，他也分明能感觉到，那个女孩从见到他的第一刻起，就没想过丢下他不管，她用应该会让她自己疼痛的力气击打按压他的胸口催吐，她用手给他掏堵塞的呕吐物，她在救助他的时候甚至没有想过——他这么一位举足轻重，背后代表着大家族的继承人，如果在她施救后不幸去世怎么办。这个女孩的仁善与她的粗野和谐而矛盾地并存着。

　　但是，在宋承慧身上，他完全感受不到那些特质。他只能看到她对自己的讨好、害怕，以及对未来人生改变的几乎狂热的渴求——那些，都是让他已经看了十几年看到烦的东西。或许那些美好的感觉只是他的错觉吧？或许是当时的痛苦把好的感受无限放大了。原英焕深深地怀疑自己是不是做错了，他本来就不该大张旗鼓地要求见一下自己的"救命恩人"，更不该那么郑重地将她留在四楼，如今，甚至有些骑虎难下的感觉了。

　　"喂，中餐是包子吗？"他以挑剔的目光打量着盘子里的食物。

　　"是生煎包。"媛宸纠正道。

　　"没人告诉过你，和我讲话必须尊敬点儿吗？"原英焕不悦地皱眉，一副心情不好要找人发作的样子。

Chapter 03 黑椒牛柳意面
第三章

　　媛宸没兴趣当他的出气筒，深吸一口气，回身拿起了那盘包子，欠身道："真是不好意思，少爷，我的礼仪学得是不太到家，既然您已选好了午餐，我是否可以先出去？"

　　"谁说我选好了？"原英焕嗤笑了一声，"这个包子里有一股葱的味道，我不吃葱，你给我挑出来。"

　　媛宸简直想把盘子扣到这个二世祖的脑袋上，谁不知道这次带上船的厨师都来自五星级大酒店，他们会切出有零有整的葱段放到包子里？笑话，恐怕早挤成汁让你连葱末都看不到了。

　　"不然您还是吃西餐吧？"媛宸过去将盘子端回来，换上黑椒牛柳意面，努力做出诚恳的表情，"这里面一定没葱的。"

　　"哦，我不吃黑椒。"原英焕仿佛觉得有些有趣似的，跷着二郎腿，双手五指交错着，偏头看着她。

　　媛宸定定地看着他，三秒钟后笑了一下，从餐车下面直接拿出一杯柠檬水，"啪"的一声放到原英焕身前的水晶桌台上，说："您可以涮涮再吃，少——爷。"最后两个字咬得音节极重，却不能更讽刺。

　　原英焕一点儿一点儿沉下脸，与媛宸对视着。

　　最终还是媛宸服了软，她竭力平复下情绪，笑着谦恭地欠身道："抱歉，跟您开个玩笑，我现在就下去让厨师长再为您做一份午餐——不带葱的生煎包跟没有黑椒的黑椒牛柳意面，对吗？"说完话，她不等原英焕反应过来，便推着餐车快步出了门，身后很快传来"嘭"的一声响，一只男士拖鞋从墙面滑落在地。

第四章
凤凰与鸟的区别

媛宸出门后就径自朝电梯口走去,她上来时坐的是员工电梯,这会儿却不小心走到客梯来了,可是她又实在不想再从原英焕门前经过一次了,遂向守在电梯两边的两名高大的黑人保镖问道:"我可以乘坐这部电梯吗?"

那两名保镖目不斜视,动都没动,就跟完全没听到她讲话一样。

媛宸皱了皱眉,正准备再用英语问一次,就见电梯门在自己眼前缓缓打开了,出乎意料地映出了宋承慧的脸。

媛宸一愣。

宋承慧脸色难看地侧侧身体,示意让媛宸上来,媛宸垂眸推起餐车。

"餐车等下让他们推走。"宋承慧见媛宸有意将车子带上来,马上阻止道。

而刚才那两名好像听不到声音的保镖,异口同声地用干净利落的中文回答道:"是的,宋承慧小姐!"发音之标准,可以去参加普通话考试。

媛宸怔了下,忍不住觉得可笑。这算什么?别样的示威?

电梯门在眼前缓缓合上,宋承慧却始终没有按下去几楼的数字键,媛宸抬手看看表,渐渐沉不住气了。这位小姐是攀上了原英焕,压根儿不用干活儿了,她却还是计时收费的服务生呢。她一伸手,就预备按下一楼键,一只被养护得细白光莹的手却更快地挡住了按键。

"媛宸,你能原谅我吗?"只见刚刚还一脸苦大仇深的宋承慧,此刻竟已是泪水涟涟的可怜模样。

媛宸的身体下意识往后躲了躲,皱眉收回手。

"说什么原谅不原谅的,我要下去做事了,不然领班又要唠叨了。"

"我等下就给领班打电话!"宋承慧眼睛一亮,好像得到什么赎罪的机会一样立刻道,"我让领班给你派一份轻松的工作,每天只要坐在那里就好了,怎么样?"

"别了,无功不受禄。"媛宸受不了地摆手拒绝,"我在这里工作一天就拿着一天的薪水,挺公平的,承……承慧小姐,你就不要多管了。"

"你叫什么承慧小姐啊!"她委屈得仿佛下一刻就能哭出来一般,"我们不是最好的朋友吗?啊?"

媛宸头大地朝上看了眼摄像头,心说她这么哭哭啼啼的,可别叫人觉得自己在欺负她。

只见宋承慧抹着泪抓住她的手,神情悲戚:"媛宸,我知道你心里怪我,怪我抢了属于你的东西。但是我是真的喜欢原少爷,我也太需要一个像他这样的男人来解救我,解救我的家庭——为了供我读这所贵族学校,我妹妹已经退学了,我弟弟因为买不起房子被女朋友大骂，这一切都怪我，都是我的错，我想让爸爸妈妈过好一点儿的日子，媛宸，你能理解我吗？"她哭着哭着，仿佛触动了真感情，渐渐泣不成声，一点儿一点儿就要滑跪在地上。

媛宸再也忍不住，一把托住她的胳膊，努力扶着她站好："宋承慧。"

宋承慧仍在哭泣，好像根本没听到一样。

媛宸沉了沉气，用力握住她的肩膀，大声而严肃地再次道："宋承慧！"

这声喝，终于吓得宋承慧止住了泪水。

"你安静点儿听我说。我明白你很满意你现在的生活，我也很满意我现在的生活。甲之蜜糖乙之砒霜，你渴求的东西我并不想要。放心，没人跟你抢什么。"她顿了顿，对上宋承慧感激的双眸，终于没压住最后的嘱咐，"若是家里真的那么需要钱，就趁着现在多问原少爷要一些吧，至于其他的……量力而为。"毕竟，原家的大门不是那么好进的。

她一片诚意为自己曾经的朋友，奈何良言忠告浇不灭欲望的火焰。她的话，只换来宋承慧擦干眼泪后踌躇满志的誓言："媛宸，你放心吧，你对我这么好，我是绝不会忘记的。我会努力挤进那个真正的上流社会，然后把你也带进去，对了，我给你介绍英焕的朋友怎么样？他们也是真正的富家子呢。"

媛宸长叹一口气，头痛地揉揉太阳穴，婉拒道："谢谢，不用了。"

"那……我们还是朋友吗？"宋承慧眼里噙着泪，小心翼翼地问。

夏媛宸蹙眉片刻，终于还是点了点头。没想到，这一点头就彻底甩不掉了。

宋承慧不顾她的反对，坚持将她送回了后厨的备餐室，又叫来厨师长好一番威逼恐吓，得到厨师长一再保证后，才志得意满地牵着她的手出来。

"媛宸，以后你就不要干活儿了，只管好好休息吧，有我在，他们不敢再说你什么了。"

媛宸已经懒得跟她争辩，只哄着她让她赶紧走。

"对了，我跟你说的舞会的事你也上点儿心，就算暂时不想找男朋友，可多认识一些优秀的朋友也好啊，对不对？"

"对，对，你说的都对……"媛宸敷衍着，带着她往门口方向去。

宋承慧被她推得走了几步，突然回过头，定定地看着她。

"怎么了？"媛宸放下手问。

就见宋承慧咬住下唇，低低地，踌躇着问："……媛宸，你会遵守诺言吧？"

媛宸环抱双肩，似笑非笑地看着她，仿佛料到她做的、说的一切都只为这最后一句嘱托。

宋承慧的脸猛地通红，好像尴尬极了，撂下一句"先走了"，便落荒而逃。

待宋承慧的身影完全不见了，厨师长才从后厨走出来，欲言又止地望着她。

夏媛宸回头笑笑，善解人意道："您只管备餐吧，等下我会再将饭菜送上去的。"

且不说给少爷们送东西从来没有中途换服务生的先例，就冲她刚才都不小心得罪原英焕，这会儿她躲了，岂不是连累等会儿替她上楼的服务生？

那厨师长得到她的保证后松了一口气，一边回身吩咐手下人配菜，一边忍不住对媛宸碎碎念叨："小夏啊，你能明白最好，我见过的这些起起落落多了去了，贫贱朋友很少能在一方发达后还可以继续维持关系的。现在宋承慧小姐念旧情还愿意照顾你几分固然好，可你千万也要注意自己的身份，你跟她已经不一样了。谦卑一点儿，以后真有事求她帮忙时她才有可能拉你一把。"

"是的，谢谢您。"媛宸笑着欠欠身。

约莫半个小时后，餐品再次准备好了，这回厨师长还特意多备了一道芝士焗生蚝。媛宸在敲门时忍不住看了下面盖着的盘子一眼，心说真是浪费，以她做服务生的经验来看，这些带壳的生鲜多数时候都只能成为餐桌上的装饰品，很少有哪位小姐少爷愿意屈尊污手去剥它们。

"进来。"门内响起原英焕不太高兴的声音。

媛宸推开门进去。

"喂，你到底是去备菜还是去种菜了？"原英焕一边拿着金光闪闪的钢笔敲着手心，一边朝墙上的钟表指指示意，"距离你离开这个房间，已经过去一个小时零七分钟了。"

媛宸张张嘴，直觉自己应该解释点儿什么，可好像又没啥好说的，最后只能低下头笑笑，诚恳道歉："真是对不起，原少爷，下次我会注意先在屋内留下棋牌或者给您点播部电影的。"

这是说他闲得无聊？原英焕暗暗磨牙。

"别以为我不知道，你跟宋承慧在电梯里闲扯了好久吧？怎么？看她飞上枝头了心生不忿，也想做凤凰？"他刻薄道。

"原少爷说笑了。"媛宸恭敬地笑笑，微微垂下的眼睛挡住所有情绪，"万物诞生便有物种不同，我算什么呢？哪里敢与您或宋承慧小姐为伍？"

凤凰，叫得再好听，说白了不就是鸟？她放着好好的人不当，当什么鸟呢？

原英焕狐疑地打量着媛宸唇角的弧度，总觉得她笑得古怪，可奈何她的回答好像也挑不出什么错来，最后只得重重地吐了口气，粗声粗气地喊："带了什么上来还不赶紧

第四章

说！诚心耽误我用餐是不是？"

"刚才的配餐全按照您的要求去掉了您不喜欢的调料，原少爷，您看看想要用哪一个呢？"媛宸憋着气微笑地揭开一盘盘盖着银色金属扣盖的餐碟。没想到，原英焕挑剔的目光在菜上环视一周后，最终落在了厨师长新加的那道大家都以为他不会去吃的生蚝上。

"那个。"他矜贵地指指。

媛宸愣了下，迟疑地点向生蚝："您说……这个？"

"对。"原英焕挑衅似的扬扬下巴，"不行？"

"呵，您说笑了。"媛宸心里暗骂他一声"有病"，脸上却已十分恭敬得体地递过去，"只是这样就辛苦您了呢。"

"不辛苦的。"原英焕笑着拿起一把餐刀，泛着冷色调的金属餐具在他修长白皙的手指上打了个漂亮的转，把手的方向直接转到了媛宸面前，"那，就辛苦你了呢。"

原英焕把话原封不动地还给她。

媛宸不可思议地低头看了餐刀一眼，又指指自己的鼻子。

原英焕粲然一笑，露出一口白牙，肯定地点点头。

这小子是有毛病吧？媛宸的涵养快要破功，从来没见过哪家有钱人家的孩子在吃贝壳类肉的时候是有用人给剥壳取肉的，最多也是在后厨使用工具能切割得很漂亮再端上来。让自己这么拿刀磨一通，肉都烂了，他还吃得下去？

"怎么？"原英焕将餐刀又往前递了递，一脸无辜道，"你是在观察哪只生蚝上没有黑椒吗？放心吧，应该都没有的。"

"原少爷真会开玩笑。"媛宸磨着牙挤出一丝笑，缓缓伸手接过刀子，"我只是怕自己无法把食物弄美观，影响您的食欲呢。"

"没关系，我这人很好伺候的。"原英焕懒洋洋地靠到后面，以眼神示意她开始。

好个头啊……媛宸与他对视一眼，看的确没有转圜余地，只得深吸一口气，耐心地用那把并不算锋利的牛排刀去剔生蚝壳子里的肉。

"喀啦——喀啦——"刀子磨过贝壳里的声音让媛宸都忍不住皱眉，她偷看了下原英焕，看他也是一副牙酸的模样。

"停下干什么？继续啊。"原英焕敏感地察觉她在偷看，一边不适地用手揉耳朵，一边蛮横道。

真是变态啊。痛并快乐着吗？媛宸在心里暗骂，却也没办法，只得"吭哧吭哧"地花了半个多小时把所有生蚝肉剔了下来。

"少爷，请用吧。"当最后一只生蚝被丢开，媛宸重重地吐了口气道。长期保持弯腰的姿势让她的身体都僵硬了，她心里带着气，故意恶心原英焕，也不洗手，就用油腻腻的手直接抓着盘子送到了原英焕跟前的小桌上。

原英焕却连眼角的余光都没施舍给那盘凌乱的散肉，只是有些无聊似的摆摆手："好了，都拿下去吧。"

"拿……拿下去？"媛宸僵在那儿，完全没反应过来。

"是啊，这么恶心谁吃得下去啊？"原英焕却一副理所当然的模样嫌恶道。

媛宸气急要笑："那您准备用些什么餐品呢？"

"我已经吃过了啊，就在你进来前。"原英焕毫无负罪感地眨眨眼。

"那你……你让我备餐，剥生蚝……"媛宸恼得手都在抖。

"哈哈。"原英焕愉快地一笑，"不是你说我可以点播个什么视频看看吗？我已经点播完了。现在，请你把门从外面给我关上。"

媛宸的胸口剧烈起伏着，她死死地盯着原英焕几秒后，终于推起餐车大踏步出了门。

门"砰"的一声被关上，原英焕轻蔑地跷起二郎腿。像这种所谓"有骨气的穷人"，你真用权势压下她，她还觉得自己是被淫威胁迫了的烈士呢，就是这么气得她说不出话来才好。

小样，跟他斗？哼。

第五章
故意或自愿

　　游轮之行总是离不开各种各样的宴会，刚上船时，原英焕作为这艘船上最大且唯一的boss（老板），没什么兴趣搞这些花哨的东西。但是，当宋承慧开始频频出现在四楼时，管家先生觉得，似乎可以将她作为暂时的女主人推出来热闹一下了。

　　宋承慧穿着一袭红色鱼尾晚礼服，化着精致的妆容，巧笑倩兮地穿梭在来往宾客间，宛如这场宴会的主持者。而那些微低着头、步履匆匆、尽量缩小自己存在感的服务生——那些她曾经的伙伴，则被她如风偶尔吹进来的尘埃一样直接忽略了。

　　"哎呀，承慧，两天不见你好像又漂亮了许多呢，这个头发是谁给你梳的？美则美矣，但总觉得跟发卡不太配哎。"一个清远本地企业家的女儿略带着些恭维地笑道，"我那儿还有一根红宝石的簪子，造型清清爽爽很大方的，最适合你了，等散了宴会去我屋里看看好吗？"

　　"啊？那怎么好意思？"宋承慧矜持地抿嘴笑着。

　　"嗨！有什么不好意思的！"一个因房地产生意一夜暴富的孙家小姐不甘示弱地挤过来，谄媚地讨好道，"宋承慧小姐要是喜欢首饰，我家有很多呢！能为宋承慧小姐准备东西，是我们的荣幸啊——没准儿哪天就该叫您原少奶奶了呢！"

　　最先说话的刘小姐对她露骨的吹捧很反感似的，下意识皱皱眉。宋承慧被说得有些飘飘然，虽竭力控制着，脸上还是不自主地带出激动的潮红，摆手道："说这些还早着呢！"

　　"我说，原大少，你真准备把那样的女孩娶回家做太太？"纪秀芝走到宴会的角落处，斜睨着眼，给原英焕递上一杯鸡尾酒。

　　原英焕微微翻起眼皮看了她一下，手扶着额头没动，却是嘲讽地轻笑了一声："你说呢？"

　　"我？"纪秀芝挑挑眉，"我觉得不会。"

　　原英焕垂下眼，唇角勾起一点儿弧度，伸手接过酒与纪秀芝轻轻一碰。"当"的一声，浅橘色的汁液在金色的水晶灯光下摇曳，映出的是真正的有钱人对普通人发自心底的蔑视。

　　舞会渐渐进行到高潮，张希德客串的DJ（主持人）在台上扭动着对下面道："又到了最激动人心的时候，今晚我们要选出当之无愧的王子并请他邀请他的王妃跳一支舞，如何？"

　　下面的男孩女孩均发出一阵疯狂的尖叫，伴着五颜六色的闪烁灯光，这些平日包装得或娴静或优雅的小姐少爷不过是如今醉生梦死的模样。

Chapter 05 故意或自愿
第五章

头顶打下一束朦胧的金光,在大厅内打了几次转之后,不出乎意料地落到了原英焕的头顶上。

"啊!英焕——英焕——"女生们一齐大叫起来。

原英焕轻笑一声,放下酒杯,随意地懒懒站起,那漫不经心的样子又吸引来一片女生的呼喊。

"哦,王子已经站起来了,我们的王妃在哪里?"张希德装模作样地左右张望。

"这里这里!"不少人自发地将宋承慧往前推,也有少数女生喊出了纪秀芝的名字,奈何那声音太小,很快便被淹没。

看来,所有人都觉得自己和那个女孩是一对了啊。原英焕远远望了眼宋承慧,颇为无奈地想着。不过此时此刻,没有什么特别的原因,他也并不想让宋承慧当众下不来台,于是长腿一迈,便朝宋承慧走去。

宋承慧满脸通红地望着一步步走近自己的男人,他高大英俊,他多才多金,他高高在上,他能改变她的命运!心跳得犹如擂鼓一般,她简直不敢相信自己竟能如此幸运。幸好,她抓住了机会。

原英焕牵住她的手,两个人一步步走向舞池,她极其小心地配合着他的步伐,随着小步圆舞曲的节奏跳跃旋转。她知道自己的动作并不熟练优雅,可周围没有一个人敢嘲笑,反而发出阵阵赞叹。至于原英焕,仿佛也并不介意她这个舞伴跟不好他的节奏一般,始终表情淡然。

"对……对不起啊,英焕……"她鼓足勇气偷偷抬眼看了看他,小声道,"我平时没有很多时间练舞。"她的人生,早被学习与工作充满了。

头顶上,那个男人好像轻笑了一下:"没关系,以后会好的。"

以后会好的。

这可以理解为一句随意的安慰,却也可以是对未来的无上承诺。宋承慧激动得手心都在颤抖,嘴唇动了动却没说出话来,一低头,就这么扎进了原英焕的怀里。

"哦——"一群男生都起哄地大喊起来,"原少爷,亲一个!原少爷,亲一个!"

嘈杂凌乱的环境里,几乎没有人发现原英焕的耐心已经濒临告罄,还是管家眼明手快地拉扯过张希德,朝他耳语了几句,张希德仔细望了望英焕,脸色顿时一阵红一阵白,懊恼得不得了。

"好了好了!咱们今天就放原少爷一马!刚刚少爷在跳舞的时候我发现不少同学也跟着在跳哦,不如让我们看看录像?周围有华尔兹、探戈,让我们看看还有什么?"他故意卖了个关子,朝下面眨眨眼道。

众人虽不知道为什么刚才闹得最凶的人现在忽然这样了，但在座的哪个不是人精？短暂的安静过后，立刻是你好我好大家好的附和。

有人嫌大厅的录影太中规中矩，一个爱玩单反摄像的女生便自告奋勇要放自己录播的VCR（盒式磁带录像机），巨大的投影上显示出画面，女生在后台按下倒带，没想到一下倒得有点儿多，直接回到了几天前。女生正预备朝后快进，原英焕却饶有兴致地瞧着屏幕上一对男女正在吵架的样子，抬手阻止了她。仔细看那屏幕上的主角，可不就是江陵？

江陵怪叫一声："哇！这是怎么回事？快关掉！"

"开声音，放大。"原英焕却勾起嘴角，唯恐天下不乱地说。

那女生俏皮地比了个OK的手势，就将声音放到了最大，画面也推到了江陵那里。

"说！你跟她到底什么关系？"

"我都说了，我就是厌倦你了。"江陵一脸麻烦地抱肩道，"你能别这么纠缠吗？"

"你个王八蛋！好！分手就分手！有什么了不起的！"屏幕里的女主角哭着甩了江陵一巴掌，扭头就跑了。

整个宴会厅哄堂大笑，男生们都起哄地吹起口哨儿。

"偷拍，这绝对是偷拍——"江陵脸上一阵红一阵白，怒瞪着那女生道。

摄像机的主人却一点儿不怕他，美目一瞪便道："你睁大你那负心汉的眼睛看清楚，我照的明明是屋里，谁让你在窗口挨揍呢，拍到了我有什么办法？"

原英焕则直接挥挥手让他靠边，叫女生继续放，找点儿好玩儿的出来。别说，摄像机里还真记录了不少人在上船之后发生的糗事。

"对了，有没有几天前我昏迷在甲板上的镜头？"他好像忽然想起来一样问。

那女生吓了一跳，她不怕江陵，却不敢不敬畏原少爷。"少爷，您别开玩笑了，如果见到您昏倒了，我哪儿还顾得上拍什么东西啊？肯定先找人救您啊。"

原英焕点点头。

那女生却生怕他不信似的，赶紧将画面调到那天下午："您看，您昏倒的时间在晚上七八点，我那时正在船顶层甲板上透气呢，拍的都是天空。"

画面上的确是渐渐昏暗的天空。镜头取景的比例也十分好，三分之二的天，三分之一的甲板，一排木质躺椅瞧着也十分有气氛。

原英焕却看得有些无聊，直起身正预备让她往后放，动作却突然顿住，眼神蓦地凌厉了。

Chapter 05 故意或自愿
第五章

"你,后退三秒!"他忽然抬手指向屏幕,白皙的手指骨节分明,透出股冷厉。

女生不知道发生了什么事,神情有些紧张,到底听话地倒带了。大厅里也微微安静下来,大家都将注意力集中到了屏幕上,想找找到底是什么引得原英焕这么大反应。

片刻之后,一个影影绰绰的服务生的背影出现在镜头的角落里,她拿着一块抹布,好像正在擦躺椅,一偏头却看到了正在远处闭目养神的客人,赶紧退远了。然后,镜头里便看不到她了。

一时间,众人面面相觑,没人说话。虽然宋承慧只在画面里闪了一下,可她有可能在那么短的时间里,先出现在顶层打扫卫生,又到一楼救原英焕吗?

宋承慧脸色苍白地走过来,不知因为恐惧还是什么,手都有点儿抖。她将手搭到原英焕的胳膊上,战战兢兢地叫了他一声:"英焕啊,我……"

原英焕却抬手阻止了她,他的眉眼过分俊秀,倒显出很大的距离感,他淡淡道:"我已经听你说过一次了,宋承慧,这次我要自己看。"

他朝那女生使了个眼色,示意她继续放,时间一分一秒过去,镜头内又过了十五分钟,宋承慧再次在下楼梯处的出口闪现过去,此刻已经是晚上八点了。这次,基本已毋庸置疑——就算宋承慧以最快的速度下到一楼,直奔到原英焕身边,那也要到八点零三分左右。而保镖和管家是在八点零五分接到宋承慧呼救的消息,一分钟后赶到。在短短两三分钟内,宋承慧根本不可能完成医生所谓的催吐、紧急护理等事项。

她在撒谎。

宋承慧的脸上已尽失血色,眼泪大滴大滴地涌出来:"我不是故意的……不是故意的……"

原英焕几乎是饶有兴致地用手扶住下巴,轻笑着问:"哦?那你为什么要这么做呢?"他神情寡淡,带着微笑,仿佛一点儿没生气的样子,但了解他的人知道,宋承慧的欺骗已触到了他的逆鳞,此刻他表现得越云淡风轻,恐怕宋承慧的下场就越惨。

宋承慧回头看了眼身后,咬住唇,仿佛下定什么决心一样,双拳攥紧哽咽道:"对,救你的是我的朋友,但这件事跟她一点儿关系都没有,是我坚持要代替她站出来的,是我自愿的!"

这话说得十分有趣,她这样破釜沉舟的表情,一副要把所有罪责都揽在自己身上的模样,反而让人怀疑是不是另有隐情。

原英焕勾勾唇,也顺着她的意思问了出来:"啊,你自愿的?你怎么这么有勇气呢?"

宋承慧挺挺胸,眼里闪出耀目的光:"因为我相信您一定会没事的!您福大命大,

一定不会有什么后遗症的!"

原英焕微微垂下眸子,低低地吹了声口哨儿,原来是在这儿等着他呢。

管家先生站了出来,双手置于小腹上,用礼貌得近乎漠然的语气道:"宋小姐,到底救了少爷的人是谁?您也该说出来了。"

"是我。"在宋承慧的身后不远处,一个女生缓缓走出来。

"媛宸!"宋承慧回头,发出带着哭腔的一声喊,好像下一刻就要痛苦地昏过去一样,"你为什么要出来!为什么要承认!"

媛宸的回应则是一声嘲讽的笑。

原英焕勾勾手指,示意媛宸走近些,声线清冷又带些漫不经心:"喂,她说你是怕我有后遗症所以才故意躲起来,把她推出来的。"

"我听到了。"媛宸的表情一丝变化都没有,看不出喜怒。

原英焕都有些佩服她的淡定了,他伸出修长的食指轻轻点点椅子扶手:"听到了,嗯,你不想说点儿什么?"

媛宸笑笑,连一个眼角的余光都没施舍给宋承慧,只是坦然地直视着原英焕的双眼:"我觉得不需要解释什么。清远学校里的都是聪明人,能站在这里的更是聪明人中的聪明人。谁都看得出,承认自己救了您所能得到的好处远比要承担的风险大,我根本没必要勉强她替我站出来。"

"嗯,说得好。"原英焕慢慢伸出两手,轻轻拍了拍,然后换了个姿势靠向右边,问,"那你倒是说说,她是如何能在你救我之后,替你出现在大家面前的呢?或者我这么问——救了我之后,你为什么要躲起来?"最后一句话问出时,眼底已露出明显的凉意。

媛宸哑然。

原英焕笑笑,神色里带了些刻意的冷淡和高高在上:"怎么?不知道如何回答了?不如让我替你说。你救我,本来打算出来邀功的,没想到却被自己的朋友抢先了。你觉得自己再站出来没有证据,大家也先入为主认为是宋承慧救的我,不会相信你,所以你先不作声,想办法接了给我送餐的差事,引得宋承慧惊慌露出破绽,还有意和我对着干,引起我的注意。一切的一切都表明,你在欲擒故纵,我说的对吗?"

媛宸哭笑不得,几乎要为这完整的剧本拍掌叫好,可事实上她只能万分无奈道:"原少爷,如果真如你所说,我这么大费周章地到底为了什么?要想要钱,直接出来当着你的面跟宋承慧对质就是了。"

"也许你要的是更大的东西呢?"原英焕微微坐直身体,唇角勾起高傲到欠扁的弧

Chapter 05 故意或自愿
第五章

度,"比如,原少奶奶的身份?"

"噗——"夏媛宸终于再也忍不住,一下子笑出了声来,弯着腰笑得一发不可收,"原……原少爷,你知道袁世凯在复辟帝制后发生了什么吗?哈哈哈……"

原英焕的脸色一下子阴沉下来。

白胡子管家见势不妙,立刻指挥着保镖进门,偌大的舞会厅如表演一出哑剧谢幕一般,所有人都无声地倒退出去。

原英焕轻轻眯了眯眼,往后动动,让自己坐得更舒服些,薄唇轻启,一字字道:"女孩,我看你是不怕死啊。"

夏媛宸的目光瞬间便在空荡荡的豪华大厅内扫视一圈,最后微微叹了口气说:"原少爷,没人不怕死,我也是个普通人……好吧,刚才是我放肆了,我向您道歉,请您看在我曾尽心对您施救的分儿上大人大量地包容我一次,可以吗?"

原英焕的目光冷淡,明明因坐姿而比她低,但整个人透出一股居高临下的味道:"你的道歉听起来一点儿诚意都没有。"

夏媛宸头痛地按了按自己的太阳穴:"那您说怎么办呢?"

原英焕用挑剔的目光上下打量她,半天之后才缓缓伸出两根手指:"我给你两个选择。一、不用再去厨房了,待在四楼当我的专属用人。二、做我的女朋友,试用期到下船。"

媛宸轻抿着唇,定定地盯视了他一会儿,突然开口:"我选二。"

原英焕不易觉察地松了口气,胸膛起伏的频率乍一看还与刚才保持着一致,其实心里已经有点儿乱了,说不出是高兴还是失望。她选了二,她还是想当他的女朋友,想要他身边的那个位置,她其实跟别的女孩没什么不一样。

"我以为你会骄傲地告诉我,你宁可当用人。"原英焕扬了扬头,目光里满是自负。

媛宸却笑着摇摇头,轻声道:"那么兜圈子没有意义,快点儿结束这个无聊的游戏吧。"

"什……什么……"

"不是吗?你能接受的回答其实只有一个,就是要我做你的女朋友。"媛宸耸了耸肩,"OK,那我做,没什么,只要你不勉强我做我不喜欢的事,我就当给自己放几天假好了。可是原少爷,你很快就会发现自己是在浪费时间,我跟这船上的其他女孩没有区别,您的新鲜感只是错觉。"

原英焕慢慢攥紧了沙发的扶手,此刻的他只觉是被人"啪"地一下,甩了一个响亮

的耳光，脸上火辣辣的，心底那点儿柔软的小心思被直白地大剌剌地剥离出来，暴露在阳光下。

他的胸膛微微起伏着，脸如寒霜，突然猛地站起身，冷笑道："你跟她们还是有区别的，你更穷啊，底层的垃圾。"

"……"媛宸垂下眸子，仿佛笑了一下，又仿佛没有，"既然这样，您又为什么一定要当个捡垃圾的呢？"

……

屋内，两个人又进行了怎样的谈话没人知道，守在外面的满堂宾客最后只看到高高在上的原少爷面如寒霜地大踏步而出，显而易见地，少爷可能承诺了什么，但是那个夏媛宸没领情。

这怎么可能呢？张希德和江陵觉得自己的世界观被颠覆了。

第六章
冲撞的后果

"媛宸啊，厨师长叫你去一层甲板一趟。"晚上九点钟，媛宸刚刚在后厨把所有餐具都清洗完毕，擦擦汗，正准备脱下围裙下班时，外面传来一个男生的呼喊。

媛宸心觉有异，朝外喊道："他说找我有什么事吗？"

"好像是让你弄什么鱼。"外头传来不确定的回答。

媛宸想了想，将水池收拾干净，一边在围裙上擦着手，一边带着警惕慢慢走到甲板上。漆黑的夜晚，船上没有亮着灯，仅靠天上微弱的月光，显得有些阴沉，远处传来哗哗的海浪声，一声高过一声，叫人害怕。

媛宸左右环视，连个人影儿都没有，不愿再多留，后退两步就想离开，身后却突然伸出一只手拦住去路。

"谁？"媛宸感觉有人碰到自己的背，吓了一跳，转过身往远处跑开两步。张希德跟江陵却从暗处走出来，脸上挂着玩世不恭的笑，其中张希德甩着手朝旁边笑道："哟，看她这副贞洁烈女的样子，不知道的还以为本少爷怎么着她了一样。"

江陵也附和着露出轻蔑的笑容："就是，也不照照镜子，看那脸穷酸相。"

媛宸一向是不吃眼前亏的，这会儿四下无人，又是大晚上，面对两个身强力壮的男生，她可不打算回嘴，看了那两个人一眼就要走。没想到江陵几步跑过去再次挡住她："喂喂，这就想走啊？"

媛宸后退一步，攥紧手，看看江陵，又看看张希德，心里浮起一股不好的预感，她一边伺机寻找机会离开，一边沉住气问："你们想干什么？"

"呵呵，我们没想干吗，只是你也不能啥都不干吧？不是厨师长叫你来工作的吗？"

"厨师长没在。"媛宸再次想绕开他们走。不料江陵这次竟一把擒住了她的手腕，不顾她的拼命挣扎，高声叫道："张大厨！张大厨！"

媛宸一怔，下意识朝他喊的方向看去，片刻之后，厨师长竟真的颤颤巍巍地从立柱后走了出来。

江陵这才放开她，摊摊手坏笑道："看，我就说大厨有工作要给你，你还不信。哎，张大厨，你刚刚说要叫夏同学去做什么来着？"

张大厨还穿着在后厨工作时的白衣白褂，头顶戴着防尘帽，可见是直接被抓过来的。他抖着唇看了看夏媛宸，硬是没说出话来。

张希德眼神里一暗，走到张大厨身后，一手搭上他的肩膀，阴森森道："怎么？你忘了要叫夏媛宸去干什么了？这可就不好了啊，难道你想替她去？"

厨师长的后背颤动了一下，终于一咬牙道："媛宸，你现在坐小船去捕几斤鱼。"

第六章
冲撞的后果

所谓的小船其实就是木筏子而已，白天天气晴好，海上无风无浪的时候，会有工作人员乘船下去捞些新鲜鱼虾，船上的小姐少爷们怕危险从来没下去过，大多是坐在高船上看着下面取乐而已。媛宸也跟船下去过一次，但可不是在这种月黑风高、海浪湍急的晚上。

"张哥，您看外面现在一点儿光线都没有，我下去非但捞不到什么，反而可能遇到危险，能不能明天再去？"她垂眸示弱。

"这……"

见张大厨脸上显出怜悯之色，张希德扣住他肩膀的手立时一紧，直接替他答道："不行，就现在。"

诡谲的汪洋翻起一阵阵波浪，仿佛可以吞并一切，媛宸朝外头看了一眼，终于长出一口气，慢慢解开身上的围裙，面容平静道："好吧，那我不干了，辞职。"说罢，将围裙丢到地上，转身就想走。

"哎，慢着。"江陵不慌不忙道，好像早料到媛宸会有这招，"你要是不干了，那现在就下船吧。"

"凭什么？"饶是媛宸再有涵养也忍不住了。

"上这艘船的不是客人就是用人，你两样都不占，当然得走了。"江陵无赖地一笑。

媛宸咬紧牙："好，我可以走，但这大晚上的，又在海上，你要我怎么走？"

"哟，这倒是个问题。"江陵装模作样地点点下巴，与张希德嘻嘻哈哈地对视着，"谁让我们善良呢？这样吧，我们可以借你一艘小船再给你一个指南针，如果你能活着回到清远记得把船还回来。"说着话，他拍了两下手，马上有伙计过来，一个去放筏子的地方准备，一个就要来拉媛宸。

"你——"媛宸气得脸色煞白，胸口怦怦直跳，简直不敢相信，这些人能这样草菅人命，做到这种地步。

"好，抓鱼是吧？我去。"媛宸双眼通红，昂起头道。若是这些人今天非要出了这口气才肯放过她，那她忍。反正她绝对不会下到海里顺水漂的，那跟自寻死路有什么区别？

她被几个壮汉连拉带拽地带到楼梯边，那些人嚷嚷着叫她快点儿下到筏子上，她紧紧抓住扶手不肯松，抬头看向上面好整以暇的张希德和江陵，咬着牙问："你们不会放开绳子吧？"筏子的一头是拴在大船上的，只要船不翻，绳子在，她至少性命无虞。

江陵笑笑，以手做喇叭状，大声道："当然了，我们是要你去抓鱼，又不是送你去喂鱼！"甲板上传来一阵哄笑。

媛宸强自忍耐着跳上筏子，顺手从栏杆上摘了个救生圈。

几个壮汉一看她上了筏子，立刻一起使劲儿，将筏子用力推出去。媛宸不防一阵晃动，扑通一声跪倒在筏子上。甲板上方又是一阵放肆的大笑，紧接着，一束强光从甲板上打下来，直直地照在她身上，媛宸被刺激得眼里渗出泪水，跪在地上，一手挡住眼，偏过了头。

"看看，小狗哭了，估计知错了吧？"张希德道。

"是啊，都跪下了呢。"江陵不怀好意地晃晃探照灯。

下面的海浪水流太急，媛宸为了维持平衡，跪在筏子上一时不敢站起身来，她将头深深低下，按着地的手已紧攥成拳，这些人渣，她发誓一定会把今天所受的耻辱百倍还回去！

大船上，张希德和江陵一唱一和地说了半天，都没有听到媛宸的哭声或者求饶声，脸色很快就不好看了。两个人头挨到一起嘀咕了几句，张希德的面上露出一丝犹疑："这会不会太损了？万一真出事了呢？"

"怎么会出事？"江陵撇撇嘴，"你胆子未免太小了，我们这么大的灯打着，她漂到哪里看不到？还是你怕这个穷妹子将来要打击报复你啊？哈哈哈。"

"我会怕她？"张希德被一激将，扬着脖子道，"剪剪，现在就剪！"

船上的伙计听命下去，一剪刀，牵着筏子的绳索便落进深不见底的海水里。

海浪越来越急，媛宸被颠簸得厉害，一阵阵想吐，她微微扬起头，露出一张惨白的脸。

"喂！拉我回去！"她终于忍不住朝大船方向喊，这时才猛然惊觉，自己已经离开大船很远了。她微微哆嗦着跪爬过去，朝栏杆摸去，摸到绳索还牢牢绑着，才脱力地摔倒在筏子上。

"拉我回去！有没有人！"她拼命朝着灯光的方向挥手，可也不知是离得太远还是那些人故意不理会，自己所在的筏子只是顺着水流晃动得越来越厉害，根本没有丝毫朝大船靠近的迹象。

媛宸觉得自己的体温下降得有些厉害，她不敢再迟疑，撑起身体便朝绳索拽去，可是一拉，心就骤然一沉——这绳索根本没有任何吃力的感觉。

她脑海里一片空白，下意识将绳索使劲儿往回拽，船顺水晃动，丝毫没前进，过了一会儿，她拉到了绳索的头，那本该拴在大船上的头。

"你们这些疯子！要杀人吗？"媛宸简直被恐惧逼疯，站起身便朝大船不要命地喊去。一阵大浪铺天盖地地打过来，她在一声尖叫后，一下栽倒进漆黑不见底的海水里。

Chapter 06 冲撞的后果

第六章

大船上的人隐约听到下面一声尖叫,心里已暗叫不好,急忙将灯光朝筏子上打去,上面果然空无一人了。

张希德也有些慌了,此时他还不愿声张,只派伙计下小筏子去寻人。几个熟悉水性的青壮男子个个腰上缠着绑缚带,身穿救生衣下水,可是茫茫大海,要找一个落水的人谈何容易?

时间一分一秒过去,两个人都在对方眼里看到了慌张,终于张希德开口了:"不然……不然我们还是去找船长吧,让他开启紧急搜救。"

如此,便会把船上所有人都惊动了。

"好吧,但你可记得不是我们逼那丫头下水的,是她自己不小心落水的,听见没?"江陵警告般地压低声音道。

张希德却懊恼地低吼开了:"你说得容易!等把人救上来了,她自己难道不会说?"

江陵的眼底一暗,慢慢将目光转向深邃黑暗的大海,仿佛自言自语一样道:"是啊,倒不如不要让她被救上来。"

张希德一愣,随即狠狠地抓过江陵的胳膊,贴着他的耳朵咬牙道:"你可别发疯!甲板上这么多人看到夏媛宸落水了,我们要是不找那就是谋杀!"

江陵此刻也明白过来,沉沉地吐了口气,转身去找船长了。

凌晨一点,正是子午交替的时候,普斯诺号上却光线大亮,所有探照灯都被打开,将船身周围五十米范围内照得如同白昼。附近的海域不知下去了多少条筏子,到处都能听到粗重的呼喊声:"夏媛宸——夏媛宸——"

但是,空旷的海面上,除了一声接一声的海浪声,没有其他回应。

原英焕一开始就跟第一批出海搜救的小船下去过了,可很快就被管家带着保镖半劝诫半强硬地拉回来了。那位年过半百的老人几乎要给他跪下,原英焕实在不得不动容。

但是上到大船后,他也坚决不肯去休息,眼睛眨也不眨地盯着海面的搜救队。

又是两个小时过去,原英焕整个人都看起来疲惫极了,只一双眼在刺目的灯光下亮得有些吓人。张希德跟江陵你推我,我推你,磨磨蹭蹭地走过去劝道:"英……英焕啊,已经这么多人下去找了,你也不要太担心了……"

"是啊,那个什么,人有旦夕祸福嘛,就算她真的出事了也是天意,料想她家也不会有什么亲戚来替她出头的……"江陵小心道。

原英焕慢慢转过头,面无表情地盯着江陵,那眼神冰冷得吓人。

"为什么他们两个还能随便乱走?"他盯着面前这两个家伙,话却是对旁边的保镖说,"你们把他俩关押到房间里,如果夏媛宸真的死了,这两个人就是杀人凶手。"

"原少爷!你不能这样吧?"江陵的脸色立刻一变,因为过度恐慌,声音都有些变了调,"我们……我们可都是为了你才这么干的!"

"是啊,英焕,我们也是想教训一下那个夏媛宸给你出出气,没想弄成这样的!"张希德过去就想拉住他哀求。

原英焕一抽手便漠然地转过头,嘴里淡淡道:"关起来。"

"是!"几名保镖齐齐答应,就朝那两个人走去。

张希德和江陵被强扯着走远,远远地还能传来江陵的咒骂声和张希德的告饶。

"英焕啊!你原谅我们……这不是我们的主意,真的啊……"后面的声音,渐渐就消散在了风里。

原英焕脸色有些白,低头用力捏了捏自己的鼻梁,对管家道:"还没消息吗?"

"是的,少爷。"管家弯腰道。

"继续加派人手下去。"原英焕吐口气道。

"可是少爷……"管家顿了顿,声音低了些,"我们已经把船上所有能派出去的人派去寻找了。"

"是吗……"原英焕望着一望无际的海,轻轻地,自言自语一样问,"她会在哪儿呢……还活着吗?"

管家垂下头,不敢说话。

早上五点二十分。

海上太阳出来得早,周围已是一片大亮。经过一夜的寻找,所有人都疲惫极了,海面上只能间或听到几声有气无力的呼喊,叫的仍然是夏媛宸的名字。

原英焕的双眼也熬红了。

老管家几乎要站不住,却还强撑着立在那儿。

远处,一个穿着橘色裙子,披着米色羊毛披肩的女孩慢慢走来,终于站到了原英焕身后。

"让他们先休息下吧。"纪秀芝望着海面淡淡道。

原英焕没有说话。

"至少,让那些人吃点儿东西再继续。"

这次,原英焕闭上了眼。

管家回头看向纪秀芝,纪秀芝冲他点点头,老管家努力挤出一丝笑,就想挪动步子

Chapter 06 冲撞的后果
第六章

去通知大家，谁知才一动，就因脚下麻木而几乎栽倒。

"小心！"纪秀芝的生活助理跟纪秀芝一人一边扶住老人。管家冲着纪秀芝感激地一笑，小声道："谢谢纪小姐。"

纪秀芝叹口气，摇摇头，见助理将他扶好了，才收回手，拢拢自己的披肩道："你也去歇会儿吧，一把年纪了。我会找人去通知他们的。"

"真是麻烦您了……"

纪秀芝望着老管家蹒跚着走远，才回头对原英焕道："为了一个女孩，搞得整艘船都人仰马翻的，你觉得值得？"

原英焕合着眼，一动不动："你的意思是，我应该明知她在海里也不闻不问？"

纪秀芝的神色一紧，声音沉了许多："她会落到这个地步，都是因为她开始顶撞了你。"

原英焕沉默片刻，终于缓缓睁开了眸子，眸底隐隐还有血丝。他仿佛笑了一下，又仿佛在哭："……顶撞了我，她就应该死吗？"

纪秀芝一惊，有那么短暂的一刻，她依稀见到这个从小连星星月亮都唾手可得的男孩的眼底，有一丝水光。可就在她想要仔细看清楚的时候，原英焕已经朝躺椅后面躺去，抬起胳膊挡住了眼睛。

纪秀芝突然一句话都说不出来了。

第七章
意外落海

媛宸不知道到底在海里漂荡了多久,她随手拿下的救生圈救了她的命,一路风浪竟然都没打破,她昏昏沉沉地抱着救生圈,眼见太阳从升起到落下,已不敢肯定过去多久了。中间有几次她都濒临昏迷了,喝进了好几口苦涩呛鼻的海水,那股味道逼得她几乎当时就要吐出来,可也幸好是因为这样,后面她就再没有完全失去意识的时候了。

茫茫大海上没有任何食物,可这还不是最难熬的,长期脱水让她的身体到了非常糟糕的状态。她抬头看看上面的毒日头,舔舔自己干涩起皮的嘴唇,整颗心越来越沉,越来越沉,就要落进绝望的深渊里。

她向来不惮以最大的恶意揣测别人,可同窗下这样的毒手还是出乎她的意料,难道穷人的命在他们心中就真如草芥一般?张希德、江陵……她在嘴里慢慢咀嚼着这两个名字,如果她能回去,如果她能回去……

身上的力气快要用尽了,她微微闭了闭眼,手一松,几乎就要脱离救生圈,媛宸被浪轻轻推了一下,打了一个激灵,当即便惊醒了,猛然抱紧救生圈。

她这是怎么了?还有精力去想报仇的事?先活着回去再说吧……媛宸苦笑着想。

时间一分一秒地过去,眼见着太阳从日照中天到渐渐西斜,海鸥徘徊在上空发出受惊一样的尖叫,扑棱着翅膀在自己头顶飞过。隐隐地,远处传来了马达的声音,媛宸慢慢抬起头,眼睛死死盯着海岸线,眸底的光亮得骇人。

一艘中型巡洋舰一点儿一点儿出现在她的视线里,很快又被泪水模糊了影子,媛宸一边抓着救生圈,一边拼命朝着船只挥手,用沙哑的声音大喊:"救命!HELP(救命)!救命——"

再次脚踏实地地走在Mirslina岛的时候,媛宸觉得自己这辈子的好运气估计都在今天用光了,三不管的海域,连个鬼影都没有的地方,她居然能碰到私人武装的海上部队,但这并不意味着她就脱离危险了。

媛宸上岛后曾短暂昏迷了两个小时,是在医务室中醒过来的,有一位年轻的医师为她诊治,确定她没有大碍后,便有金发碧眼的看起来很强壮的男人过来,示意她跟着来。媛宸依言跟上,不敢多走一步路,多看周围一眼,她不是天生的穷人,所以她更了解有钱人的游戏——有钱人会在海外拥有一座岛用以度假,富豪中的富豪也许会在岛上建立起一个自给自足的王国,但是,什么样的人才有可能在自己的海岛周围布置巡洋舰?若不是政府要员,便只能是骇人听闻的黑道大佬了。

"Can you speak English?(你能说英语吗?)"金发男人在一栋虽不大却十分精致的竹木屋前停下,回头对媛宸礼貌道。

"Yes,I can.（我能。）"媛宸立刻道。

"Good.（好。）"金发男人笑笑，露出一口白牙，指着后面的屋子道，"You can stay here until our boat go to Hainan Island with you two days later.（你要待在这里直到两天后回到海南。）"

"You mean，you will send me to China?（你的意思是你要带我回中国？）"媛宸惊喜地问。

"Yes.（是的。）"男人和善地笑笑。

"Thank you,thank you,thank you very much!（谢谢，谢谢，非常感谢。）"媛宸激动得简直不知该说什么好了。两天后就能回到中国了，就能结束这次荒谬的闹剧了。

此时，距离媛宸失踪已经两天一夜了，普斯诺号上的搜救行动在原英焕的坚持下还在继续，可是所有人都心中有数，落入海中这么久，八成凶多吉少了。

一直在海边守着的原英焕好像也终于有些累了，短短两天神色看起来就沧桑不少，以前他的样子十分符合日漫中十几岁冷酷少爷的范儿，今天却有点儿二十岁出头的成人模样了。准备起身的时候他打了个晃儿竟一时没站起来，管家吓得赶紧要去扶他，原英焕摆摆手示意自己没事。

"电话通知清远，让他们找警方派飞机过来捕捞吧。"他没有再说搜救，仿佛也承认了事实。

管家一怔，还没来得及说话，纪秀芝便沉着脸走了过来。

管家为难地看看纪大小姐，目光里几乎把她当救星，毕竟她是这船上除原英焕外身份最高的人了。

纪秀芝低声叫管家带着附近的下人走远，然后才坐到原英焕身边的椅子上，而原英焕的态度也很奇怪，居然立刻闭上了眼，眉宇间有着明显的厌烦。

"离我远点儿。"

纪秀芝不明白自己怎么招惹他了，事实上从昨天下午开始，这位原大少爷对她的态度就一落千丈，以前虽然也很不客气，但更多的是类似同伴间的互相看不上，不像现在，简直跟有仇似的。

她忍下气，只当这位少爷是太累了在发邪火，好声好气地劝道："原大少爷，我希望你想清楚，这件事一旦惊动警方可能就不好善了了。夏媛宸已经不在了，你就是真把江陵和张希德送进了看守所又能怎样？她能死而复生？不可能啊。"

原英焕在她说话的时候，眼睛不知何时睁开，一点儿一点儿转到了她的身上，只是

眼神凉得吓人，叫纪秀芝心里突突的。

"那照你的意思，应该怎么做？"他的语速出奇地慢，仿佛平静到了极致。

纪秀芝张张嘴，对着这样的他，一时竟没答上来，沉了沉气，才垂下眸子继续道："海上事，海上了。别为她得罪了江家和张家，不值得。"

短暂的沉寂，三秒钟后，原英焕突然直起腰，后背好像绷成了一条笔直的线！他抬手，"啪"的一声，一个耳光狠狠抽在纪秀芝脸上！用力之大，手背上都能看到暴起的根根青筋，而纪秀芝则在这一巴掌下，直接从椅子上翻倒下去！

她整个人重重地摔在地上，头磕到桌脚上发出"砰"的一声，惊动了周围的用人，她的助理最先大叫着跑过来，扶住纪秀芝，用控诉且不可思议的目光对着原英焕喊道："原少爷！您要做什么！"

纪秀芝忍着剧痛放下手，看着手心里一点儿刺目的红色，缓缓抬起头，眼眶通红，咬牙切齿一字一句地问："原英焕，你竟敢打我？你凭什么打我！"

"你算什么东西，敢这么跟我说话？"原英焕冷笑着转转手腕，"我还可以再打几次，你要试试吗？"

"你敢！"纪秀芝声色俱厉，面容如同疯了一般。

"我不敢？"原英焕不屑地笑笑，"我要是不敢，也只能是怕打你会沾到毒。纪秀芝，你做了什么，你自己心里清楚，要不是因为你并没有跟那两个兔崽子具体商量，你以为我会就这么放过你？船上的禁闭室多的是，清远的监狱也空着很多呢。"

纪秀芝表情瞬间僵住，一时，竟一个字都反驳不上来，而周围围观的小姐少爷们表情就更令人玩味了，都用难言的眼神打量着纪秀芝。

纪秀芝在助理的搀扶下近乎狼狈地落荒而逃，众人只见到她踉跄的背影，而看不到她苍白的脸色和惶然的表情。

原英焕的一巴掌让她猛然想起一句自己无论如何也不想记起的话——她这么不识好歹，就该丢到海里让她清醒清醒。

Mirslina岛位于亚热带地区，终年温暖如春，自然生态环境极其良好。媛宸稍微踏实下心来后，在自己屋子周围转了转，立刻喜欢上了这个地方。岛的四面都是海，可岛主显然是个懂得享受的人，几乎每个木屋附近都会有个贴满鹅卵石的水池，水池旁放着一张原木餐桌，每到用餐时间，媛宸在桌边坐下，便有温顺的菲佣拿着一张仿佛古欧洲贵族才会使用的深黄色宣纸菜单过来，礼貌地问她想用些什么餐品。

媛宸第一天中午吃了三明治，晚上吃了三明治，次日早上再次点了三明治。

Chapter 07
意外落海
第七章

这回，菲佣没有立刻去备餐，而是犹豫了一下问："Only this one?（只要这个？）"

媛宸羞涩地笑笑，将一个内向中国女孩的形象演绎得淋漓尽致："Yes,it is enough,thankyou.（是的，够了，谢谢。）"

菲佣只好答了句"不客气"便走了。

约莫二十分钟后，身后响起甜美的声音："Excuse me.（打扰了。）"

媛宸应声回头，见是比刚才年轻许多的一个非洲小姑娘端着个大餐盘过来，上面有蹄髈海带汤、排骨饭、莲藕糯米糕，琳琅满目的食物盛满了视线。

"这是……"媛宸站起身，有些不知所措。

那姑娘笑着，姿势十分漂亮地一弯腰，退后两步，在她身后走出一个穿着白大褂儿、戴银色眼镜，笑起来十分温和的秀雅男人。

"夏小姐，这些是我们为你准备的，请不要客气。"竟是岛上的大夫，江承赫。她刚被救上岸的时候，就是这个男人医治的她。

"你在海里漂流了两天，有严重脱水跟营养不良的症状，正该多吃点儿滋补的东西。"

媛宸欲言又止。

江承赫好像知道她的顾虑一样，眨眨眼玩笑道："放心吧，这里的主人家可是非常非常非常有钱的。"他用手在空中画了个夸张的圈，又伸出小拇指道，"你吃的这点儿，用你们中国话讲就是九毛一牛。"

"是九牛一毛……"媛宸憋着笑道。

江承赫的脸"咻"地红了，收回手，不好意思地摸摸后脑勺儿。

"哈哈哈……"媛宸再也忍不住笑出了声。

"哎呀，你不要这样嘛，我知道自己献丑了。"江承赫越发尴尬。

媛宸拼命摆手，捂着肚子微微弯着腰，示意他别再说了，她都要笑得不行了。第一次见他的时候，他跟她说："小姐，请放心，你现在已经安全了。"她当时几乎以为这个人就是中国人，因为他的中文发音实在太标准了，完全可以去考普通话等级。但真是这样聊天儿她就看出来了，这个男子日常交流没问题，可一涉及一些复杂词汇马上就会露馅。

"没有没有，你的中文其实讲得很好了。"她好不容易止住了笑，脸上还带着些潮红，努力正色道，"你以前在中国待过吗？"

"是的，我出生在美国，八岁去的中国，十三岁时才回到尚国。"江承赫毫不避讳道。

"哦。"媛宸的眼神里不自觉就带了些同情，"那么小就四处奔波，很辛苦吧？"

"不会啊。"江承赫的笑容更灿烂了些，露出几颗白牙，"见过那么多不同的风俗、人物，我觉得很幸福呢。"

"哦，那你后来就一直住在这个岛上吗？"媛宸的脸上一片好奇，"我如果从小都到处跑，长大了却要在一个地方定居，一定有点儿不习惯呢。"她不好意思地笑笑。

"哦……"这次江承赫顿了顿，才弯弯唇道，"我是跟随岛上的少爷来的，估计会在这里住挺长一段时间。"

媛宸的心里已经打了个突，脸上仍不动声色地礼貌道："不知道岛上的少爷有没有时间？我很想拜会一下，亲自跟他道谢。"她暗悔自己不该那么大意，觉得自己安全了就搞那么拙劣的试探，其实从岛上人的态度就能看出，这位医生的地位不低，绝不是简单的人物。所以再开口时她连那位少爷姓甚名谁都没问，只单纯说自己想道谢。

果然江承赫又恢复温和的模样道："不用了，少爷比较内向，平时不喜见人的。"顿了顿，他的目光落到桌上的食物上，"好了，菜都要凉了，我就不打扰你用餐了。你记得，千万不要客气，只当是来这里度假的。"

媛宸自然连连道谢。

江承赫摇摇头，笑着转身就要走，突然又停下道："对了，媛宸小姐，你平时无事的时候可以随意到海边走走，喝杯饮料什么的，不用拘束，只是尽量不要靠近南边种着几棵椰子树的地方。"

"好的，您放心，我一定不会乱走的。"媛宸立刻严肃道，也不问为什么。

江承赫怔了下，倒被她慎重的样子逗笑儿了："没关系，也不是什么大不了的事，你即使不小心过去了，注意别吵闹就行了。"

媛宸越发狐疑那个种着椰子树的到底是什么地方，但嘴上一点儿没多说，只是再次答应下来。

落日的余晖铺满了这座静谧的小岛，不时有飞鸟自低空盘旋而过，突然发出叽叽喳喳的叫声，又骤然上升到高高的天际。媛宸踏着细白柔软的沙粒，一脸惬意地朝海边溜达，偶尔有端着果汁鸡尾酒的异族服务女郎，看到她便热情地停下，用带着一点儿口音却极为好听的英语问："Do you want one？（你要一杯吗？）"

媛宸笑着欠身接过，一边喝着，一边欣赏周围的风景。

约莫十分钟后，她走到了海岸边，在一张十分舒适的躺椅上仰倒，伴着微醺的阳光，忍不住睡了过去。再醒来时，是因为一阵寒冷激得手臂上一凉，她睁开眼才发现居然都晚上了。

Chapter 07 意外落海
第七章

"哎，怎么睡了这么久……"她揉着眼睛坐起来，摸摸手臂咕哝道。小腹上不知谁给搭的毯子滑落在地，她俯身捡起来拍了拍，折好了又放回椅子上，这才起来往回走。然而才一转身，她的目光便定在远方种着几棵椰子树的地方，眼睛一下瞪大，整个人都清醒了——只见那里的海域上漂着一只红色的冲浪板，犹在涌动的海水周围却空无一人！

出事了！

媛宸几乎没有犹豫，就踏着沙子手脚并用地朝那边飞速跑去！

"有没有人！听到我说话了吗？"她用最快的速度冲到椰子树下，大吼，然后跑进海水里，直到海水没过大腿，才暂时停下。她一直呼喊着，可海水波浪不止，却无一点儿声音回应。

媛宸心下一沉，又朝四周大叫起来："HELP！救命！HELP！"可平时四散分布随处可见的服务生不知是不是到了换班的时间，竟没有一个人出现！

媛宸不敢再犹豫，她知道此刻一分一秒可能都关系到一个人的生死，一咬牙，脱掉外面的T恤，只穿着紧身背心就跳进了海里。

她先围着红色冲浪板游了一圈，确定周围三米范围都没人，只得微微下潜到水下一米左右，呈圆圈状扩大搜寻范围。突然，她的视线里出现了一只黑色的类似呼吸管的东西，她心下一喜，伸手一拉竟没拉动！她运气，想想水下那个可能正生死垂危的人，一个用力便将那管使劲儿拽起！不料管子那头并没有将水下的人带起来，下面反倒好像有人剧烈咳嗽起来！

她眼前一花，就见一个人快速从三米左右深的水域浮起来，水周都是气泡，可见那人呛了不少水。媛宸一蹬腿，迅速上滑，紧紧抓住溺水人的腰，同时带着他拼命往上游！

怀中的男人穿着一袭黑蓝相间的紧身衣，不知是不是吓着了，在她身边拼命挣扎，媛宸没那么大力气，几次差点儿让他挣脱出去，再这么下去两个人恐怕都得淹死，她无奈之下，趁着他再次挥舞手臂的时候，狠狠心一指戳向他后颈某处穴位，男人闷哼一声，身体顿时软了。媛宸这才再次蓄力，带着他朝岸边游去。

"真是，怎么这么沉。"媛宸浑身湿淋淋的，费力地将已经半昏迷过去的男人往沙滩上拖，脚步歪歪扭扭的，也快没劲儿了。

"哎！不行了，不行了。"好不容易到了最近的一棵椰子树下，媛宸将男人的胳膊一扔，一屁股坐到沙地上，大口大口喘着粗气，脸色潮红。她从小到大没少打工，但也很少干这样的"力气活儿"。

"嘿，你不是死了吧？"等媛宸稍微缓过一些，跪爬着到昏迷那人的身边，用手拍拍他的脸，入手竟是一片冰凉。她的心里一沉，将男人的脸朝自己的方向拨过来，借着天上的月光朝他一望，却是一愣。

这人长得真不错，五官线条每一分比例都恰恰好，只是眉头紧皱着，仿佛很不舒服的样子。

媛宸见他睫毛还有些微的颤动，就已松了一口气，不管怎样没死就好。可现在怎么办就有些为难了。

她用手挤压了几次他的胸膛，都没让他吐出水来，又朝周围看了看，还是一个人都没有。媛宸重重地吐了口气，认命地俯下身，准备做人工呼吸，不料鼻尖刚与男人对上，那人便缓缓睁开了眼睛！

"啊！"媛宸吓得大叫一声，猛地起身，朝后摔倒在地。

而那男人却冷静得有些可怕，他看起来有些吃力地坐起来，淡漠的表情一丝波动都没有，只用瞧着就瘆人的目光打量着媛宸，那眼神，好像手术刀一样，将人一寸分解。冷风吹过，身上又是湿的，媛宸只觉被他看得鸡皮疙瘩都要起来了。

"你是什么人？是谁派你来的？"他开口，声线清冷，却是尚语。

媛宸有些懵了，她不懂尚国话："我……哦，不是，我从中国来，因为我遇到了一次事故……"

李钟敏蹙了蹙眉，却根本没搭理她，准确地说早在她开口说出第一个中文字的时候，他就偏头抬手按住了自己的耳垂位置。

"你们立刻过来海边，这里有一个奇怪的女孩，查查她是怎么上岸的。"

不到三十秒，媛宸便目瞪口呆地看着她刚才无论如何也叫不出来的人，从四面八方跑出来，个个都是看起来极为强壮的职业保镖。媛宸根本没有反应的机会，就被一个黑色皮肤的高大男人如拎小鸡一般倒拧着胳膊给按到了地上！

"疼！"媛宸毫无还手之力，痛得眼泪一下就涌了出来，脸被强硬地按在沙子上，脚感柔软的沙砾却磨得脸生疼。

那黑人保镖看"刺客"如此柔弱，眸底仿佛闪过一丝迷惑，手下的力道也微微放松了些。

这时一道熟悉的身影赶到，媛宸趁着一点点放松的空间努力将头往上扬，强忍着疼痛与惊慌，用英语竭力镇定地解释道："我不是坏人，我没有恶意，他刚才溺水了，我只是在救他……"

"哦，我的上帝啊。"杰西惊呼一声，弯下腰双手扶住膝，用有些夸张的英文感叹

Chapter 07 意外落海
第七章

道,"媛,我的姑娘,为什么你会出现在这里?"

"杰西!"媛宸看到熟悉的面孔一愣,随即便是狂喜,一用力就想朝他扑过去,可身后的黑人保镖立刻一把将她按趴下了。媛宸吃了一嘴沙子,真是快哭出来了。

"拜托你,帮帮我,我也不明白是怎么回事啊,杰西……"

杰西一边听她断断续续地说着,一边小心地朝旁边她救上来的男生解释。

那年轻男人坐在一张看起来就十分贵重的实木雕刻大椅子上,也不知保镖是什么时候给他搬来的,此刻他正拿着一块手帕拼命擦拭自己的脸部尤其是鼻子周围,一边听杰西解释一边用阴沉嫌恶的眼神斜视媛宸。

媛宸算看出来了,自己救了一只白眼狼,还是个地位十分高的白眼狼,真是倒了血霉了。瞧他这众星捧月的样子,可别就是岛上的主人,那位"少爷"吧?

媛宸在心里暗暗祈祷他别太过恩将仇报,却见李钟敏的神色始终难看,直到听见杰西提到"Doctor Jiang"(江医生)的时候眉宇间才稍稍有了一丝松动,用挑剔的眼神俯视着趴在地上的她,似笑非笑道:"承赫哥?"那讽刺的语调仿佛认定她跟江承赫沾不上一毛钱关系。

媛宸人在屋檐下不得不低头,憋着气用英语道:"我们是朋友,我跟承赫哥。他最喜欢的食物是蹄髈汤,对不对?"

李钟敏用冷淡的目光盯视了她一会儿,终于大发慈悲地微微抬起手,挥了挥。黑人保镖立刻松开了手,杰西则马上过来搀扶她。

"Thank you, sir!"(谢谢你,先生!)杰西道了谢扯起她便想走。

李钟敏却突然出声叫住他们,开口,竟是字正腔圆的中文。

"等等。"

媛宸忍着肩膀的痛,慢慢回过头,有些警戒地盯着他。

李钟敏勾了勾唇,却不带什么笑意:"你,明天下午必须离开,不得耽搁。"

媛宸极力压抑住翻白眼的冲动,在心里骂了句,这些人真搞不懂,中文讲得都能冒充中国人了。还不得耽搁,他学的是古汉语吧?

哎,不对,媛宸忽然反应过味儿来,这人听得懂中国话啊!那他从一开始就知道自己不是坏人,是要救他的才对!

她忍不住咬紧牙,却见李钟敏径自又坐回宽大的椅子里闭目养神了!周围不知何时冒出四个长得十分漂亮可爱的菲律宾姑娘,一个拿浴袍包裹上李钟敏的身体,一个在旁边的小桌上放置蜡烛灯,一个递上插着管的新鲜椰子,最后一个站到他身后开始按摩——真是不能更腐败了。

下次就算看到他掉到厕所里也不救了，媛宸在心里发誓，然后重重地吐了口气，转身在杰西的帮扶下一瘸一拐地朝反方向走去。

江承赫带着姜汤上门的时候，媛宸刚刚洗完澡，正用大毛巾包着湿头发打喷嚏。

"阿嚏！"媛宸揉着鼻子拉开门。

江承赫拎着个原木食盒，脸上挂着无奈的笑。

媛宸脸上一红，随即又白了他一眼，放开门把手回到屋里坐下。

江承赫进屋后将房门虚掩了，把姜汤放到桌上，坐到媛宸身边给她倒了一碗出来，见媛宸等着他，略微无辜地耸耸肩道："我提醒过你了，不要靠近椰子树。"

"我是去救人的！"媛宸切齿道。

"我知道。"江承赫叹气，"好吧，我替钟敏向你道歉。那孩子脾气古怪，请你多多包涵。"

媛宸定定看了他片刻，最终败下阵来："算了，本来就是你救的我，我哪好意思再怪你。对了，他就是你说的岛上的少爷吧？"

"是的，钟敏少爷每天下午都会到那片海域，冲浪一会儿便去浮潜。"他好像犹豫了一下，又继续道，"不过他水性其实十分好，正常情况下是不会溺水的，当时你可能是误会了，急于救人，不小心扯断了他的吸气管，他这才呛了水。"

"什么？"媛宸惊呼一声，再次仔细回忆当时的情景，脸上不由得一阵阵发烫，懊恼得恨不得找个地缝钻进去。搞了半天自己不是救人，还差点儿成害人了！

江承赫看她局促得手脚都不知该往哪儿放了，忍不住想笑，可又怕媛宸更尴尬，只能努力绷紧脸："你也是一片好心，没问题。"

"应该是没关系。"媛宸有些头痛，下意识纠正道。

江承赫憋不住扑哧笑出来，朝一侧偏过头，看媛宸瞪他，赶紧收了笑，举手做投降状："OK，没关系。时间也不早了，你赶紧喝了姜汤休息吧，明天就可以回到你的国家了哦。"他起身。

媛宸看着他马上要走了，突然觉得有些不舍得这位温柔的医生，开口道："承赫哥。"

"嗯？"他回头，好看的唇习惯性上扬。

"谢谢你。"媛宸郑重道。

"不用谢。"那笑容加深了许多。他转身出门。

第七章

两天的海岛生活感觉就跟做梦一样，媛宸这一晚睡得并不太踏实，早上天刚蒙蒙亮便醒了，然后在床上翻来覆去再也睡不着。

想到还有不到十个小时就要离开，媛宸决定干脆起来走走，再看看这个美丽的小岛。

她借着边上细微朦胧的灯光，踏着青石板小路，在晨风中惬意而随意地溜达着，不知不觉便走出很远。

突然，前方出现一块成年男人高，两米左右宽的风景石，挡住了前面的视线。那石头的形状和摆放位置都怪异得很，媛宸皱皱眉，走近它，不由得想看清一些。

就在这时，石头后面竟传来了人声："难道要我眼睁睁预见到一个生命的消失也坐视不理吗？"

那句低吼，包含着痛苦、压抑、愤怒，声线嘶哑得可怕。

媛宸只觉自己被一阵寒意飞快笼罩，她躲到石头后，下意识微微探出头，见到的便是李钟敏血红的双眸。

而江承赫背对着她，用她从未听过的冷漠语气一字字道："这不正是您过去那些年所做的吗？"

李钟敏咬紧牙关，俊秀的侧颜紧绷得仿佛随时会断裂，他吐字有些艰难："不一样……他们不一样……"

"没有什么不一样。"江承赫断然截住他的话，顿了顿，又缓和了语气，"钟敏，别忘了你是为什么才被发配到这里来的。"

发配？

他们讲的是英语，媛宸很确信自己听到的用词绝不带善意，她已隐约觉出自己无意中听到了自己不该知道的事，好奇心没她的安全重要，媛宸后退，想要趁着无人注意离开，不小心却踩到石缝。

"啊！"她一个没站稳，摔倒在地。

"谁？"钟敏"唰"地一下转过头，起身大步朝这里走来，看到媛宸的时候，眸子立时一紧，散发出凌厉的光，"又是你。"

"我……我不是故意的……"媛宸抬头仰视着他，这个姿势十分别扭，不由得底气不足，小声辩解着。

李钟敏冷笑一下，薄唇上下翻飞，讽刺道："哟，不是故意偷听？你可不要告诉我这次又看到了谁落水，特意过来救人的。这儿，可没有水。"

媛宸从来不知道男孩的嘴皮子也能这么利索，不由气结，忍不住反击道："这里没有水，倒是有水蛇呢。"

"水蛇?"李钟敏好看的眉头蹙紧。

夏媛宸笑笑,拍拍手站起,虽个子比他矮不少,却不输气势,慢条斯理道:"对啊,钟敏少爷没有听过中国的一个典故,叫'农夫与蛇'吗?"

呵——这是说他恩将仇报了?

李钟敏气急要笑:"要不是我好心收留你,给你食物吃,给你地方睡,你早葬身大海了,还能在这里梗着脖子像只鸭子一样对我叫唤?"

媛宸被他毫不留情的奚落弄得脸色涨红,口不择言道:"什……什么啊!当时我晕过去了,是你们主动把我带回岛的,看你们这么热情好客我才留下的!"

"哟,是吗?"李钟敏抱肩,挑眉扬唇,"既然这样你明天就别回中国了,再在岛上玩几个月吧。"

"……啊?留……留在这儿?"媛宸所有反驳的话都憋住了,呆在当场。

"对啊,你刚刚不是还说我们热情好客吗?"李钟敏笑得越发灿烂,"为免招待不周,还是请你再多待几个月吧,三年五载也没有问题。"

短暂的沉寂。

三秒钟后,媛宸忽然低下了头,一副懊恼至极悔恨交加的样子:"钟敏少爷,对不起,我错了。"

"啊……哈?"

"我实在不知好歹,您好心救了我,给我食物,给我地方住,给我治伤,还如此仁善地送我回家,您是这样宽容善良。可我非但不知感恩,居然还对您口出狂言,我……我简直不是人!"

"……"

李钟敏嘴角抽搐,一时间几乎保持不住自己平时高高在上冷酷无情的模样。

他长这么大,见过很多反复无常的小人,但从来没有见过像媛宸这么——这么理直气壮、理所当然,好像刚才那个跟他吵架的人完全是他臆想出来的一般。

"你……你真是好。"李钟敏憋了半天只说出这句话,然后就烦躁地摆摆手道,"消失,马上给我消失。"

"好嘞,钟敏少爷。"这次换了媛宸粲然一笑,转身就要走,身后响起了李钟敏和江承赫的对话。

"少爷,您回屋休息吧,我先走了。"

"等等,承赫哥,我刚才跟你说的事……"

江承赫仿佛有些无奈地叹了口气:"钟敏少爷,您为什么一定要执着于那些呢?像刚刚一样，找个女朋友聊聊天儿，斗斗嘴，享受一下人生不好吗？"

李钟敏没有回答。

江承赫再次开口，声线低沉了许多："好吧，既然这样，我的意见是不同意。"

"承赫哥。"

"时间不早了。"江承赫截断他的话，"我先告辞，您也早些休息。"然后便是衣裳摩擦的声音，好像是江承赫鞠了个躬。

媛宸站在石头后面，听完两个人的对话，她感觉李钟敏仿佛没走，还在什么地方坐下了，她犹豫了一会儿，终于还是再次走出去。

"你还没走？"李钟敏抬头见是她，烦躁道。

媛宸没理会他，直接到他旁边的石阶上坐下，偏头看着他问："你想去救谁？"

"跟你有什么关系？"

"我只是随便问问。"媛宸一摊手，目光无辜，转向遥远的海平面，那隐隐露出阳光的方向。

过了好一会儿，身侧才响起李钟敏闷闷的音调："两个小男孩。"

媛宸依旧没有看他，就那么望着远处，好像带了点儿漫不经心一样，问："哦？他们遇到什么事了吗？"

这种聊天儿一般的谈话让李钟敏渐渐放下了戒备，他低下头，盯着地上爬行的昆虫，窸窸窣窣，成群结队的，他仿若在看着它们，又仿佛透过它们看着别的什么，就这么待了许久，才道："他们被大海吞没。死了，都死了。"

死了，都死了。

在这样寂静的时刻，天色将明未明之时，这几个字简直让媛宸听得心惊肉跳。

而李钟敏自言自语一样的话还没有停，只听他低低地继续道："那个大的男孩十六岁，小的才五岁，还有他们的父亲，没了……都掉到大海里去了……"

然后，便是叹了长长的一口气，带着无限怅惘与茫然。

媛宸再也忍不住，"咻"地回过头，目光紧紧盯住李钟敏白得仿佛能散发出寒气的侧颜，语气控制不住地快了许多："你怎么知道的？他们为什么会死？"

李钟敏的身体一顿，媛宸急切的询问仿佛把他从梦魇中惊醒，他微微攥紧拳头，眼神再不复刚才的迷茫，取而代之的是一片冷漠疏离。

媛宸一怔，看着他一时不知该说什么了，片刻之后，才投降一样举起双手，缓和语气道："OK，你不想说的话就不要说了。但既然你已经知道有人会死，难道坐视不管吗？"

"我能做什么。"略微麻木的音调，不是疑问，倒似陈述。

"你能救他们啊!"媛宸大声道,"这对你来说本来就是举手之劳的事情不是吗?而且……而且你不也很可怜那两个男孩吗?"

"但我没有理由出海。"李钟敏慢慢道,面无表情。

媛宸几乎要笑出来,站起来一跺脚低头看着他道:"你需要什么理由?你就是这片土地上最大的boss,于你而言只有你想做和不想做罢了。其实除非你主动跟江医生提起,否则谁管得着你今天想坐船钓鱼还是出海冲浪?至于你在海上遇到谁,发生了什么,都是意外和巧合,谁又预见得了呢?"

长时间的沉默,李钟敏好像陷入深思,周围静得很,只能听到风吹过的沙沙的声音。

在这片安静中,媛宸能清楚地听到自己的心跳声——咚、咚,一下一下,有节奏的音律。

她头一次意识到自己离生命那么近,她的手心下,就是几条生命的获救或消亡。

也不知过了多久,李钟敏才动作优雅地起身,立身于朝阳之下,一手插在兜里,脸色淡然,目光遥遥道:"早上十点我会出海玩快艇,有兴趣,就一起来吧。"他微微低下头,终于对夏媛宸露出一丝笑容,那笑极为浅淡,却难得不带丝毫嘲讽轻视或其他意味。

"砰"地一下,媛宸的心终于落地,她长呼口气,对着李钟敏笑了出来。

晴空万里,海天一色,海风里带着岛上特有的味道。

海滩边停泊着三艘快艇,有几个穿着蓝色制服的德国工人正在严谨地做着最后的检查。

很闲适的气氛,岸边每个人脸上都挂着轻松的面容,只有媛宸知道此行的目的,不由得有些紧张,深吸一口气,又缓缓吐出。

"少爷,快艇都看过了,没有问题。"负责这座岛屿的英国中年男人,一位看起来十分绅士的先生,艾克里走过来轻声道。见李钟敏点点头,又对站在后面的媛宸客气道:"夏小姐也要一起出海对吗?需不需要为您准备一些晕船药?哦,您想必知道快艇的速度较快,而且不算平稳。"

"不用了。"媛宸马上笑着摇摇头,犹豫了一下,又小声道,"不过我可以申请一套好一点儿的救生衣吗?"

"什……么?"

Chapter 07 意外落海

第七章

"就是那种充气性能好一点儿，着力点大一些的……"媛宸一边说一边在身上比画，随即就被李钟敏一把扯住胳膊。

"不用管她，让她和我一条船。"李钟敏硬邦邦地丢下这句话，看媛宸还想反驳，几乎是恶狠狠地瞪了她一眼。

"你还好意思说？瞧你那怕死的样子，傻子也看出来不对劲儿了！"李钟敏恶狠狠地低喝道。

媛宸被他骂得缩了缩脖子，不敢再说话。

快艇上位置有限，通常就是坐两个人，李钟敏是玩船早成了精的，自然坐到了驾驶位上，旁边是战战兢兢的夏媛宸。

随着"嗡"的一声，原本漂泊在近水岸边的快艇"噌"地一下冲了出去，因冲力产生的强劲浪花兜头打了夏媛宸一脸！

"喂……"

远处响起一片她含糊不清的骂声和李钟敏难得放肆地大笑。

在他们的快艇后面跟着十几只船，那随行出来的艾克里与身边驾船的保镖对视一眼，心里想的都是一个问题——

难道自家少爷看上那位中国少女了？

同一时间，李钟敏只觉得后脖颈儿凉飕飕的，是有人在说他坏话吗？

他狐疑地扭头看了眼旁边，见到夏媛宸被大风吹得眼泪鼻涕满脸的狼狈模样。

啧啧，这女人可真脏啊。

他在心里暗暗吐槽，目视前方，抓紧手中的舵，猛一拉再次提速。

跟出来的保镖开始基本都是抱着游山玩水的心情来的，尤其是那些异国拳手，生活方式本来就肆意放荡，这会儿海风一吹，四周广阔无边的，竟都忍不住引吭高歌起来，更有人从怀中摸出了酒壶。

李钟敏通过视频可控看了看后面，冷着脸拿起通话器道："都老实点儿，再敢喝酒的别怪我把他丢到海里喂鱼。"

频道里骤然安静了一下，那个金头发的俄罗斯人悻悻然地将酒壶丢到了脚下，朝身边人低声抱怨道："Lee今天是怎么了？好像特别严肃。"

旁边开船的人耸耸肩表示自己也不清楚。

当船队大概开出三公里的时候，海平面上起了波动，远处平静的海岸线仿佛荡起波澜，初时看起来只是微小优美的浪花，待到越来越近时，俨然已是呼啸的大浪！

"全员戒备！全员戒备！"艾克里金色的头发被风浪吹得乱成一团，声嘶力竭地大

喊着，"返航！准备返航！"

所有保镖的船只都减下速来，等待着李钟敏，只要他一掉头便要跟着回去。可是意想不到的一幕出现了，李钟敏的船在略微的停顿过后，竟以更快的速度朝前冲去！

"Shit！（见鬼！）"

俄罗斯的大胡子暴躁地拿起无线电通话器，妄图与李钟敏对话，可是在频道里只能听到一片杂音——无线电信号被风暴干扰了。

"追上他！蠢货，你还发什么呆？"巨大的风浪声中，大胡子对身边的人吼道，而那人只是咬咬牙，便追了上去。

这种情况下，容不得他们后退，他们也无路可退。

他们拿着世界顶级雇佣保镖团队的薪水，干的就是冲过去替雇主挡枪眼的差事，只是没有人告诉过他们，前面那个死命跑的小崽子竟然是弱智！冲着浪头跑是想干什么，他以为自己在拍戏吗？

那边，媛宸也被越来越大的风浪打得几乎要坐不住了，她双手紧抓着座位以维持平衡，另一只手颤抖着朝下摸去，试图将防风镜拿出来戴上，可是一个急转弯差点儿将她甩出去！

她呛了几口水，再也不敢乱动。

身旁的李钟敏脸色也不太好，他虽然有航海资格证，是从正儿八经的学院考出来的，可这样的天气条件就是老手也吃力得很。

又一个巨浪打过来，就在他几乎考虑要不要放弃返航的时候，前方出现了一艘濒临散架的简易船，最大的一块木帆上趴着父子三人，跟梦中一模一样。

远远地，李钟敏见到那个兄长模样的男孩流着泪大吼："爸爸，我们不能再这样下去了，这样我们都会死的！"

那个弟弟在哭："哥……哥……"

而哥哥，最后深深地看了自己所爱的家人一眼，就这样松开手，毅然决然地跳进了波涛汹涌的大海。

几乎同一时间，李钟敏扭动钥匙暂时熄掉了快艇的火，飞身跃入大海！

苦涩汹涌的海水疯狂涌入他的口鼻，飓风呼啸吹过，打得他的手臂几乎发痛，他的脸颊与身体陷入一片冰冷，眼里却灼热得几乎想要流泪。

十米……

五米……

两米……

Chapter 07 意外落海
第七章

他抓住他了！他抓住那个哥哥了！

泪水终于喷涌而出，那一刻，李钟敏仿佛听到了时光回溯，岁月重来的唰唰声响——

哥，我救到你了。

哥，我多后悔当时没有抓住你。

第八章
我原谅你

快艇上的夏媛宸看到李钟敏抓住了那个哥哥,他拖着男孩的身体拼命想游回那块木板,可是大浪一次又一次朝着他的头顶拍过去!将他打得毫无还击之力!

"李钟敏!你坚持住啊!你坚持住!"媛宸不知何时泪水已经流了满脸,她紧扒着栏杆,拼命想要探出身体去拉他们,可是根本徒劳无功。这一刻她真的觉得自己好渺小,好没用,面对自然,人类居然脆弱成这样。无论你是亿万富翁,还是平凡百姓,你的生死其实都在老天爷的一念之间。

"就快到了!李钟敏!我求你别死啊!"她哭着大吼,不断回头向正在靠近的快艇喊,"快点儿!快去救他啊!"

"轰隆!"一声巨响,乌云遍布头顶,海上的飓风加大了!

最前面的一艘快艇被迎头大浪打中,整个被掀翻在了海里!

"Jacky!"有几个老外大吼着站了起来。有船停到了落水的船只旁边,更多人继续挣扎着向李钟敏靠近。

夏媛宸呆呆地靠在船边,脸上一片惨白,一边是已经落进水的杰西,一边是在水里拼死挣扎时隐时现的李钟敏。

她的脑海里空荡荡的,那些大浪和呼啸的海风仿佛刮进了她的脑袋里。

她不知道自己在几个小时前做的决定到底对不对,她的一句话让这些人全部陷入了危险中,明明她自己都是从大海里死里逃生的,她为什么要把这些将她救起的人再次带到危险里!

她太自以为是了,她错了!她真的错了!

"钟敏!你回来!你回来吧!"当她看到大浪又一次将李钟敏紧抱着的男孩打进水里,而李钟敏深吸一口气,一个猛子扎进去救人的时候,她终于忍不住流泪嘶吼,"我们返航!我们走!李钟敏!你听到没有!"

是!

这对父子多么无辜,多么可怜,可能要葬身大海。

可是李钟敏何其无辜,他也不过是个二十岁的青年,他在知道这几个人有危险的时候,不顾别人劝阻地过来了,在面对风浪几乎要吞噬自己的时候,不顾危险地去拼命帮助了,还要怎样!非要把命赔上吗?

非要赔那三父子一起死在这里才算对得起他们吗?李钟敏根本就不行,他就没有那个救人的本事!

而她呢?再是个一无足处的废物!

"李钟敏!给我回来!否则我就把船开走,你听到没有!"她嘶吼,嗓子都破了音，头发被吹得遮蔽了满脸，像个疯婆子。可是她的眼前只有魔鬼一样的大浪，以及仿若自然在暴怒呼啸一般的风声。而李钟敏，还有他紧紧抱着的男孩，都在海平面上消失了踪影。

"李钟敏……李钟敏……"

她浑身都在颤抖，整个手痉挛一样抓着栏杆，好像拼死也不会放开，又仿佛下一刻就要松开手，就那么跳下海去找人！

从来没有像这一刻，她觉得死亡离自己这么近，如果李钟敏真的死了，就是被她逼死的！

是她坚持要他去救人的！她跟当初那些逼自己下水的坏蛋有什么区别！

她没有办法思考，脑子里仿佛只是凭本能一样在进行拉锯战，就这么待着，还是跳下去，她觉得自己好像下一瞬就会做出选择了。

那一刻仿佛极为短暂，又好像在时间和空间中被无限拉长，夏媛宸自己都弄不清到底过了多少时间。

"啊！"

面前一米的距离突然爆出一声嘶吼，李钟敏带着那个男孩从大浪里钻了出来！

泪水在一瞬间如火山爆发般喷涌而出！夏媛宸突然"哇"的一声号啕大哭！眼泪口水流了满脸。

她甚至顾不上用手稍微遮一下自己的嘴，就那么委屈地，恐惧地，感激地，或者说分不清那一刻到底是什么情绪，单纯发泄性地流泪。

她顾不上再去扒着那个栏杆，手脚并用地在甲板上爬着转圈，将救生衣、救生圈、绳索，所有能抛下水的，她觉得有用的东西一股脑儿扔了下去！

"李钟敏！你过来！你快过来！"她哭着抓住绳索的一头，"我拉你回来，你快点儿！"

李钟敏原本就偏白的肤色因过长时间待在冰冷的海水里，更被衬得一点儿血色都没有，仿佛一只样貌极为俊美的吸血鬼，好看得惊人，却也令人恐慌，仿佛……仿佛他的生命力马上就要流失殆尽了。

她看到他哆嗦着手将救生圈套上男孩的头，然后拼命划着水想要靠近船只，可是汹涌的波浪一次次将他又推远。

不过是一米的距离啊！不过是那么近的距离啊！

"李钟敏！李钟敏！"她哭着伸出手，想尝试着去抓他，却差点儿将自己也带进了海里！

"你待着别动!不许动!否则我们就都得死!"李钟敏抖着唇大吼。

夏媛宸浑身都在颤抖,弄不清是冷的还是害怕,她身上早已湿透,手上也黏黏糊糊的,低头一看却不是水,而是血。她居然一点儿都没感到痛。可能人的精神紧绷到了一定程度,就真的会丧失知觉。

她的视线只在自己流血的手掌上停留了一秒,或者还不到一秒的时间,就再次毅然决然地用双手攥紧了绳索。

"李钟敏!你听着!我没有那么大力气拉你们回来!你要自己想办法!但是我告诉你,我死都不会放手!直到你们回来!你听到没有!"

她红着眼大吼,将绳索一头缠绕在身后的栏杆上,然后将剩余的绳索全部系到自己腰上。

她努力过了,真的努力了,可是她的力气实在不足以将这两个人拽回来——这不是风平浪静的小河边,水的浮力在这里几乎可以忽略不计,对她而言,这两个人就好像掉到井里的两个重物,需要她凭空将他们扯起来。

她做不到,她真的不行。

又一个大浪打过来,狠狠砸上他的头顶,李钟敏只觉得脑袋上的某处穴位一阵剧痛,眼前也有些恍惚——真疼啊,比小时候爸爸用砚台扔他的脑袋还要疼。

有那么一瞬间,他的心神好像剥离了身体,陷入幼时痛苦的回忆里,手也不自觉地松开了绳索——

"李钟敏!我死都不会放手!直到你们回来!你听到没有!"

一米外的那声哭喊将他迷失的心智骤然唤回,他的眼前是那个丑女人疯了般的模样,他看到她将绳索系到了自己身上。她把自己做成了一个秤砣,稳着绳子,拉着他们。

"蠢货……"他的唇微动,无声地吐出了两个字,可是手上,分明又有了力气。

"啊!"一声发自胸腔最深处的怒吼,震得嗓子里都涌出了血腥味儿,他趁着一股浪歇下的势头,拼命朝那边一冲!

那个女人用自己的生命为赌注,押他能回到船上去,他又怎么忍心让她输?

当两个人死命爬回船上,夏媛宸哭着扑过来,一把抱住了李钟敏的胳膊,再不敢放手。

"谢天谢地,你回来了。李钟敏,你这个浑蛋、疯子……"她抖着唇,嘴里快速地说道,一瞬间可能自己都不知道自己在说什么。

李钟敏试着推了她一下,却没推开,然后整个人就那么停住,仿佛走神儿一样愣着盯了媛宸几秒,片刻之后他突然低下头,就着两个人半抱着的姿势,一手搂住她的颈,

低头用力在她头顶一吻。

"没事了。"他轻轻喘着气道,"放开吧。"

夏媛宸在他怀里反应了几秒才好像刚刚明白过来他在说什么似的,有些迟钝地离开他的臂弯。

刚经历生死离别的两个人在这一刻都是木的,都没有意识到方才到底发生了什么,反倒是距离他们五米开外,一直尽力在靠近保护他们的艾克里在快艇上目睹了一切,用力揉揉自己的眼,几乎愣在了那儿。

不过眼下这种情况也容不得他们有太多愣神儿的时间,当看到李钟敏暂时安全,快艇中的小部分人也马上掉转方向到了还在木板上的两父子身边,将他们救到了艇上。

艾克里望着头顶变幻莫测的天气,一脚踏在栏杆上,一边朝后打手势,一边扯着破锣嗓子用英语嘶吼:"返航!快给我返航!"

李钟敏因为失温、脱力严重,明显有些使不上劲儿了,他去拧钥匙打火,第一下居然都没有拧动。

冰冷的手背上突然覆盖了一个略带温度的手掌,是夏媛宸。

他没有回头看她,只是看着那个女孩紧紧握着他的手指,发动了快艇。

他低头,冲着手心里哈了两口热气,然后又用力搓了搓手心,甩甩头,待精神好一些了,努力集中注意力,望向前方,双手紧握住方向盘。

"嗡"地一下,快艇在海里转了个急弯,艇身还是平稳的,李钟敏的身体却一个趔趄,险些从座位上摔下来!

"李钟敏!"媛宸猛地过去,用自己的身体支持住他,哽咽着问,"你还行吗?还可以吗?"

她能感觉到自己旁边的这个身体有多么凉,多么紧绷——李钟敏真的已经筋疲力尽了。

"……行的。"他咽了口唾沫,目光仍望着前面,胸膛微微起伏着道。

这个时候如果让快艇停在海面上,再叫人想办法到这边来代替他开船,无疑是自寻死路。

他只能硬着头皮强撑着往前开——只有前进,没有退路。

他深深地看了眼身侧的夏媛宸,深吸一口气,猛一用力将马力提到最大!"嗡"的一声,快艇如离弦之箭一般射了出去!

媛宸将男孩紧紧抱在自己怀里,另一只手抓住扶栏,竭力在海浪的起伏中保持平衡。

李钟敏一次次注油加速,眼见着他们的快艇离大部队越来越近了……

突然,前方一个大浪猝不及防地打来!

"啊!"李钟敏惊呼一声,下意识朝左用力一拽方向盘,意图通过躲避浪峰的方式维持平衡,却不料这一下将本来就紧扒在左护栏的媛宸跟那个男孩都甩出了快艇!

"夏媛宸!"那一刻他的心跳几乎都停了,低吼一声,视线仍望着前方,左手已"啾"地脱离方向盘,在空中慌乱地挥舞着抓了几下!

抓到了!

他握住了媛宸的脚脖子!

今天大约是他最倒霉的一天,可也大概是他最幸运的一天。眼里有股要落泪的冲动,他目视前方却对着媛宸大吼:"我抓住你了!爬回来!想办法爬回来!"

"我不行,我不行啊!"夏媛宸流出了泪水,双手紧紧抓着男孩的双肩,小半个身体都被拉出了快艇,铁质的栏杆一次次随着海浪波动重重击打在她的胸口,她甚至怀疑自己的肋骨都要断了。

"姐姐!你放开我吧!"男孩带着哭腔喊道,小手试图将媛宸的手挣开,但换来的只是夏媛宸通红着双眼,色厉内荏的一声大吼:"你别乱动!"

不到这样的时刻真的不会明白,在上一刻她还能如壮士断腕一般叫李钟敏丢开这个小孩儿,可当一个生命,一个无辜的小孩儿真的就握在她的手里——她抓着他,他就活着,她放开,他会淹没进大海——当她真的面对这样的选择的时候,她才发现其实根本没的选,任何一个还有血性的人都没办法放开手里的孩子,哪怕知道最后的结果可能是陪他一起掉下去。

抓着那个孩子已经成了本能,她能感到自己的身体在一寸寸往外倾斜,前方一个转弯,李钟敏的身体打了个晃,他一手抓着她完全无法保持住平稳,船几乎就要翻过去!

"李钟敏!你松手!"终于喊了出来,夏媛宸回头,流着泪对他道,"别管我了,放开吧!"

"不松!"他却更紧地抓住了她,原本俊秀的面孔此刻近乎狰狞,"夏媛宸,你敢死!我不允许!给我爬回来!回来!"

"我做不到……李钟敏,好痛……我真的做不到……"

媛宸努力地想挪回身体,可换回的只是颠簸带来的剧痛,她的面容因窒息而泛出红色,又透着疼痛绝望的惨白。

漫长的长达半分钟的僵持,李钟敏趁着快艇刚压下一波浪,突然双手都松开了方向盘,整个身体朝夏媛宸扑过来!

"啊!"媛宸一声尖叫,下一刻,她被李钟敏狠狠地按进快艇甲板!而挂在快艇外

的男孩也跟成串的葡萄似的被拎了回来。

李钟敏没有时间让他们反应，事实上他这种脱离方向盘和油门，任快艇在狂风暴雨中的海面上空跑两秒钟的行为已经无异于疯子了。他以最快的速度回到驾驶位，将快艇拐回正途。

此刻船内积水已经非常严重，夏媛宸趴在甲板上，嘴都会碰到水，她被呛得咳嗽几声，还没来得及喘息略微平复下，就听到耳边李钟敏的怒吼："给我抓住了，别再出去了！"

夏媛宸浑身打了一个激灵，一手握住栏杆，一手紧紧抱住了男孩。

幸好，前方不远就是海岸了，汹涌的浪涛明显减弱下来，他们甚至能听到岸上海鸟无忧无虑的鸣叫，能看到那些迎风摆动的椰子树……

恍如隔世。

几分钟后，他们靠岸了。李钟敏跟跟跄跄地奔下船，一踩到沙地就被无数人蜂拥围上，有拿大浴袍裹住他身体的，有递上蜂蜜水的，有拿着听诊器在他胸口严肃地按听诊断的，还有旁边大吼着指挥已经完全失去风度的艾克里……

夏媛宸怔怔地盯着，眼前的世界仿佛在旋转，她踏出去一脚，却觉得好像踩空了一样，扑通摔倒在地。

下一瞬，一只手将她用力抱起——

是江承赫。

"你没事吧。"江承赫儒雅的眉眼里此时溢满了担忧，他示意一位女服务生拿过一块大毛巾，裹上媛宸的头发，一边为她轻轻按摩着，一边给她擦拭头发，"好了，都过去了，别怕……"

媛宸在江承赫的支撑下勉强站直身体，哆哆嗦嗦地将毛巾捂紧在自己肩膀上，抬起头，一声谢谢还没来得及说出口，就被人从后一把扯了过去！

李钟敏一边搂住她的腰防止她滑下去，一边将自己身上的大浴袍拉下来兜头罩到媛宸身上："笨死了！连擦水都不会吗？"

他话里粗声粗气的，手下的动作却是轻柔。

江承赫的目光在两个人身上来回打转，颇为讶异的样子，在他不知道的时候发生了什么不得了的事情吗？

李钟敏有些大力地将浴袍给媛宸裹紧，毛巾仿佛被不经意碰掉。

媛宸有些受不了地推了他胸口一把，微微喘着气道："你在干吗啊？"然后弯下腰把毛巾捡起来，递给江承赫，眉宇间难掩疲惫道，"谢谢承赫哥。"

李钟敏好像此时才发现站在一边的江承赫似的,面露讶异地望向身侧道:"咦?承赫哥也来了?那边医生们在商讨驱寒方案,哥不忙的话也去帮忙看看好吗?"

江承赫似笑非笑地看了他一眼,微微拖长了声音:"行啊。"他朝医生那边走了几步,却又突然停下,指指被带上岸的三父子道,"不过一会儿我希望你给我个解释。"淡淡的声音却是严肃。

"呀——"李钟敏颇为烦躁地侧过头,咕哝了一声。

媛宸本来是笑着的,听到这话目光却在两个人身上打了个转,好像忽然想起什么似的,脸上的笑容淡了些。

医生们开了暖身温补的汤药,又建议李钟敏和夏媛宸轮流到岛上的温泉池子去泡一下,那水蕴含十分稀有的矿物质,对目前的两个人身体是极好的。

艾克里马上叫来女服务生,用英语指挥道:"马上陪夏小姐回房,先放水帮她洗澡,等少爷一出来就陪她去温泉池。"

"不必了。"媛宸还没来得及说话,李钟敏就皱眉阻止道,"都到这个时候还讲究什么。"

他将脸转向媛宸,英俊的面容上没什么表情,"池子很大,还有转角,你要是不介意我们就一起过去。"

"这——"媛宸略微犹豫了。方才正常说话时还听不出来,这会儿放低了声音却能十分清楚地听出她嗓子哑了——应该是刚才在船上撕心裂肺地对着他吼"快回来"的时候弄的。

李钟敏就这么瞧着她,眼神莫名地柔软了一些:"干吗?你还怕啊?明明是我比较吃亏吧?"

"你什么意思啊!"夏媛宸鼓着嘴瞪了他片刻,突然一侧头也笑了出来。感觉不久之前才死里逃生、同生共死过的两个人现在站在这儿说这个,真的很无聊,也很……幸运。

"走吧。"夏媛宸裹紧浴袍,率先朝前走去,"先说好,咱们要在两头哦,我也不想占你的便宜。"

李钟敏忍不住笑了出来,跟了上去。

温柔的菲律宾女佣为两个人除下浴袍,在用大石头分隔开的转角两侧安排他们坐下,又将姜茶放到水边的小木桌上,确认他们没有其他需要了,这才微笑着退了出去。

媛宸身上只有薄薄的吊带,泡在温暖微烫的池子里,听着不远的地方传来轻微的李钟敏的喘息声,一时还觉得有点儿不安。但是时间一分一秒过去,只能间或听到李钟敏走到池边喝茶的声音,然后就再无动静。

媛宸耐不住，又往平滑的石头里侧坐了坐，试探着向对面问："喂……你睡着了吗？"

"这么烫，鬼才睡得着哦。"那边是李钟敏淡定的回答。

媛宸撇撇嘴："很烫吗？我觉得还好啊，你是不是寒性体质？"

李钟敏懒得搭理她这种没有营养的对话，自顾自拿起一块毛巾擦了擦眼周围的蒸汽水珠。

而那边，已再次响起了问话。

"对了，杰西没事吧？"

"他？"李钟敏笑得不甚在意，"不过是灌了几口海水罢了，正好还刮刮他肚子里的油。"

"别这么说。"媛宸有些别扭地小声道，"再怎么讲也是因为我才让他受了这场罪。还有其他人呢？都没受伤吧？"

"你就不要担心这个担心那个了。"那边隐隐传来李钟敏出水的声响，哗啦啦的，不知道他在做什么，然后就听他道，"出海的人里头，就数你身体最差了。"

媛宸不服气地伸直脖子，正想顶他两句，金发碧眼的美貌侍应生已轻手轻脚地端来一个托盘，又将她手边的花茶都拿走了，隐约见到李钟敏对她摆了摆手，好像在示意自己的不用换。

他刚才是叫侍应生吗？媛宸低头看了看新出现的棕色精致小茶壶，拿起来试探性地闻了闻，是姜水的味道。

握着壶把的手不由得紧了紧，片刻之后，媛宸将茶壶放下，对着石头那边鼓起勇气道："李钟敏，谢谢啊，还有……对不起。"

"被温泉泡傻了吗？干吗又道谢又道歉的？"那边传来了李钟敏一贯的无波无澜的声音。

媛宸叹了口气，没兴趣在这时候跟他像小孩子一样吵架："李钟敏，我说真的，谢谢你在那么危急的时候都没有放弃我，很抱歉因为我的一时任性和自大让你们那么多人陷入危险中。"她抱膝将自己更深地泡入水中，让温暖柔和的水波一层层荡漾着包裹住自己，低声继续道，"不过如果老天再给我一次选择的机会，我大概还会做出相同的选择。"

李钟敏张了张嘴，满腹安慰的话都卡在喉咙里，而后便是摇头失笑——果然能在暴风骤雨中存活下来的女人心脏都强悍得不可思议，完全不需要他多余的开导和安慰。

他带着两分逗趣儿的意思道："看来你是不怕死啊。"

　　那边传来媛宸认真的答话声："死谁都怕，如果一早有人告诉我，要救那三父子需要三条别人的性命来换，那我一定不会同意。可当时我听到你们谈话时不是这种感觉，我以为……以为只是出海将三个人带上船的事儿。事实上我真的觉得承赫哥有点儿可怕，他在完全不确定危险系数有多高的情况下就那样断然地拒绝了你的救人要求，他甚至都不考虑去报告海警，让他们来救人，实在太冷血了……"

　　"你住口！"李钟敏忽然高声打断了她的话，语气冷硬，把媛宸吓了一大跳。

　　"你根本不了解承赫哥，凭什么说他冷血？你凭什么这么说他？嗯？别忘了，当初还是他把你救上来的！"

　　"我……"媛宸一时哑口无言了，又参杂着被他点出忘恩负义的愧疚。其实后面那些话她本来不想说的，她知道这样在背后议论人不好，可是刚才的气氛太舒缓自然了，李钟敏在她的旁边就好像一个可以无话不谈的朋友。

　　她一下就——忍不住了。

　　"李钟敏，我向你道歉，行吗？我……我不是那个意思……"听着那边仍旧有些不平静的喘息声，媛宸无奈地说道。

　　好半晌，才又响起李钟敏闷闷的声音："你不懂，承赫哥其实是个很好的人，可他要保护我。很多事情，我们是无法对外人言明的……"

　　最后一句话，很低、很轻，媛宸极用力才勉强捕捉到重点的几个字，仿佛一个不注意，它们就会消散在氤氤氲氲的蒸汽中。

　　"就是因为这样，你才被……被送到这里来的吗？"

　　"放逐"两个字在媛宸的唇齿间打了几个滚，最终也没敢吐出来，可已足够让李钟敏警觉。

　　他的音调陡然低哑了下来："看来你那天听到的还不少。"

　　"不不，我保证，没有！"媛宸下意识就想伸出手指发誓，随即又想到他看不到，只好咽了口唾沫，竭力把声音放平缓，"我去的时候，你们就说到那句话，再往前的我就真的不知道了。"

　　"没事，随便吧。"李钟敏重重地吐了口气，将后背靠在大理石打造的平滑靠背上，头微微后仰，左手随意地顺了顺凌乱的头发，朦胧的水雾中显出一种男女难辨、精致得有些过分的美丽来。

　　此时追究夏媛宸到底知不知道自己的秘密其实已经没有意义了，即使知道了又怎样呢？

　　他还能狠下心肠，让她就此消失在这个远离人烟的小岛上吗？

　　不，他根本做不到了，打从这个女人在那足以吞噬一切的暴风中，流着泪像个疯子一样地对他大喊"李钟敏，我死也不会放开你的时候"，他就做不到了。

"李钟敏，我能问你个问题吗？"那边传来夏媛宸小心翼翼的带着试探的问话。

"嗯。"他不置可否地哼了一声。

"你自己在这里……会寂寞吗？没有家人，没有朋友陪伴。"她的声音越来越低，连自己都没有底气，仿佛生怕他会生气地直接甩手走人一般。

而事实上她的话确实触到了他的逆鳞。

李钟敏微微眯住眼，攥紧拳头冷笑道："谁说我会孤独？真是可笑！岛上有艾克里，有杰西，有无数的侍应生在陪我……"有些急促的答话，不知是在急于说服她，还是说服自己。

"他们都是下人，不是朋友啊，钟敏。"媛宸忍不住出声打断。她知道这时不是她插话的好时机，可她真的做不到若无其事地就那么听下去，不知怎的，在李钟敏色厉内荏、状似高傲的语言中，她却听出一股难以言喻的悲伤。

她莫名地有了……一刹那的心疼。

李钟敏仿佛沉默了一下，道："你在嘲笑我吗？呵——"一声低笑，随即便站起身，对着门外用英语道，"开门，我泡好了。"

他要走？

媛宸一急，猛地起身，一时都顾不上什么了，随便从旁边拉了一件浴袍裹在身上，就那么披散着头发冲了出去。

"李钟敏！等等！"她小跑几步绕过大石头，还差点儿被湿滑的地面滑倒，好不容易才在李钟敏出门前截住他。

"我……我没有讽刺你的意思，我只是觉得一个人难免有些孤独，我觉得你可以换种生活。"她微微喘着气，手用力拉住他的袖子不放，李钟敏则目视前方，连头都不低一下，依旧要往前走。

"喂！你这人为什么总是曲解别人的好意呢？就不能听我把话说完吗，该死的！"瞧着他那副油盐不进、不为所动的样子她就来气，忍不住爆了粗口。

李钟敏目光深了些，垂下头，漆黑的眸子紧盯着她的眼睛，一言不发。

媛宸被他看得莫名地有些胆怯，抓着他的手都松了些。

他却在此时冷冷道："我在听啊，你怎么不说了？"居高临下的目光，透着刻意的疏离。他就像一只怕受伤的刺猬，只要有外界的一点点刺激，就会迫不及待地将柔弱的身体缩回去。

太多的话梗在喉头，一时间，竟不知从何说起。媛宸默默望着他，手松了又紧，紧

了又松，最后终于像认输一样耷拉下脑袋："好吧，如果你愿意的话，我当你的朋友怎么样？"

头顶上是意料之中的安静，媛宸已经做好了被他狠狠嘲笑一番的准备，不料，许久之后，一块珊瑚绒的大毯子却突然从天而降，"啪"地一下拍到她的头上。

"啊！你干吗？"媛宸下意识喊了一声，拽下头上的毛毯，对着前面的人喊道。

而李钟敏已头也不回地转身往外走去。"擦干你的头发，明天早上八点我在椰子树下用早餐。"他粗声粗气道。

这算接受她的好意了？

这个人，要不要这么别扭啊……夏媛宸握紧手中的毛毯，低低地吐了口气，一边擦拭头发，一边缓步朝外走去。

当走到山洞外沿的时候，恰好可以看到李钟敏已走到那条蜿蜒小路的尽头——后面跟随着长长的一串来自世界各国的温顺而貌美的侍应生。她们走得整整齐齐，步履划一，却无一例外地与李钟敏保持着一定的距离。

就是这些人，这些他口中会一直在这里"陪伴"他的人。

媛宸就那么望着远方，不由自主地放下手，表情也淡了下来。李钟敏在这孤岛上，仿佛掌控这里的一切，高高在上，可若是有选择，又有谁愿意被四方海水封存在这方小小的土地上，即使为王。

李钟敏，在你过去的人生里，到底都经历了些什么？

泡过温泉，又喝了一杯驱寒茶，不过才下午三四点钟，李钟敏生活向来规律，还从未试过在这个时间睡觉，但今天实在发生太多事，也顾不得许多了，草草吃了些东西，吩咐下人不用准备晚餐了，他便自顾睡去，可这一夜睡得并不踏实。

脑子里纷纷乱乱闪过许多光怪陆离的景象，有哥哥柔和的笑脸，母亲含泪的目光，父亲的疾言厉色，老宅里下人带着恐惧的打量，最后一切的画面都定格在了那一刻——他哥哥最后笑望了他一眼，倏然跳入海水中。

这是他最害怕的画面，是已经纠缠他长达近十年的噩梦，往常这个时候，他都会如同从万里高空轰然坠落，浑身陷在痛苦、失重、绝望的深渊中不能自拔，他会在睡梦中疯了一样地哭泣，厮打，挣扎，直到这巨大的动静将在外面守夜的人吵醒，带着医生慌张地进来叫醒他。

但是这次不同了，那个梦并未在原来的地方停止，他看到自己也跟着从木板上跳了下去！他看到他弱小的身体在无情汹涌的海水中仿佛神话一样以肉眼可见的速度长大，

第八章

他的四肢越来越舒展,他划水的动作越来越迅猛,他离哥哥近了……更近了!

他抓住哥哥了!

"啊!"一片漆黑的木质别墅房内,李钟敏在空旷的大床上"咻"地坐起,一手紧紧揪住自己的领子,大口大口喘着气,眼里酸涩疼痛得几乎想要落泪。

哥,我抓住你了……抓住你了……长大后,我终于可以抓住你。可是,你能原谅十年前那个太稚嫩懦弱根本什么都做不了的我吗?

清晨的阳光洒满静谧的Mirslina岛,李钟敏低着头,一步一步走往椰子台,颇有些心不在焉的样子。

远处的海平面上渐渐传来了水声,他不由自主地抬起头,随即就被眼前刺目的阳光晃了一下,下意识伸出右手遮挡在眉骨上方。

"他们都到了?"他对艾克里问道。

穿着燕尾服的艾克里笑眯眯道:"是啊,少爷,今天您是起得最晚的。约翰先生跟他的大儿子还在水里玩,他的小儿子已经累了正在岸边躺椅上休息。喏,您看,他们就在那边,媛宸小姐在陪着他。"

"哦。"他点点头走过去,迎着阳光,隐隐地,听到他们两个人的对话。

"斯蒂文,告诉姐姐,怎么好好的就不高兴了?"

那个小小的男孩蜷成一团,开始还好像不愿意说,后来被媛宸哄了好一阵,才终于开口:"我听杰西叔叔说,昨晚哥哥差点儿就死了,都是因为我。他肯定生我的气了,不会再原谅我了,对不对?我真太没用了……"

媛宸顿时哭笑不得:"你怎么会那么想呢?哥哥当时跳下去是因为他爱你啊,而且现在大家不都没事了吗?"

但是无论她怎么说,斯蒂文都死死把脸埋在胳膊里,不肯抬起来。

无奈之下,媛宸只好站起身,对着远处还在玩耍的哥哥挥手呼喊:"汤姆!过来一下!斯蒂文在哭呢!"

"啊?怎么了?那个哭包!"汤姆笑着跑过来,一边跑一边胡乱甩着头上的海水珠子,小麦色的肌肤在阳光下熠熠生辉,映出的一切都是生命的活力。

媛宸望着他,唇边不由得漾出一抹笑,她低头摸了摸斯蒂文的头发,向汤姆扬声喊:"你就别管了,你只要说,弟弟,我原谅你,就好了!"

汤姆微微一怔,随即一手举在嘴边做喇叭状,一边笑着大喊:"弟弟!我原谅你了!"

"弟弟!我原谅你了!"

"弟弟！我原谅你了！"……

李钟敏呆呆地立在原处，后背几乎止不住地在颤抖，他看到汤姆望着自己，背后是一片摄人心魄的阳光，初长成的男孩模糊的身影渐渐与记忆中的画面重合。

他说："我原谅你了。"

"轰隆"一声，已困扰他十年的围墙仿佛在一朝之间分崩离析，Mirslina岛上温暖的太阳终于照进了他一直暗无天日的心房，心中漫天的大雪在一瞬间融化。那一刻，仿佛只经过了极短的时间，又好似已流过了无数在时光长河中扭曲、分裂、融合得已失了原貌的光怪华年。

身体忽冷忽热，脚好像踩不到地，如飘浮在空中……

胳膊被动地让人晃了晃，李钟敏一时恍若隔世，迟疑了好一会儿，才动作有些僵硬地低下头，就见到夏媛宸正一脸担心地盯着自己。

"李钟敏，你怎么了？在发什么傻？"她顺着他的目光朝前头望了望，一脸的不明所以。

他则定定地看着她，呆呆地，出神地，他能感到自己的眸子里慢慢有些湿润了。他看着她的表情从不解慢慢变成惊讶、愕然，他看到她的瞳孔中映出了自己的脸……终于在她即将开口的前一瞬，李钟敏猛地弯下腰，将她揽入自己怀里。不轻不重的力道，却让她无处可逃。

"留下来吧。"他听到自己说。

夏媛宸，你知道吗？我不信命，可是此时此刻我真的觉得，冥冥之中自有注定。

那天的早饭媛宸吃得颇为尴尬，总觉得当着斯蒂文他们父子和岛上艾克里等人的面拥抱了，是一件十分不好意思的事情，然而始作俑者十分自然。

"尝尝这个，刚从新西兰空运来的牛排。"

媛宸一抬头，就见李钟敏举着他的叉子，自然无比地递到她嘴边。

名为约翰的那位父亲笑着打趣："李，你将来一定是个疼爱太太的人。"

"太太？哦——媛宸姐姐是太太吗？太好了，结婚！结婚！结婚！"斯蒂文那个顽皮孩子激动得直拍手，脸都红了。

"爱哭鬼，你瞎说什么！"媛宸狠狠瞪了他一眼，可是明显没有任何威慑力。

那个小鬼头摇头晃脑道："我才没瞎说，媛宸姐姐，钟敏哥想跟你结婚呢！"

"我……"媛宸低垂着头眼睛乱瞟，感觉脸上的温度一点点上升，她抬头，不期然地撞进李钟敏的视线里。

第八章

那个秀丽如竹般高贵，也一直如竹般冷傲的青年，此刻正眼神含笑地望着自己。

脸腾地一下烧了起来，偏偏李钟敏还若无其事地将叉子往前凑了凑，表情自然无比地说："吃啊。"

"你——"媛宸别扭地伸手拿过叉子，干笑道，"我自己来，我自己来。"她本来想将叉子里的肉拨到盘子里，再换自己的餐具，可才一有动作，就发现桌旁几人的视线都在随着她的手移动。

李钟敏双手抱着胳膊往座位后靠靠，眉毛上挑，颇含威胁之意，大有一副你敢当众打我脸，我就把你丢进海里的架势。

媛宸无奈之下，唯有硬着头皮扯扯嘴角，用李钟敏的叉子将肉送入嘴里。

"怎样？还不错吧？"李钟敏重新恢复彬彬有礼的大少爷就餐姿势。

"好……好……"

"以后我的餐点都按一式两份准备。给夏小姐一份。"他侧头，对身后的艾克里道，阳光在他俊秀的侧脸轮廓打下一道柔和的光。

"好的，少爷，夏小姐。"后一句，却是对着她说的。艾克里先生郑重其事微微弯腰的模样让夏媛宸略一惊，下意识地动动身体，可马上就被李钟敏转回来略带威严的清浅笑颜盯住，再无法动。

岛上随侍的人员几乎都在同一时间用余光瞟向她，随即又仿佛什么都没发生一样转开目光。他们虽然无一人正视自己，但媛宸忽然觉得，这些人的眼睛，头一次真正正视了自己的存在。

可这原本不是她想要的啊。媛宸握紧刀叉，垂下眸子，在一片已然乱了的心跳中，不可避免地溢出一丝忧虑。

吃过早饭婉拒了斯蒂文要她跟大家一起在海边晒太阳玩水的建议，媛宸在李钟敏意味深长的目光中，几乎是有些急切地离开。直到转过弯，离开他们的视线，她才微微松了口气，终于放缓了脚步。

留在这个岛上，从此再不与外界接触？这个念头一经出现，就在她的心底如海藻般疯狂蔓延滋长。待在这儿似乎可以解决她的一切问题，逃开她不想面对的复杂家庭背景，逃开总是歉疚地望着她的父亲，逃开学校那些讨人烦讨人厌的幼稚孩子……这里，就是世外桃源。

可这个世外桃源就如海市蜃楼般虚无缥缈，因为它的所有都依靠于一个男人——李钟敏。

他展颜，她便可以在这岛上一人之下万人之上，肆意生活；他不喜，她可能就要战

战兢兢,如履薄冰度日。

媛宸相信李钟敏在早上抱住她的一刻说出的话是认真的,一如生死攸关时刻他在船上抱着必死的决心也不肯放弃她一样真挚。可她无法想象,假如三年后,五年后,甚或十年后这份感情变了——不再有懵懂青涩的爱,甚至连那点儿生死与共的友谊都在漫长而地位不等的生活中耗尽了。她,又该如何自处?

"媛宸——"身后忽然响起一声清浅悦耳的呼唤,媛宸回过头,就见江承赫正微笑着朝她大步走来。

她下意识笑开:"承赫哥。"

"一起走走吧。"说话间,江承赫已经走到她身边,十分绅士地向前一摆手。

"刚才沙滩上的事我都听说了,没想到钟敏这小子也会对女生动情啊。"他含笑看向她,打趣道。

江承赫的眸子亮如星辰,谈笑间唇齿暗含一丝稍稍上挑的尾声,是一种男性特有的性感,媛宸忍不住有些不好意思,嘀咕道:"好事不出门,坏事传千里。"她低下头,正好错过了江承赫眸底一瞬间的打量。

"坏事?这么瞧不上我们钟敏啊?"他仍是一副自然说笑的样子,媛宸却忽然"咦"了一声,小跑着向前面的池塘去了。

他一怔,跟了上去,就见媛宸蹲在池塘边小心翼翼地捧起一只挣扎着挪动的青蛙。

她抬起手,将它举在手心仔细观察,不无担忧地说:"好像是腿受伤了啊……这怎么办?把它放下水还能活吗?"

"这么伤着放下去肯定不行,细菌感染就会要了它的小命。"

"啊?可是也不能就这么让它在岸上啊,待会儿中午的太阳会把它晒死吧?"夏媛宸看上去极为烦恼。

江承赫静静地盯了她一会儿,突然叹了口气:"就把它放在这里吧,我会叫人过来处理。"

"可以吗?"她"咻"地看向他,眼里亮晶晶的。

"嗯,会给它的腿上药,养好了再放它出来。"

"谢谢承赫哥!"她笑着起身感激道。

两个人继续往木屋的方向走,江承赫却已经没了试探的欲望,显得有些沉默。

媛宸跟在他身后走着,心里慢慢有点儿忐忑:"承赫哥,你有心事吗?"

"媛宸,离开李钟敏,离开这里吧。他不适合你。"江承赫停下,深吸一口气,转过身,目视着她的眼睛直白道。

Chapter 08
第八章 我原谅你

眼睛骗不了人，死亡面前的本能骗不了人，今日的她眼神澄澈，昨日的她勇敢果决。这个女生是真的善良单纯，她没有刻意去接近谁，妄图通过下作的手段得到什么，那么他即使不赞同她的爱情，也不该有任何欺骗或虚伪的劝解。

他轻轻吐了口气，好像生怕自己会后悔一样，一口气道："你看到这个岛时大概就已经猜到了，钟敏不是普通人，他其实是尚国的财阀之后，在那里，李氏家族跺跺脚，整个国民经济都会颤一颤，他的婚姻是会掺杂很多其他因素的。当然，如果他是李家的独子，你们俩又足够坚定，我也不会坚决反对你们，你们在很多年后是有希望在一起的。可现实并非这样，钟敏的父亲在尚国还有一个小儿子，且一直带在身边，非常宠爱。钟敏如果不能在他二十岁成人礼前回到国内，大概就要一辈子被流放在这里了。"

始终保持沉默的媛宸安静地盯着路旁的一丛花草，那出神的样子几乎让人怀疑她是否在听他说话。

江承赫沉了沉气："媛宸，你听到我讲的了吗？"

"听到了啊，我又不耳背。"媛宸淡淡一笑，透着轻嘲，"我能问问钟敏到底为什么会被流放到这里吗？这个流放的期限又是多久？"她看向他问。

江承赫抿唇，片刻之后道："原因很抱歉我无法告知，这关系李家的大秘密，知道了对你没有好处。至于期限我也回答不了你，事实上这一年多以来我一直在为钟敏回国而努力，在李氏内部和他们的亲族中也是有一些人支持钟敏的，我们都在为此想办法。"

"你们想的办法就是联姻吧？"媛宸突兀地打断道。

江承赫不无惊讶地道："你怎么知道？"

媛宸呵呵低笑几声，眼睛望向遥远的海面，脸上淡淡的看不出喜怒："这有什么奇怪的？扩充势力要耗费大量时间、精力，游说当权者又蕴含无数危险，拉一个无辜的少年或少女作为盟友进入这个争夺的名利场，无疑是最快的方法，不是吗？"

这话已经相当于明晃晃的打脸了，但江承赫今天本来就是来做棒打鸳鸯的恶角色的，更难听的话他都做好准备了，因而他脸上看不出什么变化，只是语气平静道："媛宸，你真是个好女孩，我很抱歉。"

夏媛宸别开脸，并不理会他的道歉，沉默了一下后问："我想知道，假如我不是你们眼中的穷人呢？如果我也有着不错的家世……"

"不错是不够的。"江承赫截断她的话，仿佛生怕她还存有一丝不该有的奢望般迅速道，"钟敏需要的不是某个小富之家的女儿，而是与他旗鼓相当甚至更强于李氏的财阀后代。媛宸，放弃吧，以你的背景即使真的进入李家，你也无法适应那种上层社会的

生活……"

夏媛宸的脸猛地冷了下来。

"呀——"江承赫望着她的脸色一愣,自知失言,懊恼地低喊了一声。

媛宸却已没了再聊下去的兴致,撂下一句:"我明白了。就这样吧,承赫哥。"然后,扭头便走。

她大约是最后一次这么叫他了。

江承赫在后面喊了她一声,而她只是脚步略略一顿,便继续朝前走去。

其实有什么好难过、好挣扎的呢?

反正她都决定不接受李钟敏了,再在这里跟他暧昧一阵也是徒留伤心,不如及早抽身离开。

她在心里一遍又一遍说服自己,对自己说没关系,可不知何时,嗓子里还是被酸涩的感觉填满。

约翰父子因为牵挂家人很快离开了小岛,夏媛宸站在海岸边对他们挥手送别,心中不由得浮起一阵惆怅——他们可以这样无牵无挂地走,未尝不是好事,若是当初自己也在获救后很快离去,或许就不会有这么多烦恼了。

她与李钟敏一前一后走到椰子台,开始享用侍应生奉上的早餐,不知何时起自己的餐点已经换成了跟李钟敏一样的。

来自挪威最新鲜的刺身、美国加州的牛肉,还有中国东北空运过来的鲜香大米,一切都那么美好,媛宸却有些心不在焉。

李钟敏以为她还在为约翰父子的离去而不开心,还特意劝慰她道:"夏媛宸,待会儿我要出海,一起去玩吧。"他对她道。

媛宸一点点握紧饮料杯,慢慢地吸了一口,想着长痛不如短痛,鼓起勇气放下杯子道:"李钟敏,我有事想跟你讲,我觉得我也是时候……"

"少爷,前天向我们发出求救信号的游轮已经进入我们的海域了。"艾克里先生走到李钟敏身边俯身道,说着话,还有些意味不明地看了媛宸一眼。

媛宸不由自主地蹙了蹙眉。

李钟敏却没发现两个人间的异样,只是态度自然地拿起餐巾擦拭了下嘴角道:"就是那艘载满中国贵客的快艇吗?让他们在这里靠岸吧。"

"好的,少爷。"

艾克里笑笑,大步去了。

第八章 我原谅你

媛宸看着他的背影，心底忽然冒出一个不可思议的念头，脸色都微微变了。

李钟敏颇有些莫名其妙："喂，你怎么了？不舒服吗？"

媛宸勉强笑笑，还没来得及答话，远处就已响起一声汽笛的长鸣：嘟——

雍容华贵的普斯诺号，就这样缓缓驶入夏媛宸的视线。先是那大得仿佛可以劈波斩浪的船头，直到白蓝相间的船身也清晰可见，最终，她的目光落到了塔台上站的最高的一个人——原英焕身上。

他们隔着沙滩，隔着海浪，隔着仿佛有些久远的时光，隔着生与死的大梦一场，就这么——遥遥相望。

她看到原英焕目不转睛地盯着她，脸上一丝表情都没有，后背有些过分僵直，隐隐地还能看出他的身体在微微颤抖……

他的手里捏着一只望远镜，胳膊垂在身侧，也不知过了多久，他突然抬手，"啪"地一下将望远镜狠狠摔了下去！

"哐啷"一下，那金属与硬塑结合的望远镜在一瞬间分崩离析，而媛宸更是下意识朝后躲了躲，感觉那望远镜就像砸在自己脚边一样。

奇怪，真是太奇怪了，明明他们离得还那么远……

他为什么要那么仇恨地看着自己？明明，明明是他们对不起她啊……媛宸努力在心里说服自己，却被他的目光逼视得越来越躲闪，无所适从……

船终于停靠下来，就见原英焕头一个走下甲板，大跨步朝他们的方向过来。他的眸子血红，眼睛里没有前面带路的杰西，没有一副主人模样的李钟敏，更没有这满岛的形色各异的美人，他眼睛的倒影里，满满都是那个女人——夏媛宸。他越走越快、越走越快，最后都接近于风一样的速度奔袭到了她的眼前，李钟敏早已觉察不对，绕过桌子走到夏媛宸的座位前，正好与他迎面撞上。

原英焕一米八三的身高在同龄男生中已经出类拔萃，而大他两岁的李钟敏竟比他还高半个头，只是身材稍精瘦些。他狠狠推了一把原英焕，眼神寒凉得像十米下的深海幽域，喝问道："你要干什么？"

原英焕被李钟敏推搡得跟跄着后退了一步，随即又像完全没有感觉一般，紧抿着唇接着往前，那恶狠狠的带着尖锐锋刺的眼神好像要将媛宸生吞活剥。

李钟敏怒极要笑，一挥手就示意保镖上前，几个一看就是特种兵出身的黑人利落地过来，三下五除二就将原英焕反手压进沙子里。

"夏——媛——宸！"他半边脸都被按进了沙堆里，从嗓子里挤出一声沙哑的低吼，也是自他来到岛上后第一次发出的声音。从来高高在上的王子那么狼狈，仿佛一瞬间跌

进了泥里。那一声一声，到最后一个字，仿佛是在哭泣……

"你……你……"媛宸不自觉地站起身，后退，想说的话却说不出口。

你为什么要这样？

为什么好像……是我抛弃了你一样？

远处惊呼怒骂的原家随侍，那些奔赴而来的原家保镖，一时间几乎都变成了模糊的背景。

原英焕被他的人救了起来……

船上的安保跟海岛上的保镖打作了一团……

李钟敏仿佛在大声怒骂……

眼前的画面乱糟糟的，媛宸下意识伸出双手捂住耳朵。

"嘟！"终于，随着李钟敏的一声示下，尖锐的长鸣报警声响彻Mirslina岛的上空，无数海鸥惊慌地从海岸边扑棱着翅膀飞上高空，又在岛上来回徘徊不肯离去。

"都给我住手！"李钟敏冷着脸，用毫无感情色彩的纯正英文口音道，"你们这些不知感恩的害虫，是想要被海警通通拉出去喂鲨鱼吗？"

此话一出，混乱的场面顿时平息了许多，主要是原家的保镖都收敛了跑到自家小主子身边警戒，保持敌不动我不动的态势。

原家的老管家上了年纪腿脚不便，在后头紧赶慢赶都赶不及阻止这场闹剧，好不容易跑到风暴中心了，正好就听到李钟敏最后的示警，心里当时便叫苦连天。

其实李钟敏叫海警的说法都还是客气的，这座岛一看就是私人岛屿，他们作为外来者本来是求援停靠，结果却开始闹事，如果岛主够阴毒把他们按"非法闯入者"给处理了他们都没有办法。

"对不起，先生，请容许我自我介绍一下，我们来自中国，这位是清远原家的继承人。"原家的老管家几步走到李钟敏面前，彬彬有礼地笑道，同时递上原家特有的名帖——暗紫色镶嵌钻石字母"Y"的名牌。

艾克里马上上前，用纯正的英语带着些英国人特有的冷幽默道："嘿，伙计，我看名帖就不用了，我们互相都很清楚了不是吗？否则你们以为自己凭什么可以停靠上Mirslina岛呢？"

原家的管家一时哑然，不知该如何作答。

李钟敏这时已经在原地站了好一会儿，眼神渐渐从狂躁变为冷淡，不管怎样到底是平复了许多。

"你没淹死。"不是疑问句而是陈述句。

第八章

夏媛宸听着那话极不舒服，当下也没了好声气："对，没死，你很失望吗？"

"那为什么不及时跟我们报平安？"

"什……什么？"媛宸几乎觉得有些好笑，她可不认为那艘船上有哪个有钱的少爷小姐会稀罕她的"平安"。

原英焕却如同不达目的誓不罢休一样，再一次加重语气问："嗯？为什么？"

"告诉你们，好让你们再害死我一次吗？"媛宸有些厌烦了，不想再继续这种没有意义的对话，在岛上的这几日她虽过得波折迭起，从没安生过，但内心其实是平静祥和的，所遇的人和事也大多仁善。此刻乍一再对上原英焕，还有船上那些神色各异的眼神，实在叫人生不出愉悦的感觉。她侧头，轻轻对李钟敏说了句："先失陪了。"然后扭头就走。

原英焕却出其不意地猛地伸出手，紧紧攥住她的手腕！

李钟敏一惊，随眉间染上薄怒，正想上前就被原家保镖挡住。而那边，原英焕在拉住夏媛宸后却没有别的动作了，只是目不转睛地盯着惊讶地转回过头的她，用低沉沙哑的嗓音，一字字说道："我没想害你。"

"夏媛宸——"他闭了下眼，奇怪地停顿了一下，仿佛在哽咽一般，又一次道，"不管你信不信，我不想你死的。"他的声音慢慢低下去，与此同时，手上的力气也小了，好像……好像在示弱。

媛宸想要将手抽回来，可是听着他隐含痛苦懊丧的声音，看着他难掩沧桑的神态，不知怎的，胳膊就像被一根看不见的绳子拉扯住，动弹不得。

两个人默默无声地对视着，在短暂的时间里，周围好像都安静了下来，只有他和夏媛宸。

原英焕突然控制不住地一抬臂，将她搂入怀里，在她耳边说："夏媛宸，对不起，我向你道歉。"

媛宸抬了抬胳膊，想要推开他，可最后，只是低低地叹了口气。

李钟敏隔着原家的保镖望着两个人，面无表情，视线从她低垂的视线，缓缓落到两个人依偎在一起的身体，忽然冷笑一声，转身便走！

夏媛宸扭头望见他离去的背影，想要阻拦，但李钟敏的步伐极快，她只将将来得及抬起手，他已转过弯不见了踪影。

普斯诺号上的客人们都被艾克里妥善安排接待，幸亏这个岛够大够豪华，一下这么多人住进来也不显紧促。

原英焕一手插兜走在海岸边,静静地瞭望着这座美丽的海岛,还有前方夏媛宸安静的双手抱着胳膊伫立望向远方的侧颜,心里蓦地涌上一股淡淡的后悔。

他虽因家世优越而狂妄自大,但毕竟到了这个年纪,也有了成熟周密的思考能力,他很清楚自己对夏媛宸有着非同一般的情感与在意。只是以前的他太骄傲,他觉得没有关系,不用急着说什么,只要自己一天还喜欢她,那么就有大把机会、大量时间用他的地位、他的金钱、他无上的权势来打动她。

可是变化来得那么突然,一转眼,夏媛宸就消失在了大海里,也险些消失在他的生命里。

她来到了这座海岛,而且看起来在这里过得不错,那位李家少爷对她的重视溢于言表。他一开局就输了。但他不会放弃,他还有机会,因为李钟敏的世界距离夏媛宸更加遥不可及,他不只是尚国的贵族,还是权贵之后,如果夏媛宸够聪明,想要个踏实的未来,就会选择跟他离开这个岛。

但前提是,他要表现出足够的诚意。

他轻轻地吸了一口气,又吐了出来,开口道:"阿夏,你在掉到海里的时候恨我吗?"

夏媛宸被他的那声"阿夏"惊得后背都发凉了,他们有这么熟吗?可是回过头,却见他正一脸出神感伤的样子,顿时牢骚话也不好意思说了,只得摇摇头道:"没有。"

"可我很恨自己呢。"原英焕依旧望着海平面,只是唇边浮起一个淡淡的笑容,"我曾经不止一次想起我们最后一次对话的场景。"

"最后一次?"媛宸蹙眉回忆。事实上这段时间发生了太多事,船上很多相对琐碎平淡的记忆,都在一次次惊心动魄的经历下模糊了。

原英焕一望便知她忘记了,倒也不生气,只是轻轻"嗯"了一声,说:"当时我说了你很多难听的——我说,你跟她们还是有区别的,你更穷啊,底层的垃圾。"

"……哦,那个啊。"媛宸偏头仔细想着,片刻之后,倒也笑了出来,仿佛有些怀念似的,"你那嘴也是挺损的了。"

"是啊,不服吗?"原英焕扬扬下巴看向她,眉毛都跟着动了动,故意臭屁的样子显出几分大男孩的天真,逗得媛宸笑得更大声。以前她可没想过,他俩也能这么平和地聊天儿。

而英焕却忽然收了玩笑的样子道:"其实我不后悔那天骂你了,真的,因为我觉得……我们以后还有很多很多时间,你生气了,还怨我,大不了我让你用更难听的骂回来啊,不行的话你打我几下都可以。但让我真正恐惧的是,那会成为我对你说的最后一

第八章

句话。夏媛宸，我在你生命中的最后一个印象，就是那么一个口出妄言、不可理喻的大浑蛋，你会不会死不瞑目，会不会做鬼都要跟着我，缠着我？"

不知何时，他已走近了许多，面对着她，正视着她，认真的眼神中只映着她一个人的身影。

媛宸下意识退后一步，有些不知该说什么了。

"怎么会呢？原英焕，像你这么难缠的人大概鬼都怕吧……"媛宸勉强笑笑，竭力转移话题。

"而且……而且你真的不用太内疚，我明白我落海肯定不是你授意的。你看我现在，其实也没有受什么苦啊……"她伸展双臂，在原地转了一个圈，借着这个动作拉开两个人的距离。

"可就算这样，我也不会轻饶了张希德和江陵的。你放心，他们会受到应有的惩罚。"原英焕不忍看到媛宸越发尴尬的模样，更重要的是怕一下子太激进会吓跑她，只好顺着她说下去。

媛宸却担心起来，皱着眉头郑重道："你想做什么？我告诉你，大海不是闹着玩儿的，我走运能捡回一条命不代表他们也可以。"

原英焕面无表情地与她对视着，时间一分一秒过去，在媛宸越来越忧虑烦躁的注视下，终于忍不住"扑哧"一声笑了出来！然后便笑得一发不可收："哈哈哈，你会不会想太多！你以为我要为你去杀人吗？我的天哦……"

"喂！原英焕！你别笑了！"

他则根本不理她，继续大笑："哈哈哈哈……"

媛宸恼羞成怒，一跺脚道："你有没有搞错？我是怕你一时冲动做错事，否则我管张希德他们去死啊！"

"……"原英焕一愣，脸上还带着柔和的笑颜，眼神却慢慢深邃了，"哦？你……担心我？"这一句问话，问得缓而绵长，仿佛有无数道不清的意味蕴含其间。

"我……"媛宸只说了一个字，就再也说不下去。这个男生此刻看起来太危险，他的眼神里都是霸道的宠爱，好似已经瞄准猎物的猎豹。他一口下去，你便要进入他的世界，在那片陌生的海洋里挣扎着失去自我。

"抱……抱歉，我要走了，你也早些休息吧……"面对原英焕越发逼近的脸庞，媛宸终是无法应对，撂下这句话，扭头便跑开了。

原英焕则慢慢直起腰，无声地望着她渐渐远去的背影，一手插在兜里，神色晦暗不明。她其实还没有意识到自己的认真，或者说不愿接受面对。他没有告诉她，普斯

诺号是为何被迫停靠Mirslina岛的,因为他执意在游轮未达到下一个补给点时,立刻返航回国。

船长其实一再跟他说明过危险了,他们的应急储备虽然不少,正常情况是可以回到国内最近的港口的,但是海上最缺少的就是"正常情况",一旦遇到任何危险和阻碍,他们一船人可能都要完蛋。

可当时深陷于负罪感与心痛中的他完全听不下去,他的脑子里只有一个念头——回国,去向夏媛宸的父母请罪。他会告诉他们,自己愿意一辈子照顾他们,奉他们终老。他会随海上救援队再来到媛宸的落水点,一直一直打捞她,一个月不行就两个月,两个月不行就一年。要是最后真的没有办法,他便给她立一个墓,让她有人祭拜,有香火供奉。

这是他青年时代第一次真正意义上感受到"喜欢",可他明白得太晚,认真得太晚,晚得女主角已经退出台前。那么,他能做好的只有最后的善后工作。

在计划那些的时候,原英焕没有再流过泪,甚至连哭泣的冲动都没有,他的心里是一种……一种接近麻木的感觉,没有感觉。

如果一定要形容的话,大概就是每一夜,每一夜在寂静无声、海上只剩零星海鸟飞过的时候,他都仿佛听到上苍在问:

原英焕,后悔吗?

是的,后悔。

可是来不及了。

嗯,我知道。

那时——那时真的是很难受呢……原英焕沉浸在回忆里,眼角不知不觉间滑下一滴泪,他轻轻抬手,擦掉,唇边却溢出了笑容。

此时,太阳升高到了正空,又到了一天之中Mirslina岛上最温暖的时刻,远处刺目的阳光打在银色的海面上,波粼闪荡间照得人几乎睁不开眼,幸福得他忍不住想要落泪……

夏媛宸,你知道吗?上帝重新发牌了。

黎明时分,屋外夜色浓重如墨,夏媛宸从一夜乱七八糟的梦中醒来,翻来覆去地再也无法入睡。最后她叹了口气坐起身,决定放弃,披了件衣服便出了门。

沿着小石子路漫不经心地走着,不知不觉间就走到一片熟悉的地方……

媛宸停下脚步,扬头望着前面的椰子台苦笑,或许她心里也是挂着他的吧。

第八章

掏出手机看看时间，已经凌晨四点多了，这会儿李钟敏应该不在吧？

心里有些忐忑，她沉了沉气，一步步迈上台阶，走到椰子台，扶着浅黄色仿树干的立柱四下一望，果然空无一人。

她轻轻松了口气，心里说不出是什么感觉，正想找个地方坐下，身后就飘来一声冷冷的问话："谁让你来这儿的？"在这寂静的、只有风吹动树叶发出的沙沙声的时刻，简直能吓得人蹦起来！

"啊！"媛宸大叫一声，脸色煞白，退后一步几乎摔倒，"谁，是谁？"她抖着唇问。

李钟敏"啪"地一下按亮了手机自带的电筒，一束白光打到地上，紧接着他把手机上举，照着自己下巴——白玉的脸庞、漆黑的眼珠，面无表情，活似一只美艳鬼——但好歹，能认出是李钟敏了。

夏媛宸捂着胸口，简直一口气没提上来要昏厥过去了，又惊又怒道："大半夜的你这是吓唬谁呢？走路都没声音的！"

面对她的怒喝，李钟敏则连个眼神都欠奉，只是面容淡漠地关掉灯光，目不斜视地从夏媛宸旁边擦肩而过。

"应该有人跟你说过，这里是禁区。"他随意地在一个台阶处坐下，面朝着大海，声音里不带丝毫感情。

"但我以前不是也来过吗？"

"呵。"他好像嘲弄一般地笑了一声，"所以，犯过的错必须改正。"

夏媛宸望着他的背影有些堵得慌，张张嘴想骂他两句，最后却只是叹了口气。

"我跟原英焕并不熟。"她走到他身边坐下，同样，看向遥远的海面。望着那浪一波波均匀缓慢地摇过来，又一点点温柔地退去，她陷入回忆。

"他是精英学校的风云人物，长得好，家里有钱，这次就是他们家出的游轮普斯诺号，带着一帮非富即贵的小孩子，跑来检阅大海。"

说到检阅，她有些嘲讽地勾勾唇。

而李钟敏也终于肯看她了，却是挑着眉，十分不悦的样子："非富即贵？"

"嗯。"她轻轻应了一声，随即便觉得不对，干咳两声道，"当然啊，跟您这样的岛主是没法比的。像你这种在我们国家不叫富贵，叫豪。"

"哦——"李钟敏点点头，"继续。"

"……后面的故事很俗套，你大概想得到。"媛宸无奈道，"我因为一次意外救了他，可是我的朋友冒我的名去找他，当然最后被揭穿了。然后原英焕就莫名其妙……那

个家伙就……"

李钟敏看她一副尴尬得不知该怎么往下说的样子，忍不住没好气地替她说道："就看上你了？然后是富家子强娶民女的故事吗？你就是这么落水的？"

"也没有啦，他没那么坏。"夏嫒宸别扭道，"他是挺生气我拒绝他的，不过我掉进海里真的跟他没有直接关系。"

"看来你们确实交情一片大好嘛。"李钟敏阴阳怪气道，"我又不会半夜派人去暗杀他，你不用急着为他解释。"

夏嫒宸一愣，随即忍不住想笑："那个……一片大好在我们国家通常是用来形容祖国河山或者风景的，不说人……"

"……"李钟敏起身就要走。

"喂！"夏嫒宸下意识伸手拉住了他。

两个人皮肤相触的一瞬，都是一惊。

夏嫒宸呆住，其实她刚才只是没有经过思考的一个动作，在这么黑的地方甚至都看不清自己手伸出去的方向是哪里，可是她竟然就那么准确地抓住他了。

他的手指微凉，指骨坚硬而瘦削。

这一抓住，就不知该如何放开了。

"算了，我原谅你。"大约十秒钟后，她听到李钟敏闷闷道，然后，轻轻反握住她的手。

这……

夏嫒宸的脑海里真的混乱了。在几个小时以前，她考虑的还是如何跟李钟敏告辞，可是谁能告诉她，事情怎么会发展成这样啊？

神啊，让她去撞墙吧……嫒宸头痛地想。

两个人无声地并肩坐着，在一片窸窸窣窣的虫鸣声中，渐渐重合了呼吸。

远处，海平面上慢慢溢出了一丝金色的光晕，太阳要升起来了。仿佛在一瞬间，给人们披上一层温润的外衣。

李钟敏望着远方，不知想到了什么，竟微微笑了一下，很快又散了。然后，牵起她的手起身，居高临下地说："走吧。"脸上没什么表情，仿佛淡定极了，自然极了。

嫒宸微微一怔，随即就被他的理所当然影响，下意识跟着他往回走去。

"在不妨碍我的情况下可以。"

她正走着，突然旁边传来这么一句话，她呆了下，忍不住"啊"了一声。

"啊什么啊？"李钟敏磨磨牙，语速变快，隐隐有几分恼羞成怒的味道，"我说，

Chapter 08
我原谅你
第八章

以后你在不妨碍我的情况下才可以来,不明白吗?"

"……"

意思就是她还是可以过来这里找他嘛。

媛宸在心里翻译了一下,不由得无奈地盯向他的后脑勺儿,这家伙还真是别扭。

第九章
命运的嘲弄

一路走回去,天已完全亮了,今日又是个好天气。

用人们已经在靠近别墅区的海岸边搭起了餐台,幽默风趣的法国厨师大叔正在一面煎蛋一面与一名早起的女学生逗趣儿。普斯诺号上的小姐少爷们看来已经从昨天的惊慌失措中回过神儿来,不少早起的人居然换上了礼服。

"呵,以为是来参加舞会的吗?"和人群还有一段距离的时候,李钟敏就停下了脚步,瞧着那边一片莺莺燕燕,不无厌烦地哼了一声,"还是不需要请柬的那种。"

"别这样,他们遇到海难也挺惨的了。"媛宸忍不住道,"还是你希望他们在岛上这几天都保持着难民的样子?"

李钟敏看了她一眼,撇撇嘴没再说话。

而这时,那边已有一些女孩子发现了李钟敏,地产商家的孙小姐眼睛都亮了,低头迅速检查了下自己的衣裙领口是否得体,宝石项链的光泽是否明亮,然后便端起两杯新鲜榨出的果汁,巧笑倩兮地朝他们走来。

作为富豪家庭的女儿,但又不是国内顶级企业继承人的她们,嫁给一个有钱有权的男人就是她们毕生的事业与目标,她们对钱权有着超乎常人的敏锐嗅觉,在第一次踏上这片土地时,她们就知道李钟敏比原英焕更加高贵,能给她们带来人生的飞跃。

夏媛宸望着孙小姐缓步走来的身影,还有不少女生紧随其后,个个笑得像一朵花,不禁有些无奈地对李钟敏道:"这些姑娘看来都很喜欢你呢。"

"她们眼中看到的都是美元。"李钟敏漠然道,拉着她的手,转身就朝东边搭建的观景台走去。

那个观景台约莫四米高,是用岛上的实木原木搭成的,用藤蔓鲜花简单装饰,很有些巴厘岛的风味。台上面积只有三四十平方米,也就够摆上两张餐台,往日都是李钟敏独自在上面进餐。

艾克里今天难得穿了条大花裤衩儿,注意到这边的"事故",他踩着凉拖从沙滩上一路小跑过来,摊摊手用英国人特有的幽默道:"嗨,我的少爷,别那么严肃,这些可爱的姑娘也不会吃了你。"

李钟敏回头面无表情地看着他道:"听着,现在我们要上去用餐,别让她们来打扰我们,否则我就吃了你,明白吗?"

"呃……好吧,OK。"艾克里无奈叹气,"所有人吗?"

"嗯。"李钟敏先应了一声,沉思了片刻后又补充道,"如果是那两大家族的子弟想要过来,就放行吧。"

"您是指……原先生和纪小姐?"艾克里问。

第九章

李钟敏微微颔首，而后头也不回地拉着媛宸走上观景台。

"早上好。"头戴花环的印度少女们，脸上挂着灿烂的笑容，一见他们便弯腰招呼道。而后又有美貌的女孩裸着脚过来端上一个木质托盘，上面盛有两杯新鲜的果汁，一节竹子斜放在杯里，充当搅拌勺，看着清新而讨喜。

媛宸端起饮料，轻轻闻了闻味道，带着浅浅的花香，喝进去甜滋滋的，她忍不住一饮而尽。

李钟敏不由得笑了出来："看你这架势，倒像在赛酒。"

媛宸被他逗乐儿："什么赛酒，在我们国家那个叫拼酒。"

说话间，旁边正为他们现场烤制的牛排已发出"滋滋"的声音，诱人的香气也散发出来，媛宸回头看了一眼，夸张地吸了吸鼻子。

"你就算没见过牛排，也不用表现得这么明显吧？"楼梯口处忽然发出一声嘲讽，是纪秀芝的声音。

夏媛宸下意识回过头，就见纪秀芝穿着一袭鲜艳的黄色无袖裙，面容冷淡地走了上来。原英焕紧随其后，盯着她的后脑勺儿用不带丝毫感情色彩的语调道："你要是不饿就下去，别在这儿影响我们的胃口。"

纪秀芝转过脸看向他，片刻之后，轻哼一声闭上嘴，自顾自走到座位旁坐下。

"Good morning（早上好），原先生，纪小姐。"在原英焕和纪秀芝出现之后，李钟敏的神色明显没有方才那么放松，而是严肃了许多。他目光淡淡地在对面两个人身上扫视一圈后，慢条斯理地给自己铺上餐巾，而后对身侧的侍应生道："既然客人们都到了，上菜吧。"

挪威三文鱼、深海红虾、炭烧新西兰牛排、蔬果沙拉……一道道色香味俱佳的菜肴被摆了上来，四个人却不约而同地沉默品尝着。

媛宸觉得自己都要被这压抑的气氛逼得消化不良了，她用眼角的余光四下一望，见大家都没有说话的意思，唯有干咳两声，率先打破了沉寂："那个……话说岛上食物的味道很独特呢，我过去在清远从没吃到过这样的虾。"她笑着指指盘子，选了个安全的话题道。

本来这话有点儿暗暗恭维李钟敏的意思，没想到原英焕却更快地接茬儿了。

"哦？阿夏喜欢？"他笑着道，"那不如我回去后在学校门口开家海鲜餐厅，也做这种风味儿的，你去帮我把关，给我盯着？"

"啊？我？"夏媛宸不料他会说这话，当即一愣，然后便下意识看向李钟敏，而李钟敏微微垂着眸子，切牛排的手却是一顿，而后那刀子又慢慢划了下去。明明他脸上没

有露出什么，媛宸却不由得心中一紧。

"……别开玩笑了。"媛宸强笑道，"我可没有什么经商天赋，会把你赔惨的。"

"经营上的事不用你担心，我会另外委派经理人的，你只要帮我把好食物关就行了，怎么样？"原英焕还是如过去一般自说自话，独断专行，可如今眼眸底下不自觉地流露出一丝爱惜与温柔，"我看你之前在食堂做工都挺开心的，我想你会喜欢饭店的工作的。不过你要记得，自己的主业还是学生，学业第一，嗯？"

就这么话赶话的，倒仿佛已经决定了一样！

媛宸可真急了："不要不要，我真的不用这些。原英焕，谢谢你的好意，可我其实……其实对餐饮行业并没有什么兴趣，我去食堂不过做份兼职……"

"那你就把饭店也当作一份兼职好了。"原英焕直接打断了她的话，面上依然带笑，眼神里却隐隐暗含世家子弟不容违逆的贵气骄傲。

媛宸沉默下来，脸上微露不悦。

就在两个人僵持间，对面忽然传来低低的吐气声，就见李钟敏抬手用湿巾轻轻擦拭了下嘴，然后将湿巾"咻"地一下丢到桌上，身体靠向竹质的椅背，双手五指交叉着搭到桌上，声音不疾不徐道："清远原家，真是百闻不如一见，想请谁做事，就一定要谁给原家做事，怪不得能做到今日的规模啊。其实我们李氏最近正好也有这方面的烦恼，我们想自主开发无人舰巡查系统，但拥有核心技术的那几个美国人一直不配合，原家能不能帮我们想想办法？看是用美元砸死他们，还是雇用夏小姐架着大炮直接轰进研究院？呵呵。"他狭长的眼尾微微上挑，最后那一笑，嘲讽的意味几乎藏不住！

原英焕神色一变："李钟敏，你什么意思？"

"没什么意思，就是觉得原少爷财大气粗的样子很可爱。"李钟敏弯了弯唇，一手扶桌，微微侧头看向夏媛宸道，"你很缺钱吗？怎么不问我要？我最多余的就是钱了。"

"你们能不能别说了？"媛宸与他对视片刻，突然重重地吐了口气，目光转开，眼底已隐隐发红，"我的经济是不宽裕，但我有因此给你们造成什么困扰吗？你们凭什么把我当笑话一样在这里闲谈？"她来回瞪视着原英焕和李钟敏，话到最后声音都微微哽咽了，终于忍不住"啪"的一声放下手中的刀叉，起身就要走。

"阿夏！"

"夏媛宸！"

桌旁的两个男人同时喊出了声。

"啧啧啧。"一片尴尬的沉寂中，一直默不作声地吃着东西的纪秀芝忽然摇头叹

了口气，她拿起手边的餐巾，慢条斯理地擦了擦唇角，起身低低笑开，"夏媛宸，你回来，该走的不是你，而是我啊。再在这里待下去，我真感觉自己要吐了。"

"纪小姐最好小心说话。"李钟敏轻轻抬了下眼，冷峻的样子颇为吓人。

纪秀芝沉着脸与他对视片刻后又移开视线，咬咬牙继续对夏媛宸道："你的手段实在叫我大开眼界，看到两个男人对你这么示好你很得意吧？"

"纪秀芝！够了，你给我出去！"原英焕噌地起身就过去拽她。

纪秀芝穿着高跟鞋被拽得踉跄几步，从微微垂着眸子的媛宸身边走过，突然难掩厌恶地回过脸道："你以前要是知道钱有这么重要，早早给自己找了后台，兴许老天就不会让你沦落至此了呢！"

"纪秀芝！"原英焕恶狠狠一声怒骂，擒着她的手直接把她拉到了扶栏边，那模样倒恨不得直接把她从观景台上推下去一样！

"等等。"李钟敏慢慢站了起来，明明脸上带着笑，眸底却没有丝毫温度，寒凉得吓人。他一步一步缓缓走到纪秀芝面前，低头看进这个女生的眼睛里。

纪秀芝觉得浑身被一种难以言喻的压迫紧张感笼罩，忍不住收了收肩膀，可很快又如给自己壮胆一般挺起了胸膛："你……你想干什么？"她就不信光天化日之下，当着底下她的一帮同学，他敢做什么！要知道自己可不是什么无名无姓之辈，她好歹是纪家的继承人！

"我？"李钟敏以肉眼难见的弧度弯了弯唇，"没想干什么。只是要告诉纪小姐，找后台不在早晚，恰是时候最重要。而在这片土地上，能做主的也不是老天，而是我。"

他抬手，"啪"地一下打出了个响指。阳光下，他的中指与拇指显得过分白皙瘦削。

艾克里带着保镖快步登上观景台，神色再无平时的嬉笑，眼神里透着疏离漠然。他径自走到李钟敏身边，低头用英语道："少爷，您需要我做什么？"

李钟敏看了一眼艾克里，冰冷的目光又慢慢转回纪秀芝身上，他的眼神好像在看个没有生命的物体。

原英焕莫名觉得心中一紧，感觉有些不妙。

而此刻，艾克里身后的四名保镖个个严阵以待，似乎只等一声令下。

"李钟敏先生，我希望你在做出什么决定前能慎重思考。"原英焕蹙眉放开纪秀芝的手，上前一步，隐隐有挡在她身前的架势。他并不喜欢纪秀芝，可以说两个人以往的过节儿也不少，可毕竟两家大人是旧识，若今日真有大事发生，他袖手旁观也

万万不行。

夏媛宸仿佛也被这个阵仗惊到,左右看看后,忍不住将眼神定向李钟敏。

所有人都在等他的决定。观景台下不知何时也安静了,一帮小姐少爷都屏息望着上面的动静。

李钟敏环视四周后,原本绷着的脸一点点缓和了,忽然忍不住勾唇一笑:"干什么?干什么?都以为我要杀人放火,毁尸灭迹吗?"他转头朝媛宸问,"对了,这次这两个词我没用错吧?"

媛宸刚才骤然提起的心猛地松下,听他逗趣儿还有点儿不习惯,想挤出一丝笑,却硬是没挤出来。

纪秀芝的身体也有些发软,勉强靠住扶栏才没让自己倒下。经过刚才短暂的僵持,她已认清目前的形势——这里是李钟敏的地盘,所有人都听他指挥,他要自己怎样自己就会怎样,事实上除了原英焕敢为自己说一句话,观景台下那些人又有哪个敢出声?要是自己今天真出了事,就算有一日家里知道了真相,能为她来报仇,也早已晚了,于事无补。

事实上,她真后悔之前狂妄乱说话惹恼了李钟敏,可毕竟养尊处优多年,这会儿让她猛地拉下脸向李钟敏低头,她又有些做不到,一时间只能干瞪着李钟敏。

"别看了,没要把你怎么着。"李钟敏回身走到桌边坐下,懒懒道,"只是要纪小姐离开Mirslina岛而已。我看着你实在很厌烦了。"

"现……现在?"纪秀芝的声音都不太平稳了,又惊又怒,"我怎么走?我们国家的船和飞机都没到!"

"哦,这个啊,你放心,艾克里会给你准备一艘皮筏艇的。"李钟敏笑笑,对旁边使了个眼色,艾克里马上低头答应去准备。

纪秀芝快被气死了,可是又不敢再乱发脾气,只能咬着牙努力平和道:"您真是说笑了,我哪里会驾驶皮筏艇……"

"大海会教给你。"李钟敏直接打断了她的话,眼神凉薄地扫过去,"或者,你想要一个救生圈?就像夏媛宸当初一样?"他笑开,笑容里却不带丝毫暖意。

纪秀芝浑身发抖,眼见保镖直直地朝自己走过来,终于控制不住地大喊出来:"李钟敏!你敢!我要是真有不测,我的家人不会饶过你的!一定会去找你们家报仇的!"

"哈哈哈!你吗?"李钟敏大笑出声,"如想联系家父,可能需要贵国政府发出外交函呢!"

纪秀芝的身体剧烈战栗着,脸色惨白,被保镖硬拖着下了观景台,嘴唇抖着却再也

第九章

说不出一句话。

"等等！"原英焕追了两步，但那些黑人保镖看都不看他一眼，而他回头想向李钟敏求情，李钟敏却已表情冷漠地垂下眼，一副懒得再说的样子。无奈之下他唯有快步走到夏媛宸身边，神色为难地低低道："你看这……"

夏媛宸叹了口气，望了望他，走到李钟敏面前道："李钟敏，算了吧。"

李钟敏这才缓缓掀起眼皮："你想保护她？"

"我……我不是有意要护着谁。"夏媛宸顿了顿，仿佛不知道接下来的话该怎么说，沉沉气才继续，"只是李钟敏，我过去十几年的生活一直很简单，我希望以后也能简单下去，不想背负什么。我知道你也是要给我出口气，但如果今天她真因为我遇难，我后半辈子一定无法忘记这件事。所以……算了吧。"

"……"

沉静。

李钟敏一时没有答话。他深深地看进媛宸的眼睛里，不知道在想什么。保镖们也停了下来，押着纪秀芝等在楼梯口，只待李钟敏的下一个指示。

也不知过了多久，才听到李钟敏轻轻吐了口气："OK，放开她吧。"

他低头笑笑，对夏媛宸道："正如你说的，我是为你出气，而如果你都不需要，我做这些也没意义了。"

原英焕这才放松下来，皱眉走到纪秀芝身边，一只手拽起已经站不住的纪秀芝，语气不太好地问："怎样？没事吧？"

"还是先送她回房休息吧。"夏媛宸淡淡地望着他们说。

原英焕点点头，正要带纪秀芝离去，没想到这个姑娘还真是不怕死。

"我不用你假好心。"明明纪秀芝的声音都因刚才生死一线的一幕吓得抖了，却还是强撑着对夏媛宸道，"我……我是不会感谢你的。"

"喂！你脑子有毛病是不是？"原英焕怒得直接甩开手，任由纪秀芝倒在地上。

纪秀芝跌坐在地，撑起身体，却是恨恨地扬头盯向原英焕。

夏媛宸偏头轻笑了一声，那样子倒好像并不意外似的，她缓步走到纪秀芝跟前，低头俯视着她说："受我们这种人的恩惠让你很难受吗？你以为我很想救你吗？事实上，我真希望生活可以给你一点儿教训。"

她回过头，目光平淡如水，问李钟敏："纪小姐看来不太愿意回自己的房间，要是您不介意的话，可以给她换个房间吗？"

李钟敏挑挑眉笑了，倒像是乐见其成的样子："当然。"

"你去找人,帮纪小姐在海边搭一座茅草屋,务必让她今晚就住上。"他对艾克里道。

艾克里一愣,以往怎么处理那些擅入者的事都做过,如今这个要求却让他有点儿不知如何下手了。

"茅……茅草屋?"这个英国人为难地抓抓头道,"不知道您说的是什么样子的?要知道,咱们岛上还没有建过那种东西,有什么要求呢……"

"这还需要样板吗?"李钟敏不耐烦道,"找几根草,弄个顶,做得像个房子就行,要求就是不会塌,明白吗?"

"OK,没问题。"艾克里马上心领神会,而后颇为狡诈地一笑,走到纪秀芝身边弯腰一摆手道,"纪小姐,走吧,咱们要搬家咯。"

早餐算是不欢而散。

中午媛宸没再出去吃东西,只叫人送了个三明治来房里凑合,可拿起来也没胃口,叹了口气又放下了。

可爱的菲律宾少女眨眨眼,小心地用英语问是不是有什么不合心意的。媛宸赶紧摇头,说自己现在只想要杯花茶。

"怎么了?心情不好吗?"正在这时,原英焕含笑走进了门。

夏媛宸微微一怔,随即无奈道:"这是我的房间啊,你进来之前好歹敲个门吧。"

原英焕耸耸肩,好脾气道:"我只是看门开着,里面又有人,就……哦,如果你需要的话,我现在出去敲?"然后作势转身。

"哎,算了算了。"媛宸马上阻止道,她可没这么矫情。

原英焕立刻一脸明媚地来到桌边坐下,东张西望起来。

媛宸瞧他那副不拿自己当外人,准备长留的架势,只得先打发女孩离开:"请你帮我去倒茶吧。"

没想到原英焕立刻笑容灿烂地接茬儿:"两杯,thank you(谢谢)。"他回头对少女竖起两根手指。

在那女孩出去后,媛宸便沉默下来。

原英焕想了想,抿抿唇,慢慢凑了过去,小心地说:"难道也生我的气了?"

"没有啊。"媛宸仿若不解,"我有什么好生气的。"

"因为我让你帮纪秀芝说好话了啊。"原英焕一手扶着下巴,似笑非笑地瞅着她,眼神里倒都是温和的暖意,"你肯定觉得,纪秀芝又不是什么好人,为什么不给她点儿

教训，对不对？"

虽是问她的话，可原英焕好像并不准备要她回答，自己说完便吐了口气，放下手，两手交叠着放在桌上继续道："不是我不站在你这边，而是咱们真不能玩这么大。你想想，李钟敏家倒是财大气粗，又是隔了千山万水，可你迟早要跟我们回国的。如果将来纪家真的盯住你，要找你麻烦……当然，我一定会保护你，可我也怕自己有疏忽顾不到的时候，倒不如这次先放她一马。你放心，回去后我肯定让她好好吃几个哑巴亏，叫她再也不敢来招惹你，你说呢？"

彼时，媛宸正微微低着头，视线看着桌面，细长的食指在桌上慢慢画着圈，等他说完了，她只是抬头看了他一眼，很快又垂下了眸子，浅浅一笑道："嗯。"倒似并不怎么在意。

"你真要跟他回国吗？"门外不知何时站了一个人，因为逆光，他的面容显得模糊不清，可是那已然熟悉的冷淡声音却让媛宸不由得僵住了脊背。

"李……李钟敏，你什么时候来的……"夏媛宸慢慢地站起，回身看向门口。

李钟敏的脸上仿佛覆盖了一层寒霜，眉宇间依稀是当初初见他时的模样——孤傲，疏离，遥不可及。他薄唇轻启，再次问道："你想离开？"

"……我不是那个意思。"媛宸下意识跨前一步，有些不知所措，手心里不知何时冒出一层薄薄的汗，黏腻得难受。

"那是什么意思？你说。"李钟敏走进门，目光冷然，可若是仔细看去，能清晰地看到他内里深处压抑的怒火。

媛宸张了张嘴，然而，下一刻，她便看到了跟在李钟敏后面的人。

"媛宸。"江承赫望着她，望进她的眼睛里，就那么轻轻地喊了一声。他的眼神里透着歉意，透着恳切，还有一些……无可奈何。

媛宸突然就什么都说不出来了。

"你说。"

"……"

李钟敏突然大吼出声，仿佛失控一般："你倒是说啊，混账！"他的眼眶通红，像是血的颜色。

原英焕大步走过来，将媛宸一把拽到自己身后，直面李钟敏道："你别喊了，刚才我们说的话你不都听到了吗？媛宸要跟我回国了，我们在一起了，很感谢你这段时间对她的照顾，她在岛上所花费的一切费用，等我回国后会叫人打给你的。"

"……夏媛宸，这就是你的意思吗？"

媛宸低着头，后背不自觉地在颤抖，李钟敏的声音都变了调，最后那个"吗"字，简直……简直好像在哭泣一样……

她能感觉到他有多么绝望。她死皮赖脸地闯入他的生命，如今，又要这样不负责任地离开。

可是，她有的选吗？她能不走吗？

她千选万选，不就在挑一个合适的时机，告诉李钟敏自己要走了吗？

而今，这个时机可能是老天给她选的吧……一个最好，也最差的时刻。

断得最干净，伤得最刻骨。

"李钟敏，我……"她深吸一口气，强忍下眼里汹涌而出的湿润，抬起头。可只说了一个字，便被李钟敏断然打断。

"够了，我不想再听了。"李钟敏偏过头，眼睛是红的，扯扯嘴唇，仿佛笑了一下，可那样子比哭还难看，"我真不明白，我为什么要来这里自取其辱。"

在那低低的一声叹后，他扭过头，大步离去。

媛宸不自觉地追了几步，很快又停了下来，目光怔怔地望着他离去的背影。身上不知何时弥漫起一股凉意，她靠着门框，忍不住抱住了自己的肩膀……

江承赫从后面慢慢地走了过来，在她旁边停下，低着头，没有看她，只是轻声道："媛宸，对不起……可是请你相信我，今天你或许会伤心，但十年后已经过上平静生活的你，会感激今天你所做的决定的。"

"……平静的生活？"她忍不住笑了一下，却是嘲讽，一滴泪不期然地从眼角滑落，脸上冰凉，"还是平凡的生活？"

"……"江承赫无言，沉默地离开。

夏媛宸闭上眼，回忆像汹涌的海浪般瞬间充满她的脑海。

犹记得那个男生别扭地跟她说："以后你在不妨碍我的情况下才可以来，明白吗？"

犹记得他在沙滩上通红着双眼，将她猛地抱进怀里，低低地道："留下来吧。"

犹记得当日在甲板上，疾风骤雨间，他紧紧抓着因抱住汤姆不放而被甩出船的她，发出一声震天动地的怒吼："夏媛宸，你敢死！我不允许！给我爬回来！回来！"一张俊秀的面孔近乎狰狞……

在她将近二十年的久远生命里，她曾被捧得高高在上，仿佛坐拥一方城池的大物主；她也曾被命运戏耍般地掀下台来，成为谁都可以踩上一脚的平凡女子。可是——可是从来没有一个人，并不考虑她是谁，并不想着她来自何处，在生死攸关的时刻，死也

Chapter 09 命运的嘲弄
第九章

不肯放开她的手……

李钟敏，自你之后，还会不会有人大声骂我，用心护我，不惧死也要牵着我……

有如霜般寒凉的泪珠从眼眶里滚落，一只手却在这时伸过来，为她轻轻抹去。

媛宸怔怔地睁开眼，看到的却是原英焕放大的面孔，他的眸子里仿佛盛满怜惜，那情看着就跟真的一样……

他说："媛宸，别这样，你还有我，以后还有我陪着你……"

"……你？"酸涩的嗓子里艰难地挤出一个字。

"是啊！我是认真的！"原英焕用力点头，双臂一收，便将她揽入怀里。

她听到他在自己耳边说："媛宸，我以后会保护你，会好好照顾你的。"

那黏腻的声音，在此刻听着让她莫名有些想作呕。

她蹙紧眉头，喉头用力吞咽几次，终于吐出了一个含糊的字："滚。"

"……什么？"原英焕温柔的表情僵在了脸上。他慢慢地放开了手，退后，看着她的眼睛。

媛宸直视着他，启唇，清晰地说："滚。我现在不想看到你。"她伸手指向外面，一字字道。

柔和的表情一寸寸在他的脸上碎裂，原英焕的表情渐渐变得寡淡、阴鸷，他退后了一些，又退后一些，突然抬脚"砰"的一声狠狠踹倒了桌子！冷笑一声，就这么扬长而去！

夏媛宸闭上眼，双手用力捂住脸，身体靠着门框，一点点滑坐了下去，泪水忍不住从指缝间大滴大滴涌出。她知道自己刚才有多没风度，她知道要离开的决定是自己下的，迁怒原英焕根本没有道理——可是她没办法，真的没办法，在才赶走自己的救命恩人后，对着这一切的始作俑者强颜欢笑。

她，做不到。

这个下午，往日鸟语花香、阳光明媚的Mirslina岛陷入了诡异的沉寂，岛上笼罩着一片低气压，连巡逻的保镖都似乎比往日多了很多。

而这片寂静终于在傍晚时分被打破，纪秀芝的一声尖叫带着简直能划破人耳膜的穿透力横扫了整个别墅居住区。

媛宸趴在床上，烦躁地用被子整个蒙住头，想当自己完全听不到，可是哪里可能呢？这些小树屋都是用原木搭建，藤绳绑缚固定，房屋的外壁都有肉眼可见的缝隙，完全不隔音。

　　真是要疯了……媛宸忽然将枕头狠狠砸下了床，从床上一跃而起，露出一张顶着通红双眼、神情暴躁疲惫的面容。那些人到底在干什么？难道就连让她好好伤心一会儿的机会都不肯给吗？

　　她用力吐了口气，捡起一件外套，发泄般使劲儿抖了抖，随便一披，就那么大步朝海滩边的喧嚣处走去。

　　"你居然敢打我？你算什么东西？"老远媛宸就看到纪秀芝被几个女生拦着，披头散发双目通红地在对着一个黑衣保镖吼叫，她明显哭过，整个精神状态都不太对劲儿，像是疯了一样乱挥着拳头。而那名被她怒骂着的保镖，就一脸漠然地站在她两步开外的地方，艾克里两手抱着胳膊很苦恼地站在一边，拿着对讲机一直在用英文问："他过来了吗？快点儿，叫他快点儿，这里要开战了！"

　　他正说着，突然眼前一亮，看到了媛宸。

　　"哦，感谢上帝，太好了，媛宸小姐，你来了。"他三步并作两步地迎上去，笑容满面，在走到她面前时弯腰一摆手，夸张地行了个英国式绅士礼节，"我正在发愁这里该怎么办呢，为什么我才出去一下午，这里就乱了套？媛宸小姐，请你快劝劝你的同胞朋友吧，虽然这栋屋子的环境不怎么样，可也不需要她忍耐太久啊，你们国家的船队大概三天后就能到岛上了。"那态度，俨然就是把她当成了能主持大局的女主人。

　　媛宸有心解释两句，偏偏艾克里话里话外根本没提李钟敏的事，只是对她态度过分恭敬而已，她真不知该如何说起。

　　"哟！看看，我们飞上枝头的乌鸦来了！"纪秀芝咬牙切齿地望过来，眸底是深刻的仇视，"见我被一个下人打很解气吧？这到底是什么世界，贫民大解放的时代吗？嗯？"

　　媛宸蹙眉看着她沉默不语，片刻之后才向旁边的学生问道："是那个保镖动手打人？"就她这几日上岛看到的，那些保镖虽然彪悍凶狠，可并不像是会无故打女孩子的人。

　　"对……"那学生战战兢兢地看了眼一脸冷笑的纪秀芝，迟疑了一下似乎觉得眼下还是夏媛宸更有权势，遂吭吭哧哧地补充道，"不过是纪小姐先出口骂人的。纪小姐不想住那里，要求回去，这位保镖先生不理她，她就在旁边骂了起来，结果……结果那位保镖先生忽然就把她拎起来了，啪啪打了四个耳光……"

　　她的声音虽低，描述出来却是绘声绘色颇为形象的，马上引来一片压抑的低笑。

　　"江敏玉，你不想活了是不是！"纪秀芝的脸上一阵红一阵白，怒从心起，不由得大声骂道。

第九章

江敏玉吓得缩了缩脖子,不敢再说话。

夏媛宸望着这一幕却不禁暗暗摇头,这个纪秀芝也真是,已经一再惹火李钟敏,吃尽苦头,却还是不懂人在屋檐下,不得不低头的道理。

她叹了口气走上前,站到纪秀芝面前面容平淡道:"你想耍大小姐威风,回去后有的是机会,非要在这儿吃亏吗?这里不是清远,是四面不靠地的Mirslina岛。"

"……"纪秀芝冷冷地注视着她,一字字问道,"就你,也配教训我?"

夏媛宸被她气笑,可没来得及再说什么,就听到一声低低的斥责带着回声从远处荡开。

"你们这些令人厌恶的家伙,明天一早通通从我的地盘滚出去!"

所有人都回过头去,就见一顶藤木竹轿渐行渐近。竹轿上似乎装了什么奇怪的装置,坐在里面的人说话的声音瞬间就被放大。此时,李钟敏就坐在里面。

媛宸觉得心跳得有些快,仿佛有点儿紧张,可同时心里头也沉甸甸的,好像被什么压得难受。

那乌藤轿子色彩沉郁厚重,好像极有分量,可四个穿着短打白衣的壮青年却像抬得很轻松似的,不过眨眼工夫就到了近前。

艾克里几步过去,扶李钟敏下来。李钟敏面如寒玉,眼底都是冷意,就那么不出声地扫视一圈后,周围竟都安静了下来。

他提脚往前走,当经过媛宸身边时,两个人的胳膊甚至都微微触碰到了,一股清浅的薄荷香钻进她鼻间,让媛宸忍不住绷直了后背。然而令她难过的是,李钟敏就如同完全没看到她似的,在她旁边没有丝毫停留,就那么擦肩而过。

"明天一早,就给我滚,听到了吗?"他在纪秀芝面前站定,稍稍低下头,言语间的凉意几乎要冻死人。

真奇怪,刚才还要好几个学生才能勉强压制住的纪秀芝,此时却在众人都不自觉放手退开后,一动不动站在原地了!她看着安分了许多——不,准确来说甚至有点儿怕。

"为……为什么?接我们的人还没来,你现在要我们怎么走?"

"艾克里。"李钟敏微微侧过头,容色淡漠,"明天给他们找艘两层的汽船,送他们出去。"

"什么?"这下,不仅纪秀芝不干了,连其他那些围观的小姐少爷也忍不住小声开始反对。

"那种船安全有保证吗?出海打个鱼玩玩还行,我们指望着它回国岂不是九死一生?"

"对啊,一个大浪打过来,大家就都完蛋了……"

"李公子，您行行好吧，这不是送我们去死吗……"

在最后一句话出现后，其他的议论声竟莫名地戛然而止。

"刚才，是谁说的？"李钟敏轻轻转过身，慢慢地看了过来，淡淡的视线，压得人透不过气来。

没有人敢回答。

而李钟敏仿佛也不需要任何人的回答。

"我就算送你们去死又如何？"他仿佛笑了一下，眉目清浅，极尽凉薄，"你们的死活，与我何干？"

也不知是巧合甚或别的，在那一刻，他的目光就正正落在夏媛宸的身上。

那一眼，千年。有岁月在身边悄然走过。

他曾将她视若瑰宝，如今，却毫不留情弃如敝屣。

整个心像被泡在了三月的海里。

"你……是在对我说吗？"媛宸扯扯嘴角，想露出一个笑，可那笑容比哭还难看。

"你说是就是吧。"他漠然地最后看了她一眼，扭头往那片别墅深处最繁华处走去。

一句低得不能再低的话，就这么消散在了风里："早知道你这么麻烦，当初就不救你。"

"咔嚓咔嚓。"在一瞬间，媛宸几乎感觉自己听到了周围被冰封住的声音，感觉温度一寸寸下降，将她的心，她的身体，哪怕她的一个手指尖……都冻了起来。

冷，真冷啊……冷得想要流泪。

她抱膝蹲下，眼睛微红，怔怔地看着李钟敏上了他的轿子，就那么慢慢走远了，如来时一般，众星捧月。而她，就跟个可怜虫似的，被他留在了原地。偏偏这条路，还是她自己选的。

"别看了，已经走了。"原英焕不知何时走到了她的身后，就见艾克里对他一点头。媛宸的脑子里有些木，好像已经完全转不动了，可同时又不受控制地在想些无关紧要的东西，比如——原来刚才艾克里搬的救兵是他。

原英焕走到她的正前方，他穿着件蓝色的T恤，虽然天已黑下来却还戴着墨镜，一手插在兜里，声线低沉："这里已经没有你的位置了，明天跟我回国吧。"

他看了看艾克里，艾克里则无所谓地耸耸肩，像完全不认识她一样，瞧都不瞧她一眼，用英语道："叫人帮她收拾东西吧，夏女士随时可以离开。"

从夏小姐，到夏女士。媛宸忍不住闭了闭眼，笑开——想象中的画面来得这么快。

第九章 命运的嘲弄

她的尊崇,她的重要,她在这座岛上的一切其实都只取决于那个男人的一个眼神,一句话,一个动作罢了。

只要他不要她了,这个岛上的所有人都会随时翻脸,将她看成石子路边一朵无谓的花,海浪冲刷着永远也冲不尽的沙。

她该庆幸自己走得早吗?至少,还留有可怜的一点点自尊。

第十章

聚散终有时

第二天早上，岛上阴云密布，并不适宜出海。

不少学生恳求艾克里再留他们住一宿，但这位已在岛上服侍了十年的大管家却尽职地履行着主家的要求。

"不不，我可爱的小朋友们，就算天上下刀子你们现在也必须走了。想想吧，这会儿至少有船，有食物，有饮水，简直棒极了，难道你们真愿意看到我家少爷生气了，把你们通通赶去游泳吗？"

他脸上倒是一副嬉笑的样子，眼神里却没多少善意，在场的都是人精，互相使了个眼色后渐渐就都安静了下来。

艾克里果然为他们准备了一艘双层的汽船，带着小小的地下室，这样一艘船要容纳下三十多名小姐少爷，近百名服务人员，当然就不可能像在普斯诺号上那么宽敞了。可是普斯诺号因为过度使用，必须经过保养维修才能再次行驶，这意味着他们眼下就没别的选择了。

原英焕、纪秀芝以及六位大家族子女被分配到了二楼居住，夏媛宸也被原英焕带了上去。而其余二十名家世较为普通的小姐少爷则和少数几个服务生领班、主厨级的人物居住在一楼，剩下的八十名服务生就全部聚集在狭窄的地下室里。

所有人都满肚子牢骚，可面对原英焕、纪秀芝同时黑沉沉的脸色，也没人敢多说什么。

因为船上人员过分密集，原家管家为安全起见，要求所有人每天早上必须量体温，没有问题才可以到餐厅就餐。不料，媛宸因此看到了自己并不太想见到的人。

"媛宸……"宋承慧穿着白色制服，一进屋，就拉下自己的口罩，露出水汪汪的一双眼，可怜巴巴地唤道。

媛宸一怔："你又做回服务生了？"

宋承慧几步过去，到媛宸床边半蹲下来，伸手紧紧握住她的手，仿佛下一刻就会哭出来一样："你不知道我这几天多害怕，见到你就好了……媛宸，呜呜……"

以前宋承慧柔弱地跟她撒娇，她还不觉得什么，可在两个人都已经撕破脸后，对方还能这么装腔作势的，就真让她觉得恶心反胃了。

媛宸吐了口气，别过脸，面容冷淡地抽回手："见到我也未必有什么好事。宋承慧，我以为咱俩早就没有话好说了。"

"媛宸，你别这样，我已经知道错了……"宋承慧腿一软，在她面前跪了下来，她闭了闭眼，一行清泪顺着眼角流下，巴掌大的脸蛋儿上满是痛苦，"打从你落海后，我整夜整夜地睡不着，我扪心自问，如果你真的出事了，就算让我当上原家少奶奶我也不能开心。不,根本不可能,你是我的朋友啊……我承认,我自私,在咱们俩都好好的时候,有能更进一步改变生活的机会,我会去跟你争,跟你抢,可这绝不是以你的命为代价,嫒宸……"

夏嫒宸转过脸,低下头,定定地看着宋承慧的双眼,看了很久:"宋承慧,这些话你说得太晚了。"她站起身,几步走到桌边,背对着宋承慧道,"背叛过我的人,我无论如何都不可能再当作朋友了。不过你放心,我也不会找什么人去报复你。以后我们就各自过自己的生活吧。"

"不,我根本没办法再过普通的生活了!"宋承慧突然失声痛哭,膝行几步到了夏嫒宸旁边,紧紧抱住她的腿道,"原少爷不会放过我的!之前上岛的时候,我就被和张希德、江陵他们关到了一起,现在是因为船上实在缺人手,才将我暂时放出来清洗纱布,我才有机会溜上来找你的……呜呜,嫒宸,我求你,帮我说说情吧。张希德、江陵他们家大业大,原少爷多少还会有点儿顾忌,可面对无权无势的我,他就跟捏死一只蚂蚁一样简单啊,嫒宸……"

嫒宸试着动了动腿,却没有抽出来,她皱着眉头看向宋承慧道:"你无权无势?那我跟你又有什么不同?你以为我有能力保住你吗?"

"你有!你有的!"宋承慧死死抱住她,扬着头哭道,"只要你愿意跟原英焕求情,他一定会听你的!嫒宸,你相信我,原少爷非常喜欢你,你看看这些……这些……"她突然站起身,情绪有些失控一样指着小茶桌上的热带水果,柔软的绸缎床铺,虽不豪华却十分精致的水晶壁灯,大喊起来,"你屋里的一切都是最好的!这都是他的意思!他肯定会听你的!"

"就算我会听嫒宸的,可她又有什么义务为你说话呢?"门外响起一声慢悠悠的话语,让屋里的两个人同时顿住了身体。

嫒宸回过头,就见原英焕正抱着胳膊站在那儿。看到嫒宸的注视,他报以微笑,一步步走进来,在离她很近的地方站定:"怎么样?没事吧?"他低头轻轻问道,说话间,嫒宸几乎能闻到他唇齿间特有的气息——原家继承人的一切都是高端品牌特别定制的,包括漱口水的香味。

嫒宸有些不自然地往后侧侧头:"没……没事。"

原英焕安抚地拍拍她的肩膀,当转过头看向宋承慧的时候,那柔和的表情则完全消失殆尽,取而代之的是一片冷漠厌恶:"我不知道你是怎么混进来的,但你最好在我想到让你更惨的下场前消失。"

宋承慧扶着桌子慢慢站了起来,当起到一半时,还仿佛因为跪的时间太长已经发

麻了似的，跟跄了一下。但是天知道，她只跪在地上说了几句话而已……媛宸瞧着这一幕，只觉得像小丑戏剧一般讽刺，她忍不住扯扯嘴角，退开了些，给宋承慧充分的发挥空间。

宋承慧走到原英焕面前，抬头看着他，目光痴迷，眼底含着泪道："英焕……你为什么要这么对我？我只不过是因为喜欢你啊，都是因为喜欢你我才犯下那样的弥天大错。我骗你是我不对，可我对你的心是真的……"她哆嗦着嘴唇，语话最后，她痛苦地闭上眼，一滴泪顺着挺翘的小鼻子边慢慢流下，看起来着实惹人怜爱。

媛宸真心觉得，以宋承慧的天资，就算不去傍有钱的阔少，只混混演艺圈当个女三号改变生活也是完全可以的。

她那副模样倒是楚楚可怜，只可惜本场的唯一观众却完全没有被打动。

原英焕蹙紧眉头，头下意识后倾，望着宋承慧的神情就像看着苍蝇一般："喜欢我？你配吗？"他转身搂住媛宸的肩膀，低头轻声道，"我们先走吧，等会儿叫保镖进来处理她就好了。"

"英焕！"宋承慧凄惨地大叫一声，而原英焕则像完全没听到一般，只目不转睛地盯着媛宸。

此刻两个人肌肤相贴，原英焕身上传来的热度让媛宸万分不自在，她忍不住动了动道："我们……走？去哪儿啊？"

"搬到我那边住吧。"原英焕像一早就想好了，言语流畅神色自然，"这艘船条件太艰苦，没有地方做充分的安保和防护，好在我那里是套房，离这边远一些，你住着也清静。"

"跟你一起住套房？"媛宸沉默片刻，终于叹了口气，抬手推开了原英焕，后退两步正视着他说，"原少爷，我想你误会了，我跟你除了同学关系之外，并没有别的关系。"

"你什么意思？"媛宸那副急于撇清关系的样子让原英焕有点儿下不来台，他看了眼宋承慧，宋承慧马上咬着唇低下头。

"有话到我那边再谈。"他过去一步，神色淡了许多，准备去拉媛宸的手。

媛宸一闪，再次躲开了他。她重重地吐了口气，眉宇间已隐隐显出厌烦之色："原英焕，你一定要我说得那么清楚吗？我不喜欢你，以前不会，现在也没有。可能在你去岛上找我后，我对你的态度发生变化，让你有所误会了，但那真的并不意味着什么，最多……最多只能说是一个信号。"

"什么信号？"原英焕垂下手，阴沉着脸问。

媛宸叹了口气："我原谅你了。我不再介意因为你而落水的事了。"

原英焕久久没有说话。而宋承慧，更是连大气都不敢出。

屋内的气氛一时变得有些压抑，让媛宸极为不舒服，就在她转身准备先离开的时候，身后才传来一声低笑："呵呵。原谅。"

是原英焕。

"夏媛宸，你以为你算什么东西？"原英焕笑了，眉眼间却是讽刺至极，他微微眯着眼，用挑剔的眼神上下打量着那个已离他两米开外，却还嫌不够远不够生疏的女人，轻轻启唇从细白的齿缝里挤出一句话，"李钟敏已经不要你了，抛弃你了，你现在再不把握住我，只能回到过去像阴沟里的老鼠一样的生活了……"

"跟你有关系吗？"因为被翻起心底最深处的伤口，媛宸既难堪又愤怒。更让她失望的是，原英焕人前人后竟然变脸变得如此之快。在Mirslina岛上时，因为她有李钟敏的庇佑，他就百般迁就，两个人和睦地聊天儿相处几乎让她有种他们可以成为朋友的错觉。而现在，不过是她被赶离岛上的第一天，他就已然是这副面孔。这样一个人……这样一个人，居然还有脸跟她说以后会好好照顾她，真是让人反胃！情绪激动之下，她不自觉地从唇边狠狠挤出一句话："就算待在阴沟，也比在你身边强。"

她的眼神里充满厌恶，那种情绪强烈清晰得骗不了人，在他过去十几年的人生里，还从来没有人——从来没有人这样直接地对他表现出这么深刻的憎恶，何况还是来自他喜欢的女孩。原英焕觉得在这一刻，他伪装的教养，他强贴在面上的风度，他对她的怜惜、温柔……通通被抛到十万八千里开外了。此时他只想用最恶毒的言语刺伤她，一如她对他所做的一样。

"怪不得李钟敏会后悔救你，恨不得你死在海上，像你这么招人厌恶的人，也算世所罕见了呢！"

"……"

夏媛宸安静地看着他，在他说完那句话后，她脸上的愤恨、难过、针锋相对，就如水汽蒸发一般，一点儿一点儿，消失不见——那么寡淡，她的脸上是一片令他心惊的淡漠，有片刻的时间，原英焕几乎有些后悔了。伴着这后悔的，是一丝丝他不愿承认的恐惧。

"懒……懒得跟你废话了！"他狠狠抛下一句，偏过头，就要从媛宸身边大步穿过。

而就在这个时候，一句低低的话，就那么飘进了他的耳朵里，散碎在他的心里。

"那句话，也是我想对你说的，原少爷。"媛宸稍稍吸了一口气，又吐出，侧过头

对他竟是微微一笑，笑里有伤感，有疏离，有再也不相见的决意，也有时空长河奔腾而过再也不会回来的遥远记忆。

"早知要带来这么多麻烦，当初我也不会救你。"

她终于说了出来。

"啪"地一下，原英焕几乎觉得自己听到了什么裂开的声音。

肯定不是他的心……那真的太矫情了……

眼眶里有些潮湿，他攥紧双手拼命仰起头，眨眼，才把那股丢人的泪意咽下去。

他不介意，他根本一点儿不在乎，那段过去，对他一点儿都不重要。他从来没有喜欢过救他的人，他从来没有爱上那个在他无助昏厥一动不能动时对他万分粗鲁的人，他并不稀罕那个在他吐得一塌糊涂时还紧紧抱着他的脖子不肯放手的女人……他，根本就没有。

他想骗过所有人，最想骗过的就是自己。

"夏媛宸，要是当初救我的是宋承慧该有多好。"

也不知过了多久，他才长长地吐了一口气，转过头看向她，嘴角向一侧轻轻扬起，一滴泪静静地顺着眼眶滑落，而他一动也不动，仿佛认命一样，不去擦，不去掩饰，只是安静地看着她。

他在示弱，在求饶，在为两个人的未来做最后一次垂死挣扎的努力。

他真心地乞求上天，让这个女人在这一瞬间心软一下，犹豫一下，肯给他个台阶，让两个人稍微缓和一下。

而这个女人，在静默了几个呼吸的时间后，却只是垂着眼叹道："我亦如所愿，只可惜……"

她没有再说下去。

她将救了他一命，定义为"只可惜"。

原英焕闭上眼，觉得够了，就到这儿吧。他的尊严已经不允许他再说什么、做什么了。

夏媛宸拿了一把锋利的刀，将他们俩的关系狠狠割裂。

自今而后，上天入地，不管她变得多么凄惨、可怜，都不该再跟他有关系了。那是她应得的。

"可惜吗？并不会啊。"原英焕努力让自己笑得灿烂些，一手插到兜里，竭力想把自己变回以前那个拽得谁都不放在眼里的原少爷。可是硬挺着头的模样只透露出他的外强中干、他的脆弱……

第十章

　　最后，他觉得自己笑不出来，干脆不笑了。回头对宋承慧像招呼小狗一样招招手，宋承慧愣了一下，随即惊喜万分地跑过去。

　　原英焕一把搂住她的肩膀，面向夏媛宸道："从今天起，她就是我的救命恩人了，将会得到本该属于你的一切。"

　　夏媛宸淡淡一笑，毫不介意的样子。

　　原英焕用力咽了口唾沫，低头对宋承慧强挤出一丝笑："那你呢？你开心吗？"

　　宋承慧看了眼媛宸，那只是非常快的一瞥，友谊与未来就已在她心中的天平上分出了高下。如果那边的友谊真的存在的话。

　　"当然了！"她紧紧抱住原英焕的腰，雀跃激动得像个天真的小女孩。

　　原英焕用眼角的余光望望媛宸，她依旧……没有一点儿反应。

　　原英焕的眼底微红，终于从兜里掏出呼叫器，按了一下。原家的管家老先生吴伯马上从屋外迈了进来，环视屋内的情景后，脸上显出些踌躇。

　　"少爷……"

　　"把她给我带到地下室去，就住在宋承慧之前住的地方。还有，你每天要洗多少块纱布？"后一句，他是侧过脸对宋承慧问的。

　　宋承慧露出一个泫然欲泣的表情道："要洗三箱……"

　　"很好。"原英焕深呼吸，冷眼对夏媛宸道，"你该回到自己本来的生活中了，去住用人的杂物房，洗脏污的纱布。洗不完就不要吃饭了，船上的储备是很紧张的，并不会供应给没用的人。"

　　"好的，原少爷。"夏媛宸微微弯腰，像最久远的记忆中的那样，以一个标准的服务生的姿态对他道，"如果您没有别的吩咐，我就下去了。"

　　"没有……出去吧。"

　　夏媛宸转身毫不留恋地离去，甚至顺手关上了门。

　　原英焕的眸色鲜红，一动不动地站在原地，眼珠紧紧地盯着那扇闭合的门，心像被什么东西狠狠压迫着，憋得他难受，憋得他想要嘶吼想要大叫，他狠狠抓着宋承慧的肩膀，用力之大连指骨都显出了微微的白色。

　　宋承慧开始还在拼命忍耐，终于最后痛得受不住了，"唔"的一声叫，硬是躲闪开了，同时眼泪也痛得流了出来。而原英焕就如同完全没有看到，没有感觉到一样。手在虚空中停顿了片刻，而后慢慢落下，仿佛时间在他的世界里渐渐凝滞。

　　管家吴伯走过去，无奈地劝道："少爷，你这又是何必？小情侣闹闹脾气吵吵架，大不了先不见面就好了，何必……何必弄得这么绝呢？"

　　平心而论，他看不上那个夏媛宸。要家世没家世，要样貌没样貌，可是没办法啊，他的少爷喜欢她。少爷是老爷夫人的眼珠子，那个女人却是少爷的眼珠子。如果夏媛宸真在地下室累出个好歹，或者不慎染了病，最后心疼的还不是少爷？他真不想再看到原英焕之前那么失魂落魄的模样了……好像，好像都恨不得陪着夏媛宸沉入大海。

　　"少爷，这样吧，我先去让媛宸小姐到餐厅吃点儿东西，你待会儿也下来。放心，我也会说说媛宸小姐的，让她别介意刚才的事，您也只当没发生过，行吗？"他小心翼翼地问。

　　"您……您胡说什么呢！"宋承慧紧张地走过去，伸手挽住原英焕的臂弯，仰着头竭力让自己看着可怜又可爱，"如果真像管家先生那样做，那英焕的威信何存呢？媛宸根本一点儿不喜欢你啊，英焕，你为什么不看看我呢？何必总去想一个心里没你的人呢？"

　　"宋小姐……"吴伯忍耐着道。

　　"别说了！你出去！"宋承慧克制不住地大叫起来，方才可爱动人的模样几乎要绷不住了，事实上，她从未如此紧张，本来失去的东西现在就在手边，马上就要回来了，她要恢复人上人的生活了！可是这个喋喋不休的老家伙一直在唠叨！她简直恨不得他去死！

　　"主人已经决定的事，你有必要那么多嘴吗？"她咬着牙头脑一热说。

　　"……"

　　年近六旬的老管家怔了一下，随即像听到什么笑话一般，半是无奈半是怜悯地叹息一声："宋小姐，我在原家已经服侍了三代人四十年，还从来没有一个原家人嫌我老头子多嘴。"而他之所以会跟随原英焕出海，不是因为原家老宅不需要他，恰恰是因为原家只信任他，所以才把原家的根托付到他手里，让他看着，让他陪着，让他好好地带出去，好好地带回家。

　　宋承慧心下一惊，瞬间意识到自己说错了话，猛地抬头看向原英焕。而原英焕则是一脸冷淡，看也不看她一眼，缓慢而用力地一点点从她手中抽回自己的手，对老管家弧度极小地一笑："以后也不会有的。"

　　她，不会有机会进入原家。

　　宋承慧脸色惨白地跌坐在地。

　　"都赖老爷少爷们的抬爱。"吴伯不卑不亢地微微鞠躬，再直起身后问，"少爷，我叫保镖先送她出去了。"没有称呼，没有指向，已经没有必要了。

　　原英焕点点头。

"英焕！你不能这么对我！"宋承慧哭着爬过去，"求你，别这样！"

原英焕厌烦地后退，招呼道："保镖！还愣着干什么！"

两个穿着银灰色制服的原家保卫人员已经推门进来，看到原英焕的模样，赶紧疾步走过去，将宋承慧倒拎着胳膊像扯小鸡一样拽了起来。

吴伯上前示意他们不要闹出太大动静，保镖意会地点点头。

在她被往外拉扯的工夫，屋内两个人都没有再看他们，吴伯想了想，踱步回去，走到原英焕身后低着头小声道："少爷，您看我要去找媛宸小姐吗？"

原英焕沉默着。

吴伯皱皱眉，无可奈何之下只好下了剂猛药："少爷，我知道您还在生她的气，但我只问您一句，您眼下，立刻，如果再次接到了媛宸小姐沉海的消息，您是会开心，还是会难过？"

彼时，原英焕是微微背对着他的，看不到丝毫表情。

可是那一刻，英焕的后背就像触电一般剧烈地哆嗦了一下！后腰弯出一个几乎要痉挛的弧度！将吴伯惊得身体一僵，只觉自己在那时都能感觉到那种痛苦——像有一根长长的针，一直扎进他的脊椎骨里。

"少爷……"他且悔且惧，不由得担心地伸出手，握住原英焕的胳膊。

原英焕的胳膊还有些颤抖，但是……已慢慢地在平复。

"不……暂时不用了，先找人偷偷看着她。"他的呼吸有点儿快，声音都不太平稳，又过了好一会儿，才像平定了情绪一般，接着道，"也该让生活给她一点儿教训了。"

"……"吴伯张张嘴，还想说点儿什么，但一切都没来得及说出来。因为，他眼角的余光看到了门外。

那里，站着刚刚来到的夏媛宸和这艘船的舵手麦克，麦克颇为讶异地看了眼夏媛宸，而夏媛宸则是一脸的淡薄，仿佛并不介意刚才听到的话。

吴伯忽地有种不好的预感。

"谁叫你上来的？"原英焕沉沉气，别过头，努力摒除方才情绪起伏的痕迹。

麦克侧身挡在了夏媛宸面前，嬉皮笑脸地开口，竟是挺流利的中文："嗨，原少爷，是我带夏小姐来的。"他晃了晃手里的电梯扣。没有这个扣子是登不上二楼的。

"他又是什么人？"原英焕回过头，脸色难看地问吴伯。

吴伯叹了口气："这是咱们目前乘坐的船的船长麦克先生，李钟敏少爷委派他送我们出海。"

"李钟敏的人……"原英焕好像突然意识到了什么，神情越发阴郁，"麦克船长，如果我没理解错，以你的身份应该待在驾驶舱的。"

"哦，是这样的，但咱们船上出现了一点儿意外，咳咳，麻烦让一下。"麦克嫌弃地推推挡在跟前的保镖和宋承慧，拉着夏媛宸的胳膊走到屋里，站在原英焕面前，一本正经道，"原少爷，我听说您要求夏小姐住到地下一楼去，并且每天要洗三箱纱布对吗？"

"看来船上有不少李家人啊。"原英焕冷笑一声，"你们的消息也够灵通的。对，怎么样？我做不了这个主吗？"

"这个……很抱歉，您确实做不了主。"麦克状若无奈地一摊手，"因为这艘船并不属于您，而是属于李氏家族。船上的一切用具，包括房间、食物、生活用品等，都是李家的。"

"那又怎样？"原英焕眯紧了眼，强压着火气道，"别忘了，你们的小主子答应把这艘船借给我了！"

"哦，这一点我当然清楚。"麦克笑笑，并不介意小主子的称谓，只是将媛宸往前推推，"但是我亲爱的先生，我必须说明一下，您只有这艘船的使用权，是客人。事实上，在出发前，少爷就将这艘船送给了夏媛宸小姐。"

"夏……媛宸？"原英焕不可思议地看向她。而吴伯跟宋承慧更是被眼前一幕接一幕的变故震惊了。

"对。"麦克一脸严肃状点头，但怎么看怎么像故意，他将脸转向夏媛宸，微微躬身道，"夏小姐，作为本船的船长，您理应住在最好的房间，享用最好的食物，得到最多仆从的侍奉。很抱歉，因为之前上船仓促，我没来得及说清楚，不过现在应该也不晚。"

说完话，他直起身，又回望向原英焕，脸上倒是笑容满面，语气却非常强硬："原先生，如果方便的话，请您待会儿收拾一下东西，将房间让给夏小姐。"

没人说话，整个房间里的空气好像凝固了一般。

原英焕冷冷地看着麦克，眉眼间的寒意与狠厉几乎要冻死人，而麦克就跟毫无察觉一般，始终笑眯眯地等待他回应。

终于，夏媛宸缓缓出声了："换房间……就不必了。不过，我应该不用去洗纱布了吧？"她的眼神轻轻扫过原英焕、吴伯，最后落到麦克身上。

原英焕扯扯嘴角，没再去看他俩，因为今天这场闹剧的结局已经显而易见了，麦克怎么回答根本不重要。

第十章

他轻轻扯扯嘴角，忍不住笑了一下，却是讽刺。他觉得自己此刻应该感到丢人的，李钟敏的行为无异于一个火辣辣的耳光扇在了他的脸上，可怪异的是，此时有种更难以言喻的情感疯狂地涌上他的头顶，几乎压过了那股尴尬。

是悲凉。

是可笑。

是痛恨。

是落寞。

这算不算命中注定？每一次，不论是他有意还是无意地伤害夏媛宸时，那个李钟敏总会从什么地方跑出来，上天入地，充当救世主的角色。相形之下，他就被对比得像个吃人的怪兽。

他现在都没办法去想象那个画面——像吴伯说的，过几天找个机会尝试与夏媛宸和解。假如他真在麦克宣布夏媛宸拥有这艘船的所有权去服软了，去示好了，那他算什么？夏媛宸又算什么？

李钟敏，上辈子是不是就是他的克星，今生专门来跟他作对的？

而这会儿的原英焕还没意识到，李钟敏将给他带来的难堪并不会到此为止。

麦克在听到夏媛宸的问话后仿佛啼笑皆非，他夸张地喊了一声："什么？您去洗纱布？"又接着道，"不，当然不用，非但如此，应该是您想要谁去洗，谁就必须去洗。因为您拥有调拨船上一切物资分配、工作分配的权限。如果他们不服从您的指挥，您随时可以赶他们下船。"

"我……可以指挥任何人？"媛宸仿佛愣了一下。而原英焕也在此时听出了她话中的暗示意味，眼神瞬间锋利了许多，直直地望向麦克。

麦克稍稍垂下头，笑了笑："对啊，也包括这房间里的任何人。"他抬起头，直直地迎上了原英焕的视线。

夏媛宸下意识也跟着掉转了目光，原英焕感觉到了，目光沉沉地回看向她。这是她再次回到这个房间后，两个人第一次真正意义上的对视。她面容平淡，他眼神阴郁。

"怎么这么看着我？好像认定我要对付你了。"她轻轻笑了笑，问。

"是吗？你会吗？"原英焕讽刺地一笑道，"这会儿就有冤抱冤、有仇报仇未免太早了些，等真要沉船了也不迟。"

"哦？你的意思是，假如你没死，就肯定要把我修理回来了？"媛宸微微扬了扬眉，笑着摇摇头叹道，"你这样说，我似乎不把你送到地下室简直对不起自己。"

"……"

有那么一瞬间，原英焕觉得自己的思绪突然飞出了身体，仿佛停留在了半空中，用一种怜悯嘲笑的眼神在看着地上的他俩。

天空中的他好像在问：原英焕，你是笨蛋吗？你刚才不是后悔说话刺伤她了吗？你不是生气那个女人牙尖嘴利地伤害你，恨不得亲吻她堵住她的嘴吗？

那为什么，你们又回到了这种针锋相对的状况？

原英焕也不知道，他真的不知道。

夏媛宸，夏媛宸。他盯着她，忽地再也说不出话来，就那么沉默不语。

原家的管家吴伯拄着漆黑的实木拐杖，一步步走过去挡在了自家少爷的面前，这位老人家不再是儒雅威穆的模样，而是恢复了原家古老守门人的姿态，微微昂起了头道："你们，最好适可而止。"他就像一棵盘根百年的老槐树，牢牢护卫着主家的子嗣。

"吴伯，您让开。"在他身后的原英焕道。

他突然想认真地看看她，想了解她心里真正的想法，想知道她是不是也和自己一样……有很多话想说，只是说不出口。

"夏媛宸，你真要让我去住地下室？或者，赶我去跳海？"他的语气是从未有过的平静，"你大胆说，我保证不会对你怎么样。"

夏媛宸垂下眼，鼻子里轻轻吹出了一个音，好像在笑，可是脸上看不出什么暖意。原英焕的心不自觉地提了起来，下一刻，她竟出乎意料地摇摇头，然后，他听见她说："不，我不会。"

原英焕的神色不自禁地柔和了许多，下意识往前走了一步，可是马上就听到她用一种很淡然而平定的语调道："因为我没有你坏，对损人不利己的事情没兴趣。"

没有他坏……没有他坏……多么精彩的答案……原英焕低下头，笑了，慢慢地越笑越大声，简直停不下来。

"少爷！少爷，您怎么了？"吴伯非常紧张，马上招呼保镖去找医生上来。

"那她……"一名保镖迟疑地看看还抓着的宋承慧。

吴伯怒道："还管她做什么！去找医生！快去啊！"

真是位脆弱的王子殿下啊……夏媛宸忍不住摇摇头，有些厌烦："麻烦您扶他回自己的房间等大夫，好吗？"

她对吴伯说，态度礼貌而疏离。

"你……"吴伯的脸上怒色更甚，看了眼旁边站着的麦克又忍了忍压下了，半搀半拉着原英焕往门外走去。

他们从宋承慧身边挤过去时，没人在她身上注视半秒钟，仿佛她根本不存在。

Chapter 10 聚散终有时
第十章

宋承慧的脸上一丝表情都没有，像木了一样，被推开也只是踉跄着退了两步，眼睛始终直勾勾地盯着媛宸。

媛宸被宋承慧的视线看得十分不舒服，皱皱眉走过去扶住门道："你还有事吗？"

"……夏媛宸，你到底有什么好？"宋承慧定定地望了她半响，目光又渐渐转向在媛宸身后抱着胳膊站着的麦克身上，瞧他那架势，真当自己是位保镖或者开路者似的。

可是夏媛宸凭什么？明明她跟自己一样，都是一介平凡啊……

刚才还被挤得乱哄哄的房间一时间只剩下三个人了，一片寂静中，只能听到宋承慧低低的颤音。

"从原英焕到李钟敏，你为什么总有退路？为什么你总有的选？而我，我啊……"泪水注满眼眶，宋承慧的声音哽咽了，她突然伸手，砰砰地用力捶自己的胸膛，像感觉不到疼一样，一字一句问，"我只是想让自己生活得好一点儿而已，怎么就那么难呢？"

不知怎的，眼前这个凶恶的，并没有多少祈求的可怜模样的宋承慧，倒让媛宸的心微微一颤，她握着门扇的手稍松了些，神色平静道："那是因为你总在贪图遥不可及的东西。像李家和原家那样的高门财阀，如果他们不喜欢你，不论你如何曲意奉承，都不过是他们眼中的小丑。"

"像他们……像他们……"宋承慧低下头，好像魔怔一样，轻声叨了几句后，突然笑了，慢慢抬起头问，"你以为我有很多机会去挑选高门财阀或者普通富商吗？我这一生，只有那一次机会而已，就是原少爷。媛宸，你知道吗？如果我有的选，我真的宁可付出任何代价跟当时救了原英焕的你交换。"

"任何代价？呵——"媛宸刚才对她的那丁点儿怜悯瞬间没有了，忍不住嗤笑出声，带着点儿躁郁和不可思议，"包括生命吗？我真的不能理解你们这种人，钱和权就那么重要吗？"

"……就当我没你淡泊名利好了。"宋承慧长长地吐了口气，漠然地最后看了看媛宸，转身一步步走向楼梯间，朝自己应该待的地下室走去，像走往自己既定的不可更改的命运。

楼道里隐隐响起她自言自语一般的话语："我就想当个人，堂堂正正地叫所有人正视我的存在。这种连父母都无视的日子，我真的过够了……"

就当我没你淡泊名利好了……

我就想当个堂堂正正的人……

媛宸沉默地立在原地，眼睛一点点垂下去，只觉得脸上有些火辣辣的，像被什么热

的东西燎了一下……

是不是……她太理想化了？真能有人在永远看不到尽头和出路的日子里始终乐观并保持安贫乐道吗？

淡泊名利，淡泊名利。她又是真的淡泊名利吗？

不，不是，她知道自己不是。所有的大义凛然，所有的言之凿凿，所有的平静淡然——挖啊挖啊，挖到她心底最深处，不过是因为她知道自己有退路。只要她肯低头，就能走上常人这一生都无法踏上的黄金坦途。

"麦克，有件事想麻烦你。"她轻声道，没有回头。

"我明白，我会叫人把宋承慧送到一楼住，并且免去她的劳动。"麦克耸耸肩道。

"谢谢。"

第十一章
最后的晚餐

今天是他们在海上航行的第五天，一些敏感的少爷小姐已经渐渐觉察出不对了，还记得他们出海第一天的早餐——沙丁鱼罐头，烤得金黄的吐司，蔬菜沙拉，煎培根肉，饮料是牛奶和咖啡自选。但今天呢，大家看着桌子中央一大块干巴巴的白面包面面相觑，毫无食欲。

"我的天啊，那个东西能吃吗？"地产商家的孙小姐拿着餐叉当当敲了敲空空如也的白色瓷盘，然后指着那个白面包对麦克道，"我都怀疑它会硌掉我的牙。"

另一位少爷也不满道："对啊，我们是没有原少爷那么尊贵，但也不至于给我们这种连乞丐都不会吃的东西吧？"

"乞丐？"麦克颇为无奈地笑笑，走到餐桌边环视大家道，"我建议各位还是有的吃就尽可能多吃些吧，因为明天的早餐我们不见得还供应得上了。"他的脸上倒是十足的歉意，可眼神里分明装满恶趣味，就是想看他们害怕的样子。

果然，恐慌的情绪开始在这堆从不知人间疾苦的少爷小姐间蔓延。

"什么？我们的食物要吃光了吗？水呢？水也要断了吗？"

"我早说了这艘船太小了！根本撑不到我们回国的！那个李钟敏分明是要咱们葬身大海！"

"要不咱们现在返航？回Mirslina岛去！"

"你疯了？咱们出发都五天了，船上又没吃的，再过五天就算能开回去，船上人也饿死一半了。"

"……"

瞧着有几位柔弱的小姐都快要哭了，麦克终于忍不住笑出声来："嗨，小家伙们，请镇定点好吗？我可还在船上呢，我一点儿不想陪着各位在大海里成为标本哦。"

"你有什么办法？还不快说！"一个男生暴躁地站起来道。

"我是没办法的。"麦克耸耸肩，勾唇诙谐一笑，"不过，我们的夏小姐一定可以。" 他侧过身，一只手微微上扬，指尖尽头，正是一脸无措的夏媛宸。

所有人都抬头看了过去，至于为什么要抬头才能看到，就有赖于原家管家的"创新之举"了。

吴伯将用餐位置按照客人们的家产数目分门别类，比如住在一楼的普通财阀子女就在厅堂西南角的大长条白蜡木欧式餐桌上用餐，而二楼的少数尊贵客人，就在他特意搭高半层的平台上铺就的餐桌边进餐。楼下的餐厅只是一般的木地板，而他搭起的台子上，则铺满了奢侈的澳大利亚小羊毛地毯，点缀着珐琅彩花瓶，所有用具也都奢侈非常，全部由原家特供。

Chapter 11 最后的晚餐
第十一章

夏媛宸因为各种各样的复杂原因，现下就坐在高台上。

莫名其妙地"被"万众瞩目了，夏媛宸不由得一怔，指指自己："我？"

"对啊——You（你）！"麦克粲然一笑，甚至兴高采烈地后仰身体，双手比出两个枪的姿势，"钟敏少爷临行前吩咐了，虽然你脾气又臭又硬，惹得他很不高兴，但你毕竟曾在快艇上拉过他一把，他不会让你死在海上的。咱们这一路如果有紧急情况，可以联络李家的海岸补给站，他们会提供必要的协助。而最近的一处停泊点，离这里大概只要两天的航程噢，哈哈！"

"太好了！那我们应该可以在那个补给站暂时停留，一直等到来接咱们的船吧？"有个坐在下面的脾气较为爽朗的男孩子马上对媛宸善意地笑道，"这次真是沾了你的光。"他是郑氏次子，家里经营绿色食品生意，商业王国虽不庞大，但跟一些官员常有来往，因而在船上也颇有地位。

有他带头，立刻有不少人接话：

"是哦，谢谢媛宸，回去请你吃饭呀。"

"谢谢媛宸了……"

连高台上的几大家族子女，也在互相交换了个眼色后，小心地一个接一个地对桌子另一边的媛宸举起酒杯示意。要知道这两天因为原英焕对她的漠视，他们都是连眼皮都没朝她翻过的。

打从夏媛宸来到精英学校，还没试过这么多人同时对她微笑，虽然她并不介意这些少爷小姐对她的态度，但人都是这样，被温和以待总比被视若无睹要舒服多了。因而，她只犹豫了极短的时间，便也举起了酒杯，先跟附近的人隔空碰了下，又站起身朝楼下笑笑道："大家放心吧，等会儿……我会去打电话的。"

又是一片欢呼声。

媛宸无声地叹了口气，垂下眼睑，饮尽了杯中的饮料。她这么做不仅是为了这些人，更是为了她自己，她也不想葬身大海。所以也只能再厚着脸皮去求李钟敏一次了。

餐后，大多数人都回了自己的房间，媛宸跟着麦克来到咖啡吧，这个区域并不大，只有三十多平方米，是纯美式的装修，色泽深重，以中间的酒柜作为区分，只在两边点了两盏小壁灯。

麦克没有去拿酒，而是在进门位置的料理台捣鼓起来，很快媛宸就看到他以娴熟的姿态调出两杯咖啡来，递给她一杯后，自己抿抿另一杯，然后搞怪一样龇龇牙："嘿，这个不加奶精也不加糖的味儿真是棒极了。"

"咱们连这些配料都没了吗？"媛宸忍不住道。她瞧着金色珐琅彩杯子里黑乎乎的

颜色真是一点儿胃口都没有。

"你以为我在逗他们玩吗?"麦克转身坐到中间三人位的大皮沙发上,很随意地一腿往另一腿上一搭,没正形地斜靠着,似笑非笑地问。

"我……不是这个意思。"媛宸顿了顿,吐了口气,"好吧,那我什么时候给李钟敏打电话?为了咱们不被饿死。"

"……"麦克无声地看了媛宸几秒钟,脸上也没有表情。

媛宸被看得莫名其妙,还有点儿局促,不由得低头也瞧瞧自己道:"你干吗?我说错什么了吗?"

麦克忽然哈哈大笑,还夸张地伸手拍拍皮扶手:"有没有搞错!你真相信啊?还要给钟敏少爷打电话?他不安排好一切,怎么会放你出海?"

媛宸蒙了:"……你的意思是?"

麦克淡淡一笑,看向媛宸的眼神里有些无奈,也有些怜悯:"船上带的食物就是正好到下一个补给站,在咱们出发前钟敏少爷就找人通知了你们国家的船队,去补给站接人。刚才我当着大家说的话是他提前交代的,你回去记得跟你的同学们说你打过电话了。我被他狠狠骂了一顿,不过他最后还是同意了。"

"……他为什么要这样?"媛宸不知何时低下了头,两只手在膝盖上一点点握紧,看不到表情。

"为了让你的同学领你的情啊。"麦克叹了口气,"李说了,到时你尽可以跟你的同学们同仇敌忾,一起说他的坏话,反正他都提前把人得罪光了。"

"……"媛宸闭了闭眼,一语不发。

麦克沉默片刻,从自己的咖啡色夹克口袋里掏出一张纸,顺着实木纹理的桌面推过去道:"这是李的转让文书,是这艘船的,他不敢给你名下放什么现金房产,怕会引起你跟原英焕间的矛盾,但是他担心原英焕对你的感情长久不了,所以还是为你留了一点儿财产。说万一将来原英焕对你腻了,你就把这艘船卖掉,换一栋大房子加一辆车还是绰绰有余的,总能过日子。可是抱歉——好像被我搞砸了,我因为一些原因……将这件事提前公布了出来。"

因为一些原因……媛宸自嘲地笑笑,侧过头,只觉得无法面对对面人的眼神。有什么原因呢?无非是因为原英焕要赶她去洗纱布了,麦克迫于无奈才公布了汽船的所有权。

真是……挺丢人的。她以原英焕为借口离开Mirslina岛,可是还没开到李家的下一个补给站,原英焕就已经对她表现出了赤裸裸的憎恶。李钟敏会怎么想?一定把她当成了

Chapter 11 最后的晚餐
第十一章

一个大笑话吧。

"你后面有什么打算？"麦克小心翼翼地问，媛宸现在周身好像都围绕着一层低气压，叫人不得不担心。

"我啊……"媛宸扯扯嘴角，勉强一笑，"暂时没有。"

"……"麦克深吸一口气道，"媛宸？我可以这么叫你吗？"

"当然。"

"其实你明知道回到自己的国家会吃尽苦头吧？你为什么还要回去呢？不如在补给站直接跟我返程回Mirslina岛吧，在那里你可以永远笑着，没有洗不完的纱布，只有穿不尽的漂亮衣服，我保证，李会很惊喜，把你宠上天的！"说到最后，他表情激动，几乎有些手舞足蹈起来。

媛宸面露难色，张张嘴，好像想说点儿什么，最后却只是垂下头。

"媛宸——"麦克忍不住加重了语气。

"对不起，麦克，我不能那么做。"她吐了口气，终于抬起头，无奈回应，"我的家在清远，那里还有我的母亲在等我回去，她适应不了海岛的生活，我也一样。其实你不用太担心我，我的情况没你想的那么糟，原……我的意思是英焕这会儿在气头上才会这样，平时他对我很好。"

"真的吗？"麦克一脸怀疑。

"对啊。"媛宸努力让自己笑得无忧无虑一些，"原家的家世你应该也是知道的，我回国后同样会享受到世间最好的东西。"

"可是他的父母能接受你吗？"麦克还是忍不住操心，"要知道从古至今，那些贵族里的大家长永远是最令人讨厌的，棒打鸳鸯的事情没少做。"

"怎么会呢？他可是原家的独子。"媛宸笑开，神色自然得像自己都相信了自己所说的话，"只要他坚定，我也坚定，我们将来一定能开花结果的。"

"……"麦克沉默下来，许久没再说话，只是深深地盯着媛宸的双眼，"我问你一句话，我的朋友，请你诚实告诉我。你爱原英焕吗？"

媛宸挺直脊背，用尽全身力气保持着完美无瑕的笑容，清晰地，一字一句道："是的，我爱他。"

"啪——"在酒柜后面忽然传来一道清脆的玻璃杯摔碎的声音。

麦克一惊，手下意识摸向自己的腰，这里有人？

他几步冲过去，绕过酒台来到刚刚一直被忽视的区域，在看到里面的人时瞬间定在了当场。

　　媛宸也赶紧跟了过去，往里一看，立刻觉得后背一凉，手心里好像都冒了汗。

　　"你……你怎么在这里？"

　　"我怎么在这里……"原英焕自嘲地一笑，在昏暗的灯光下只露出一个模糊的侧颜，他微微闭上眼，一只手轻轻按按额头，仿佛有些不舒服的样子，"是我先来的好吗？然后你们两个吵人的家伙就进来了。"

　　媛宸有些不知所措地往旁边望望，管家吴伯站在角落里，双手微搭着放在小腹上，低垂着头，看都不看她一眼。

　　"你都听到了？"麦克皱着眉问他，然后忍不住将脸转向媛宸，表情遗憾又略带歉意。

　　"听到了啊，哈哈哈。"英焕笑着摇摇头，"听见了一场世纪大告白，感天动地的梁山伯与祝英台。"

　　"那你就该知道夏小姐心里只有您，原少爷。"麦克很瞧不上原英焕这副浪荡又自以为是的样子，但还是忍耐着劝道，"你该对女孩子好一点儿才是。"

　　"我还用不着你来教训！出去！"原英焕突然收了笑，猛地转过脸，对麦克厉声道，"还有你，吴伯，也出去。"他没有回头。

　　"是的，少爷。"吴伯躬身，一步步后退，在经过麦克身边时，略略一停，"这是他们两个的事，该让他们俩单独聊聊，旁人插不上手的，对吗？"

　　麦克冷冷地看了原英焕一会儿，终是侧过头对媛宸轻声道："我就在门口。"

　　见媛宸点点头，他这才转身出门。

　　原英焕将这一幕尽收眼底，一时间，觉得自己真是个大傻瓜。

　　他扶着沙发扶手慢慢站起来，不知是不是因为一直在喝冰水，又挨着风口窗户的原因，头有些晕晕的。

　　"夏媛宸，你喜欢李钟敏是吗？那你为什么不跟他在一起呢？"他努力站直身体，不让对面的人看出自己的异样，但只有他自己知道，有股冷热交替的火正在他身体里翻滚而上，痛得他头几乎不能正常思考。

　　夏媛宸好像答了句什么，可他只听到最后四个字：与你无关。

　　原英焕用力掐了掐自己的天阴穴，往前迈了一步，却因脚步虚浮靠在了沙发上，他一手抱着肩，低着头，想笑，事实上他也真的笑出来了。

　　"对啊，你爱谁跟我无关，可你如果不爱我，为什么要让全世界都以为你爱我？为什么要向全世界宣布你爱我？而我，居然要靠别人告诉我，我才知道你这个女人喜欢我。"

Chapter 11 最后的晚餐
第十一章

夏媛宸沉默着，一语不发。

"你在骗他们，对吗？你只拿我当挡箭牌而已，是吧？"火一直往上烧，烧到了太阳穴！烧得他那里突突突直跳！烧得他几乎控制不了自己的理智，控制不了自己的言行！他猛地扬高了声音，怒吼："可是我也是个人！我没那么贱！我没义务为了让你的情人放心而陪你演戏！"

"我没要求你陪我演戏。"媛宸强压着火气道。

"对啊。"原英焕冷笑出声，"那是因为我今天不巧听到了，否则，你八成会在到达补给站前来找我讲和吧？为了让那个麦克回家告诉他的主子，说你过得很好，很幸福，对不对！"

"你能不能别喊了！"媛宸忍不住斥道，同时下意识回头朝门口望，见门是被从外合上的才微微放心。

原英焕忽然觉得心灰意冷，觉得好累，累得几乎站不住了。也许从一开始，他就不可能和夏媛宸在一起，他错过第一步，然后就一步步错过了。

他刚才色厉内荏地对媛宸大喊大叫，一方面固然是因为她说谎了，可另一方面，何尝不是因为听到李钟敏为她安排得面面俱到所引起的羞愧？

他曾对着奔涌的大海起誓，若有一日能再找回媛宸，自己一定会好好对她。可结果呢？除了一次又一次的伤害，他还给了她什么？

他的存在，好像就是为了给他的对手增添光芒一样。

李钟敏，李钟敏，他真的打心底厌恶这个人。如果没有这个人，夏媛宸不会一次又一次拒绝他、推开他，而他也不会因此做出过激的举措引起她越来越深的反感，直到现在，他觉得就算夏媛宸还愿意回头，他也没办法再跟她在一起了。他不能忍受自己身边的女人永远在拿他与别人对比，而且最后还会在心底暗暗得出自己不如别人的结论。

够了，够了……他闭了闭眼，用尽全身的力气，沙哑着嗓音喊道："你给我出去！"

他伸手朝前用力一指，却眼前一黑，扑通一下栽倒在地。

意识里最后一声惊呼是来自夏媛宸——

"喂！你怎么了！醒醒啊！"

她好像半跪在了他身边，托起了他的头，那种温柔暖和的感觉滋养了他冰冷的身体，与久远得几乎要被尘封的记忆渐渐融合。就让他脆弱一会儿，再沉醉其中一会儿，原英焕的手指微微动了动，而后头一歪，彻底放任自己陷入黑暗中。

等船开到补给站的时候，二楼已经病倒了两个人，除了发低烧的原英焕，还有因为过度营养缺失已经开始打葡萄糖的纪秀芝。

媛宸听麦克说了她的情况后，忍不住叹了口气问："我们国家的船队还没到吗？"

"他们遇上了暴风，被延误了，估计得明天晚上才能到。"麦克无奈地摊摊手。

"明天晚上……"媛宸皱眉沉思，望望墙上的挂钟，现在才下午一点而已。要到后天早上出发，纪秀芝的身体真不知道还撑不撑得住。

"算了，我去看看她吧。"她吐了口气，有些烦躁。

然后麦克便颇为讶异地看到她出门，客气地请服务生准备了丰富的食物，还强调要做得软糯易消化，明显是要去"探病"。她怎么对纪秀芝好像比对原英焕都要上心得多？疑问在麦克的脑海里一闪而过，不过他并未多问。

这片海上补给站不大，统共也就是个一千平方米的岛，客房只有三十间，原本住在汽船二楼的小姐少爷们下来转了一圈后，干脆决定白天在岛上吃饭活动，晚上睡觉还回到船上去，环境还好些。而纪秀芝压根儿就没露过面。

其实早在一上船的时候媛宸就注意到了纪秀芝从不到餐厅吃饭，但她只当纪秀芝是不想看见自己，就在房间吃了，没想到那位大小姐赌气闹脾气，除了水和鲜果几乎没进过食。而这船上也不是她自己家，没有人二十四小时考虑着她，第一天没胃口……第二天没胃口……就这么过了四天才被大家察觉，已经到了要打营养针的程度了。

媛宸从海岸边返回船上，坐电梯到二楼，低头看着手里的托盘，磨磨蹭蹭往前走，觉得自己真是疯了才来哄纪秀芝。可是想到纪叔叔，她闭了闭眼，还是认命地敲门。

"谁？"里面传来纪秀芝有气无力的声音。

"……是我。"媛宸推门进屋。

没想到刚才还脸色苍白虚弱地靠在床头的纪秀芝，一见到她就跟打了兴奋剂一样，噌地坐直了身体，喘着粗气恶狠狠道："谁……谁让你来的？"

媛宸瞧着她这样真是没脾气了，撇撇嘴回头关上门，端着吃的走到她旁边，随手扯过一个凳子坐下，说："吃饭。"

"吃你个头啊！"纪秀芝一扬手就想打翻托盘，可媛宸动作比她更快，坐着没起来只是一侧身就给躲过了，她只好咬牙切齿道，"想让我求你感谢你吗？没门儿！你给我出去！"

为了防止纪秀芝把东西撒一地，媛宸想了想还是站起来，退后几步将食物放到桌上，这才回来坐下——不过她这次特意将凳子扯远了些。

纪秀芝看到她的动作不禁冷笑："干吗？怕我打你吗？怕还来？！"

Chapter 11 最后的晚餐
第十一章

"我是有点儿后悔来的。"媛宸慢条斯理地抻抻袖口,"本来我听说你病得要死了,还怕回去要跟纪叔叔报丧呢,没想到你精神好得很啊,简直可以去打拳击比赛了。"

"闭嘴!"纪叔叔三个字就跟尖针一样瞬间刺痛了纪秀芝敏感的神经,她眸色通红,狠狠地趴到床边,抬起胳膊指着夏媛宸的鼻子就吼道,"你有什么资格提我爸爸?你给我记住,他跟你,跟你妈,都没有一点儿关系!从来没有!再让我听见你叫他,我就撕烂你的嘴!你听见没有!"

夏媛宸沉默着走近,伸手缓缓握住纪秀芝的手腕,慢慢将她的手放下,弯下腰看进她的眼睛里,轻而缓地说:"你以为我愿意吗?我连我的亲生父亲都不想多理会,还能乐意去陪你爸爸上演什么父慈子孝的戏码?可是你告诉我——如果你真回不去了,死在海上了,你叫我怎么办?当不知道吗?呵呵,怎么可能?到时候不是我,就连我妈妈也要去府上探望……"

"你想都别想!"纪秀芝突然用力捂住自己的耳朵,披散着头发,怒目圆睁,"你给我离开!"

"你看,我们两个都不想跟对方有交集,既然这样,最好在各自的世界好好活着,对吗?"夏媛宸面容淡漠地转身,朝门口走去,在深棕色的雕花实木小圆桌边略略一停,又道,"桌上的东西建议你趁热吃,不用老想着是我施舍你的,咱俩没那么熟,就当是从我这里买的吧,回去记得把钱打给我。"

她从外把门关上,听到里面发出"砰"的一声,不过倒不像把餐盘弄翻的声音,仿佛是把台灯之类的东西打掉了。她摇摇头,下了电梯。

一回到岸上,就见麦克迎面走了过来,举着对讲机一脸莫名其妙:"哎,你是去找那个纪秀芝了吧?跟她说什么了?刚才服务台告诉我,她打电话叫牛排,还要最好的新西兰牛排,那是什么鬼?当这里是Mirslina岛吗?可以随便点餐?"

媛宸忍不住想笑,又忍住了:"没事,你叫服务生告诉她,她现在肠胃消化不好,还是先吃流食吧。"

"哦……行吧。"麦克愣愣神道。

媛宸径自往前走,突然又停下,回头伸出手指道:"对了,她那屋的台灯摔坏了,嘱咐人不用换新的。"

"啊哈?"麦克一脑门儿雾水。

媛宸则终于忍不住笑出了声来,转过身,心情大好地去给自己找吃的了。

在补给站的两天过得飞快，当媛宸站在海岸边，遥遥地看到立着原家大旗的船队由远及近时，不由得放下了遮光的手，低低地叹了口气，她的好日子大概到头了。

纪秀芝让她激励得使劲儿吃使劲儿睡，现在已经开始下船溜达恢复体力了，颇有"我绝不会让你过得比我好"的气魄；而原英焕则变成闭门不出的那个，偶尔她在船舱里碰到吴伯，对方都是挺胸抬头，目不斜视地从她旁边走过，一副不相识的架势。

有这么两位在，再加上一直被关在地下室的张希德和江陵，媛宸觉得自己的未来真是挺黯淡的。

最后睡了一个安稳觉，天刚蒙蒙亮的时候，媛宸便自觉起床收拾行李，把自己的东西都带上了原家的游轮。

当时是早上八点，船舱一层人员最密集的时刻，有各家小姐少爷、帮他们提着行李的生活助理，还有各色贴着墙角小心谨慎的服务生。

"热死了，到底什么时候能上去啊？"地产商家的孙小姐以手作扇，一边扇风一边烦躁道。

"再等等吧。"郑家小少爷郑允文不甚在意地笑道，"总得等原少爷上了四楼，咱们这些人才能乘电梯去二楼、三楼啊，对不对？"他觉得有点儿渴，转头正准备叫人来给自己倒杯水，眼角余光却突然看到楼梯口的某个背影有点儿眼熟——

"喂！夏媛宸！你干吗去啊？"他高声喊了一嗓子，挥挥手示意，熟络地开玩笑道，"电梯在这里呢，过来等啊，睡迷糊了吧你？"

之前在汽船上他是最先与媛宸说话的，后来在补给站又一起吃过饭，再加上晚上无聊去沙滩边堆坦克居然也巧合地碰上她，还一起玩了会儿。因着这些关系，两个人几乎可以算是朋友了，他说话也就比较随意。

而媛宸回头看向他，那目光却让他一怔。陌生……疏离。

"哦，我要去地下。"媛宸的手扶着行李箱，面容平静，淡淡地笑道。

"……去地下干什么？"郑允文的声音慢慢低了，好像意识到了什么，深深地看着她，问，"媛宸，有人要求你搬下去吗？"

媛宸没有说话，其他人也没有发出声音。就在这时，原英焕到了。

他穿着白色短袖衬衣、卡其色长裤，一手插在兜里，神情淡漠，几天没露过面的他看起来好像比以前苍白瘦削了一些。

他穿过人群走向电梯，连视线都没有斜一下，仿佛周围这些人全然不存在。郑允文忍不住开口叫住他："原少爷，媛宸不必非去地下吧？就算三楼没地方，可我看二楼的空客房还有很多啊。"

此时，原英焕已经走上了电梯，吴伯站在电梯口按着电梯键，暂时保持着门开启的状态。

原英焕沉默片刻，眼神缓缓落在蹙紧眉头的郑允文身上："她住哪里，与我何干？"声线凉薄，没有疑问，只是陈述，好像在谈论的是一个没有生命的物体。

然后，吴伯松开手，电梯门就在所有人眼前一点点合上。

外面的学生半天没回过神儿来，许久后，才开始面面相觑。

郑允文下意识回过头去找寻夏媛宸的身影，却只见到她吃力地提着大箱子，从步行梯口小心地往下走的背影。

就这么，要分开，走截然不同的两条路……郑允文心里突然有些不是滋味。

而对于此时在这里的大多数学生来讲，他们只知道原英焕的态度是风向标，夏媛宸跟他们平起平坐的时代已经过去，未来她就是个再普通不过的服务生。

第十二章
相逢已是陌路

原家的船很快,不过四天就开到了清远,当那些娇气的小姐少爷走下游轮,恍恍惚惚看到自家来接的车子时,有些竟不禁哭出了声来。

媛宸瞧着这一幕真觉得有些无奈,至于吗?他们不过是换了两趟船,在Mirslina岛上遭了李钟敏几个白眼而已,就搞得跟受了天大的委屈似的。要知道,自己在水里泡过一天一夜都还没怎么样呢。

"喂!夏媛宸!还愣着干吗?快过来帮忙搬厨具啊!"甲板上,传来厨师长不耐烦的催促声。

"哎!来了!"媛宸回头以手做喇叭状,迎着风大声应道,这样的生活其实也很好,时常会让她忘记自己是谁。媛宸放下手,垂眸淡淡一笑,快步奔回船上。

大多数人在下船后都直接回家了,只有张希德和江陵,因为原英焕早就报了警,所以他们一上岸就进了拘留所。

张家和江家非常紧张,本来都听说原英焕态度坚决,又是涉及故意伤害这样的大罪名,已经做好赔礼道歉的准备了。谁知道,回国后原英焕对这事竟像完全撒手不管了,而夏媛宸也没有要起诉的意思,因此张希德和江陵只在拘留所被关了几天,就大大方方地走出来了。

两家的家长并不放心,坚持要让他们去给原英焕道歉,而这也恰合了张希德和江陵的心意。他们早就听到风声,说原英焕跟那个死丫头闹翻了,正好验证一下,如果是真的……江陵与张希德对视一眼,都在对方眼中看到了压抑的暴戾和愤怒——他们被当成囚犯一样关了一路,还进了拘留所,总得找人出了这口恶气吧?

BK饮料区。

原英焕仍旧坐在熟悉的地方,沉默地望着篮球场的方向,桌上有一杯咖啡,已经放凉了也没动过。自打回来后,他的情绪看着就很低沉,周围人都躲得远远的,生怕惹到他。

张希德和江陵你推推我,我看看你,谁都不敢先上前,最后江陵咬牙把张希德往前一推!张希德站立不稳,竟"扑通"一下跪倒在了原英焕脚边!

原英焕慢慢回过头,低下眸子,冷冷地看着他。

张希德呆了一下,下意识去看江陵,江陵则狠狠摆摆手,让他赶紧说话。他心里紧张得要命,手抖了抖,一时不知该怎么办,竟就着这个姿势突然抱住了原英焕的腿,抬头号了起来!

"英……英焕啊!"张希德眼里挤出几滴泪,瞧着倒是十分可怜,"我们这次真的知错了,我爸已经狠狠揍了我一顿,叫我来给你道歉,你要是不原谅我,我今天就——

第十二章

就跪在这儿不起来了！"

有人开了头就好说了。

江陵咬咬牙，也跟着跪了过去，哭丧着脸道："是啊，英焕，千不该万不该，我们不该动嫂子。可那时候……那时候咱们也是一心要为您出气啊。您就念在过去的情分上，饶了我们这一次吧……"

"什么嫂子？谁是嫂子？"出乎意料的，原英焕在沉默片刻后，一脸淡漠地站了起来，像挥掉什么脏东西一样，拂掉了张希德的手，"别拿那些无谓的事来烦我。"说罢，站起身，头也不回地离开。

"啊？您真的，真的……"不在意夏媛宸了？张希德张张嘴，望着原英焕的背影，还在发傻。

江陵则已扶着桌子慢慢站起身来，低着头，神色晦暗。夏媛宸，看来这次是天要你遭殃，可怪不得我们了。

媛宸回到学校后就把BK饮料区的工作给辞了，她发现原英焕居然经常去那里，为了避免麻烦，还是离远一点儿好。

可是少一份活儿就少一份收入，家里那位生来就是贵族，贵族时是贵族，落魄时也是贵族的母亲肯定是指望不上的，那为了弥补财政空缺，就只好再去别的地方找个活儿了。

媛宸想了想，决定到食堂碰碰运气，餐厅一楼的主管张姐对自己一向很好。可她没想到，在她说完自己的请求后，张姐的脸上却露出为难之色。

"媛宸啊……不是我不愿帮你，但咱们这里确实没办法再给你提供一份工作了，而且你之前的活儿可能也要有所变动——"她低声道，"你不能再当服务生了，只能去后厨刷碗了。"

媛宸心里一沉，面上却还是笑着："为什么？张姐，是我工作不好吗？还是有哪个学生投诉我了？"

"都不是……"张姐犹豫片刻，左右看看，将她拉进了一家日式拉面店的角落，小声道，"这是经理的要求，本来他叫我一定要辞掉你的，后来我说你真的很可怜，再加上目前人手也不够，他才勉强同意你留在后厨帮忙，但不能到前面来。媛宸，你是不是得罪人了啊？想想是谁做的。"

得罪了谁？媛宸忍不住苦笑，那就多了去了啊。原英焕、纪秀芝、张希德、江陵，还有那几位地产商家的小姐……谁看她不顺眼，谁都有可能来整她。

　　媛宸叹了口气，握住张姐的手道："您就别管了，这次多谢您替我说话了，不过您放心，我也不会让您为难的，顶多再做一个月我就走，这期间我想办法找找其他活儿。"

　　张姐望着媛宸单薄的瓜子脸，几缕发丝因一路跑过来而凌乱地落在脸颊两侧，挽留的话在嘴边打了几个转，可最后也没吐出来，只是用力回握住媛宸的手，长叹口气："唉，好孩子。你说这是为什么啊……"

　　后厨的工作比前面要辛苦多了，脏污的碗筷堆满水池，地下都是拣菜师随手扔下的菜叶，媛宸经常还戴着橡胶手套在洗碗呢，就被厨师呼喝怒骂着喊去拖地了。到最后，绑在胸前的围裙完全成了装饰品，一身衣服都脏得不能要了。

　　媛宸看着自己满裤腿的油渍、黑水，滴滴答答地往下淌，有一瞬间真的觉得自己要疯了，她一定得尽快换份工作了。咖啡店，鲜花坊，西餐厅，什么地方都行，多辛苦都没事，只要别让她一直泡在这么脏兮兮的地方。

　　"大娘！我……我去外面收一下碗啊！"她朝里面喊了一嗓子，摘下围裙，逃也似的奔出后厨。

　　里头还传来专负责卫生的那位大娘的吼声："回来！左二区的水池下水让剩饭堵了，你先去看看啊！"

　　这会儿是晚上八点，一楼餐厅吃饭的学生潮刚刚退去，桌上摆满了油污的餐具。媛宸望着这偌大的空间，一排接一排的桌子，长长地叹了口气，认命地挽起袖子。

　　倒垃圾的塑料桶车从空的到装满了废物，发出一股怪异的饭味儿，媛宸忍耐着往前推，却突然感到被什么顶住了似的，动不了了。她以为是碰到了椅子，遂咬咬牙，半弯着腰，用力往前一顶——

　　"喂！你没长眼啊！"一声男生的怒骂响起。

　　媛宸吓了一跳，赶紧站直身体，就见到一个一米八几满脸横肉的大个儿男孩正怒气冲冲地瞪着她。

　　"我碰到你了吗？抱歉啊……"媛宸一句话还没说完，就被那个男生恶狠狠打断，"抱歉有个屁用啊！我的新球鞋都让你给弄脏了！赔钱！八百块！"

　　"八……八百块？"媛宸怔了一下，额头上冒出薄汗，"我身上没带着……"

　　"没钱？"男生冷笑一声，倒似恰中下怀的模样，眸底闪过恶意，"那还不好说——"伴着最后一个"说"字出口，他抬脚"砰"的一声踹翻了污物桶！半身高的残羹剩饭伴着汤汁倾泻而出，瞬间将媛宸从腰到腿给泼满了！

　　"呕……"五米远外的一个女孩只看了一眼就捂着嘴转到了一边，表情扭曲几欲作呕。

第十二章

周围的每个人都用厌恶的眼神在瞪着她，指指点点，媛宸半张着手立在原地，身上是黏腻的感觉，脑子里嗡嗡的，一时间几乎不知该作何反应。愤怒、恶心、委屈，种种情绪混在一起，逼得她想要大叫，想要大哭出来！

二楼扶栏处却突然响起啪啪几下鼓掌声，媛宸抬起头，就见江陵和张希德懒洋洋地靠在那儿，笑得不怀好意："哎呀，这是哪里来的垃圾婆，脏死了。"

张希德马上挑挑眉搭腔："对啊，看着都让人想吐。"

媛宸低头看看自己这一身，再望望他们，胸腔里怦怦直跳，气得浑身都在打哆嗦。她眼眶发红，从喉咙里挤出一句话："你们这些人渣——怎么不去死！"

"再不滚出学校，只怕你会比我们先死。"江陵站直身体，眯紧眼，眸底闪出阴狠的光芒，脸色因长期生活方式不健康而显出怪异的白，"趁我没改变主意，赶紧退学滚蛋吧！哈哈哈！"

"……"媛宸大口大口喘着粗气，眼见着他们放肆大笑，突然回身，顺手抓起一块学生吃剩下的三明治，就朝江陵的脸扔去！

江陵立刻注意到了，下意识往后一躲，三明治"啪"地一下砸到了他的肩膀上！他低头看着自己粉色衬衣上一块明显的白色沙拉印记，五官几乎都有些狰狞了。

张希德好像也有些被吓到了："江……江陵，你没事吧？"

"死女人——我看你是真不想活了！"江陵看也不看张希德一眼，一双眸子如毒针一样紧盯在夏媛宸身上，他猛地向前跨一步，对着楼下那个男生大吼道，"把她给我按住！让她把桌上的垃圾都吃下去，该死的！"

"你敢！"夏媛宸喊了一声，转身就跑！却被那个男生狠狠擒住了胳膊！

对方膀大腰圆的，抓她简直跟抓只小鸡一样！媛宸拼命挣扎，却怎么都挣不开！

"来人啊！救命啊！老师！"

有食堂的管理人员闻声出来，可看着这架势犹豫了一下没敢管，扭头找领导去了！

"老师？你这次喊天王老子也没用了！"上面的江陵狞笑一声，"给我抓住她！我这就下去！"然后转身就往扶梯处走！张希德愣了一下赶紧跟上。

二层尽头最大包房的门却在此时被从里打开。

"吵死了。"

两名服务人员低垂着头侍立到门的两侧，一只白色的皮鞋先迈出来，紧接着，原英焕出现了。

他今天穿着一袭白色衬衣、浅蓝色修身裤，在所有人的注视下缓缓走来。两天没见，他的下颌仿佛又瘦削了一些，眉眼间显出一股过分的冷漠，神情间虽然没有露出什

么明显的起伏情绪，可是叫人一看就觉得后背凉飕飕的，江陵只望了一眼，就不由自主地咽了口唾沫，躲开了他的视线。

当原英焕越走越近，身边的张希德好像也越来越紧张，竟突然磕磕巴巴地开始解释："英……英焕啊，对不起……我们以为……以为你已经不在乎……"

"闭嘴！"江陵只觉得额头上的汗都要冒出来了，低头狠狠喝了一声，用力将张希德扯回来，然后深吸一口气，对原英焕小声道，"对不起，吵到您了。"

原英焕的脚步在他身边略略一停，没有说话，江陵只觉得一股无形的压力扑面而来，让他不由得屏住呼吸，将头又低了一些。然而片刻之后，原英焕直接向楼梯口走去。

他的步伐并不快，而且始终沉着脸，压抑的气氛从二楼一直蔓延到了一楼。媛宸眼见着他离自己越来越近，不由得闭上眼，烦躁地别过头。为什么要让他碰到自己这么狼狈的样子？

她本以为原英焕会嘲讽、奚落自己，至少也要给她个白眼，没想到，他就如同完全没有见到她一样，从离她不远的过道上径自走向大门。

媛宸抬起头看向他的背影，外面不知何时下起了毛毛细雨，原家的管家吴伯亲自为他撑起了伞，他好像低声道了句"谢谢"，然后便走入了黑夜。在这个过程中，原英焕始终——没有回过头。

媛宸说不上心里是什么感觉，明明这就是她最初期待的结果，两个人像完全不认识一样，不论祸福，都再不相干。可真当这一幕发生了，她似乎……也并不高兴。

偌大的餐厅直到原英焕离去才重新又有了声音。

张希德拍拍胸口有些心有余悸的样子，探头望望下面一身脏污的夏媛宸，以及旁边表情略带惶恐的打手，问江陵："怎么办啊？"

江陵咬咬牙，恨恨地瞪了眼夏媛宸："走。先放那个死丫头一马。"

晚上十点，夏媛宸拖着疲惫的身体朝家走去。她不敢让母亲发现自己遇到的事，否则那位柔弱的女士一定会哭得停不下来，所以她先去借用了学校宿舍的洗澡房，宿管阿姨看她臭烘烘的又是走读生，本来说什么都不肯让她进去的，可是过了会儿不知道谁派来个小孩儿跟她讲了几句，她居然就答应了，甚至在她洗完澡后，给了她一身新校服。

媛宸累极了，没有力气去想是谁帮了自己，洗漱干净后只对阿姨道了谢便离开了。站在自家门口时，她深吸一口气，扯扯衣服，又扇了扇还泛着潮气的头发，暗暗思考着如果母亲察觉不对该怎么应答，直到她觉得万无一失了，才拿出钥匙开了门。

第十二章

"妈，我回来了！"她像往常一样说道，在玄关处一边低着头换拖鞋，一边用眼角的余光找寻母亲的身影。

这是一个颇为高档的社区，房屋面积却并不大，只是普通的三室一厅格局，但明显能看出主人在装修时花了不少金钱跟心思，以银色和黑色为主色调，后现代风格中透着一点儿小奢华，尤其是开放式厨房旁边的酒吧台，周身镶嵌大理石，大气无比。

不过……等等，酒吧台？

媛宸眯了眯眼走过去，拿起桌上已喝过半的一瓶酒看了看，是92年的拉菲，心中不由得浮起怒意，四下打量房子，阳台的方向好像隐隐露出淡橘色的光，她拎着酒瓶转身就走过去。

"唰"地一下拉开纱帘，果然看到夏如萍女士正穿着一袭浅粉色真丝睡衣，半靠在藤榻间的软垫里，手里执着一个高脚杯，神态微醺地盯着杯中淡红色的酒液，在头顶摇摇晃晃的木质小工艺灯的照耀下，一直在笑。而在她的对面，还有一只用过的空酒杯。

媛宸攥紧手，胸膛剧烈地起伏着，她真的很努力地想忍耐，想好好跟她说的。可是看着眼前人这副纸醉金迷、不知今夕是何年的样子，她实在忍不住！

"别喝了！"她一步过去，劈手夺过母亲手里的酒杯，"啪"地一下用力掼到桌上，恨恨道，"他是不是来过了？"

"他……"夏如萍打了个酒嗝，盘盘腿，迷迷糊糊地坐直了些，"谁……谁啊？"

"还不承认？"媛宸看着随着她的动作露出大片光洁肌肤的小腿，简直气不打一处来，把酒瓶"咣"的一声用力放到桌上，弯下腰狠狠将她的衣服往下扯了扯，"92年的拉菲！不是他拿过来的你哪里有钱买？还有，你看看你穿的这是什么！什么样子！"

"怎么了？穿睡衣啊……"夏如萍噘噘嘴，满脸不高兴地站了起来。一个四十岁的女人做这样的动作，本来应该十分违和，可是放在夏如萍身上丝毫不见突兀。她皮肤光洁嫩白，乍一看就如同二三十岁的女人一样，而眉梢眼角间更是充满着被过度保护才能看到的天真稚气。上帝好像格外偏爱她，不舍得在她脸上留下一点儿岁月的痕迹。

真奇怪，为什么老天就不能把这种幸运分给自己一点儿呢？夏媛宸闭了闭眼，只觉得太阳穴突突直跳。

"你……你呀……"夏如萍双眼迷离地迈步过来，伸出一截细白的手指在媛宸的肩膀上戳一下，又戳一下，教训人也像在撒娇，"你这么晚回来我都没有怨你，你反而骂我……"说着，脚下一软，竟差点儿摔倒！幸好媛宸眼疾手快地扶住了她。

"嗯……好晕，不舒服……"夏如萍难受地皱皱眉，身上毫无力气似的，一会儿往左倒，一会儿往右倒。媛宸看着她这副模样，再没了办法，长叹口气扶着她回

了主卧室。

　　给母亲擦过脸,又把厨房煎过牛排的烤盘清洗干净,酒瓶、酒杯洗涮归位,等这一切做完已经十一点半了。媛宸觉得自己浑身都像被车辘辘碾过一遍一般,头一沾枕头就睡着了,临睡前最后一个模糊的念头居然是——早知道就不费尽唇舌赔着笑脸去借吹风机了,其实,根本没人会发现她是湿着头发回家的。

　　次日是周六,不需要去学校,早起醒了的时候,媛宸迷迷糊糊听到外面有人在唱歌。她裹上睡衣走出去,果然看到母亲正一边哼着一首德国乡间小调,一边在料理台前做饭。她穿着一件黑色的宽松蚕丝衫,头发用一条蓝色缎带松松地在后一绑,当然,她又没穿围裙。

　　媛宸在原地站了片刻,定定神,才吐了口气走过去。

　　夏如萍将煮好的意大利面捞起来,回身拿了个白色圆瓷盘,对她莞尔一笑,柔柔道:"醒啦?快去洗漱吧宝贝,今天的早餐是黑椒牛柳意面,很香的,马上就好哦。"

　　她低头作势在面上闻了闻,那样子真是可爱极了,可爱得——让媛宸想去敲敲她的脑袋。

　　"妈,你又失忆了吗?"她神色平静地问,"我记得你昨天喝得并不算多,两个人加起来才半瓶拉菲。"

　　"什么拉菲啊,这孩子。"夏如萍装傻,一副若无其事的样子,去旁边翻炒牛柳。

　　"我记得我跟你说过,别再跟他来往了,你们的身份早就不同了,你怎么就不听呢?还有这些——"媛宸指着料理台上的食物,"这是咱们现在能吃的吗?咱们买得起吗?"

　　"你烦不烦啊?"夏如萍停下动作,赌气地将铲子往水池里一扔,直接出了料理台跑到餐桌边坐下,"钱钱钱,一天到晚就是钱、身份,你一个女孩子家怎么变得这么庸俗?"

　　媛宸看了她一眼,沉默地走进料理区,将牛柳在没煳之前盛了出来,又浇到意面上,把妈妈提前打好的果汁倒到杯子里,然后一样样端出来,放到自己和夏如萍的位置前。

　　妈妈仿佛还在赌气,别过脸,不吃也不喝。

　　媛宸不想跟她吵架,慢慢坐下,一边拌着自己的面,一边平心静气地开口:"我也不想庸俗,妈,我知道你过不了苦日子,我也不想强求你什么。如果你愿意回头去跟外公和舅舅认错,那我高高兴兴地跟你回家当大小姐,绝无二话,但你真的不能再要那个人的钱了……"

Chapter 12 相逢已是陌路
第十二章

"那个人！那个人！那个人是谁啊？"夏如萍突然转过头来怒道，"他是你爸！他就应该抚养你，应该给你钱！"

"对，他对我有义务。"媛宸放下叉子，双臂搭在桌上，直视着妈妈的双眼，"他甚至也有给你补偿金的义务。如果你们不是保持着这样的往来，我不会拒绝他的钱，可你们现在这样是不对的，是不道德的。"相比妈妈的横眉怒目，她的脸上连一丝波澜都没有，就像一口枯井。

夏如萍与女儿对视片刻，态度有些软了，她伸手，握住媛宸的手，模样看着十分可怜，"我们并没有做什么啊，只是偶尔在一起谈谈心而已。媛宸，你总不在家，我一个人很寂寞的……"

"那不是理由。"媛宸直接打断了母亲的话，她回握住妈妈的手，言辞恳切，透着恳求，"你可以出去找朋友，异性同性都可以，只要是正当的往来，但他不可以。他已经结婚了，你明不明白啊，妈妈？"

"是你不明白！"夏如萍扬高了声音，眼睛有些红，语速又快又急，"红颜知己在这个圈子里本来就是再稀松平常不过的事！何况我跟你的父亲是真爱！你敢保证那位季太太在外面就没有暧昧的男人吗？要不要我找私家侦探去给你这个道德标兵查查啊！"

媛宸无声地望着她，然后，一点点抽回自己的手："妈，别人怎样我不管，可我希望我和我的亲人都能堂堂正正地站在阳光下，你能答应我吗？"

夏如萍不说话。

"好，那么至少，你别再拿他的钱了行吗？"媛宸的眸子里浮起了水色，她侧过头又擦掉了。

夏如萍的眸子里闪过不忍之色："可是——可是我怎么生活呢？"

"怎么都可以啊！"看妈妈的态度有所松动，媛宸马上激动地起身，走到夏如萍身边蹲下，抬头望着她道，"穷有穷的过法，富有富的过法，我会打工赚钱的！何况我们还有一套房子，不用交房租，再难能难到哪里去呢？"

"你打工能赚到多少啊……"妈妈躲闪着她的视线，"我要去做美容，还需要买衣服……"

"……"媛宸深呼吸了几次，终于问出了口，"那妈妈，你可以出去做份简单的工作吗？"

"什么？"夏如萍惊呼一声，直接抽回了自己的手，噌地站了起来，"我能做什么啊？我哪里会工作？"

"你可以做很多。"媛宸站起来，眉目平静地望着母亲，一一细数，"你会德、

日、法三国语言，口语跟笔译都达到专业水平；你钢琴修习二十多年，有在智利罗里拉斯演奏厅独奏的经历；你会插画，懂茶道，你厨艺精湛……"

"够了！夏媛宸！你怎么这么不孝！居然逼自己的妈妈出去工作？"夏如萍愤怒极了，转身就要回房，一边大步走一边冷然道，"我是绝对不会出去看人脸色赚那点儿可怜的生活费的，你不用再说了！"

伴着最后一句话，是"砰"地一下重重的摔门声。

媛宸盯着那扇紧闭的房门，一动不动地，站了很久。直到脸上不知何时被濡湿一片，抬手一摸，竟全是泪水。

第十三章
他从天而降

清远一入夏便进入了绵绵雨季。

体育老师望着窗外稀稀拉拉的雨水,觉得一会儿雨可能会下大,干脆决定这节课就在教室里上了。

"张希德,请你带个同学到器械室领些握力器来好吗?"

张希德跟体育老师挺熟,倒没二话,放下二郎腿,大刺刺一挥手道:"就一兜子握力器还带什么人啊?我自己去得了。"

"哎!等等——"坐在他旁边的江陵突然发问,"老师,这节课二班也在教室里上吗?"两个班的体育课通常是一起上的。

"当然。"体育老师点点头,仿佛被提醒了一般,"对了,既然你们过去,就顺便把二班的器材一起领回来吧。"

"行啊。"江陵弯唇一笑,"那我从二班叫个人帮我打打伞签个字吧?"

体育老师摆摆手算是答应了。

张希德被江陵拽出教室时还有些莫名其妙,扭着头问他:"你吃错药了啊?这么点儿雨还用叫人打伞?"

江陵阴恻恻一笑:"不是,是有人的时辰到了。"

张希德一愣,随即恍然大悟,却又面露犹豫,他左右望望,看四下无人才凑过去小声道:"真要干吗?原少爷那边会不会……"

"不会。"江陵垂下眼,眸底闪过一丝狠劲儿,"你只看上回原英焕见到也没说什么,就知道他对那丫头的感情有限了——怕只怕那个死丫头被整得太惨,哭喊着惊动了原少爷,再一求什么的,引起原英焕可怜了,那就比较麻烦了。"

"那你还做?多冒险啊!"张希德急了。

江陵勾唇,朝教室努努嘴,不怀好意地笑道:"你没发现今天原少爷没在?"

"……成!干了!"

两个人对视一眼,都从对方眼中看到了报复的快意。

夏媛宸是被张希德叫出教室的,听说要跟他去拿什么鬼器材,她第一时间就拒绝了,奈何在楼道里争执的时候,居然把体育老师引了出来。那位老师根本不听她解释,坚持认为她是犯懒躲雨不愿去,训了她几句还叫她跟张希德走。

媛宸没办法,只好打起十二分精神,全身戒备地跟着去了器材室。

领东西,点数量,签字,一路竟然出奇地平静,除了张希德从头到尾臭着脸,理都不理她之外。不过媛宸不介意,巴不得赶紧做完事回去。

当两个人一人拎着一兜子握力器离开器材室所在的三号楼时,外面的雨居然已经

第十三章

下得很大了。张希德一手提着兜子，一手撑着伞，看都不看她就走进了雨里。而以媛宸的臂力，一只手根本抓不住那个袋子，她望望外面，只好一咬牙丢了雨伞，快步冲进雨里。

想要返回教学楼，必须穿过一栋音乐教学楼。周一下午，这里正好没人上课，再加上下雨，几乎没人会经过。

张希德早她一步进了楼，媛宸浑身上下都湿透了，雨水淋得眼前有些模糊，整个人更是冷得不行，手里的袋子好像越来越重，重得她快要提不住了。

媛宸用力甩甩头，看着距离自己不过十多米的台阶，深吸一口气想快点儿跑进去。突然，她停了下来，定定地望着前面，手一松，袋子哗啦一下落地。

张希德带着四五个男生走了出来，每人都穿着雨衣，手里提着一个大铁桶，里面不知装了什么，冷笑着一步步靠近。

媛宸下意识慢慢后退，在退了几步之后，忽然转身就跑！可是下一秒就被人猛地扯住了胳膊！

"放开我！放开我！"媛宸尖声喊道，在雨中拼命挣扎。

"你就使劲儿喊吧！"江陵狞笑着从树丛后走出来，对抓着她的男生道，"既然她不肯老实站着，就让她趴下吧！"

"好嘞，江哥！"穿着蓝色雨衣的两个男生手下一个用力！哗地一下，雨水四溅，媛宸只穿着及膝裙，膝盖外面连一块布的遮挡都没有，就这么硬生生地跪在了地上！

"唔——"媛宸闭上眼，闷哼一声，痛得她几乎要哭出来！但是再睁开眼时，只是恨极了对江陵喊道，"你这个王八蛋！你就不怕有报应！"

"还这么嘴硬啊？"江陵笑着走过去，狠狠抓住她的头发，用力一扯！

媛宸被迫将头猛地仰起，死死地盯着江陵。雨越下越大，几乎是往下砸，她眼睛难受得闭了闭，又拼命睁大。

"我还真想看看你能嘴硬到什么时候呢……"江陵笑得阴狠，他退开，叫张希德等人上前，冷冷道，"倒。"

媛宸呆了呆，还没明白过来"倒"是什么意思，一大桶冰就从头顶倾泻而下！

"啊！"媛宸尖叫出声，她想跑，想躲，可是根本躲不开，逃不掉！

头顶一阵刺痛，紧接着浑身就被冰水兜满了！痛得她流泪！冻得她浑身战栗！

"江陵！张希德！我到底哪里对不起你们！我已经不追究你们推我下海的事了，你们还恩将仇报！"她疯了一样吼。

江陵一步跨过去，使劲儿捏住她的下巴，强迫她抬头，冰块雨暂时停了。却见张希

德冷冷地注视着她的双眼，用充满厌恶与憎恨的语气道："就你？也配谈恩？像你这样如蝼蚁一般的人，本来就该任人践踏的！"

"倒！给我倒啊！"江陵后退一步，哗地一下将整桶冰倒到她身上！他低头一看桶里空了，眼底闪过暴戾，竟将一个空桶嘣的一声甩到了她的头上！

"……"媛宸只觉得"嗡"地一下，剧痛之后眼前一黑，身体一软就倒在了地上。

"倒！接着倒啊！"模糊的意识里响起张希德的喊声。

媛宸抬起头，发丝全被雨水粘在了脸上，她五指扒着地，一点儿一点儿，艰难地前行，指肚都磨出了血。

她想走，想离开……可是没有用，大桶的冰一桶接一桶地从上落下，她身下是充满泥水的水泥地，头顶是仿佛永无尽头的冰块与剧痛。

她已经没有力气了，却还是努力地、努力地在喊，虽然此时的声音可能比猫叫都大不了多少。

"救命……你们这些人渣，你们不得好死啊……"可是所有的声音都被淹没在了瓢泼大雨里。这一方世界仿佛被绝望笼罩。

身侧是江陵张狂放肆的笑声："骂吧，骂吧，看是谁会不得好死！"

疼，真的好疼……

冷，太冷了啊……

眼泪顺着眼眶汩汩流出，媛宸趴在地上，浑身都在发抖，真的觉得自己要坚持不住了。

"住手！你们在干什么！"远处模糊地响起了一个男生的怒吼，仿佛有人跑了过来。

媛宸整个人都昏昏沉沉的，一时弄不清是真有人来救自己了，还是她的幻觉而已。

"张希德！江陵！你们在干吗？这是学校！你们要杀人吗？"头顶响起怒吼，紧接着，一个有力的臂膀将她托起！

"郑……郑允文……"媛宸身上一点儿力气都没有，完全依靠着他才能勉强站住，她努力睁开双眼，终于辨认出了眼前的人，可是很快又无力地垂下了头。

"夏媛宸？夏媛宸！你怎么样了！"郑允文一咬牙，就将她打横抱起，扭头便想往医务室的方向跑。

"给我拦住他！"江陵却厉喝一声，狠狠地扯下雨披的帽子，在雨水中露出一张暴戾的面孔，"姓郑的！你少管闲事！要走你自己走！"

"不可能！"疾风骤雨中，郑允文低头看了一眼媛宸，随即挺直胸膛，紧紧抱住怀中冰凉的身体，年轻而方正的面孔上充满坚不可摧的决绝，大滴大滴的雨水从他紧绷的面颊上滑落。

"行啊，你是想陪她一起死？看来这丫头的人缘真不错——"江陵狞笑一声，一挥手就道，"给我上！揍他！"

张希德被他疯狂的模样吓到了，大喊一声："等等！"然后便一个箭步扑过去，紧紧抓住他的胳膊道，"你疯了？他是郑家的人！真出事了怎么办！"

"你这个蠢货！真是胆小如鼠！"江陵一个回身猛地甩开张希德，雨中映出一张扭曲的面孔，吼道，"原英焕你怕就算了！郑允文有什么可怕的？打死算我的！"

"如果郑允文不够，那加上我呢？"一个清冷孤傲的年轻女孩的声音忽然在这时响起，穿透密织的雨布，如一阵小泉叮咚乐语，令张希德、江陵都不由自主地僵住了身体，他们的打手都不明所以。

郑允文迅速转过身去，下一瞬马上面露喜色，回头看了眼还在发愣的张希德和江陵，当机立断地马上朝来人方向走去。

一顶粉红色镶嵌满奢华碎钻的蕾丝雨伞渐行渐近，终于走到了距离张希德和江陵五步开外的地方，将郑允文和夏媛宸挡在身后。她穿着浅黄色的裙子，白色细高跟鞋半边都浸泡在了水里，当雨伞慢慢抬起，露出了主人的脸——居然是纪秀芝。

普斯诺号上唯一敢跟原英焕顶嘴的女孩，精英集团权力董事的独女，这所学校里真正的公主。

纪秀芝轻轻勾起一侧唇角，仿佛在笑，眼底却充满冷意，再一次重复道："要是郑允文的分量不够，那加上我呢？能不能把夏媛宸带走？"

"对……对……对不起，纪小姐……"张希德吓得脸色都变了，一个劲儿摆手后退，"我们马上走……"他狠狠扯了把浑身戾气，还陷在报复疯魔的情绪中回不过神儿来的江陵，咬牙低吼："别看了！那是纪秀芝！你真想被你爸打死啊？还不走！"

"……"江陵身上的力量一松，终于被张希德连拖带拽地给弄走了。

纪秀芝眼见着他们跑远了，这才回身看向郑允文，视线慢慢下滑，落到夏媛宸半昏迷的脸上，那目光中带着说不出的意味。

郑允文不知道该怎么形容——回忆？感叹？厌倦？好像都不是，又好像都有一点儿。总之他觉得，她并不太喜欢媛宸。

"纪小姐——"郑允文的眸色深了深，抱着媛宸下意识后退了一些，那是一个戒备的动作。

纪秀芝抬起眸子，审视地盯着他，片刻之后，轻嘲似的笑了下，偏头望着外面细密

的雨布，"她倒是运气好，永远有人前赴后继地护着。"

"……你说什么？"她的声音太低，郑允文并没听清楚。

"没事。你带着她，跟我来吧。"纪秀芝恢复了冷傲的表情，绕过他，踩着高跟鞋朝校内那栋特殊的公寓楼走去。

身后的人并没跟上。

纪秀芝停下，回过头，似笑非笑地看着他问："怎么？不放心？可是，你又能带她去哪儿呢？"

郑允文咬咬牙，垂眸望了望媛宸，终于跟了上去。

等媛宸恢复清醒的时候，发现自己在一个类似酒店贵宾单人房的地方，橘黄色的装修风格偏商务，可又有很多地方带着明显属于女孩子的痕迹——饮料吧区插着几枝带着水珠的白百合，窗纱上也绑着粉色蕾丝缎带。

这是哪里？

她撑着酸软的身体坐起来，望向窗外，居然看到了教学楼。

"你醒了。"门被人从外推开，纪秀芝走了进来。

"你怎么会在这儿？"媛宸吓了一跳。

纪秀芝瞥了她一眼，没出声，只是从桌边拿过一个装满东西的塑料袋，哗啦一下扔到床上。

媛宸低头一看，居然都是药。

脑袋有些疼，她用力按了按太阳穴，皱眉闭眼回忆，模糊的记忆似乎渐渐清晰，她睁开眼望向坐在一边的纪秀芝，眼神有些复杂："是你救了我？"

"不算。我只是说了句话。"纪秀芝单手执起宝蓝色金丝缠绕的小茶壶，为自己缓缓倒了杯茶，看也不看她地淡淡道，"你要谢就谢郑允文吧。"

见纪秀芝没有说话的兴致，媛宸也没再讲什么，坐起身，掀被下床，开始整理衣服，等她收拾完毕，看着床上的药停顿了片刻，还是拿了起来。

"不论怎样，都谢谢你。"她看着纪秀芝正色道。说完，转身就要走。

纪秀芝却突然开口："喂，你还不打算转学吗？"

"你说什么？"媛宸回过头来。

纪秀芝慢慢站起身来，一步一步走到她面前，看进她的眼睛里："我真不懂，你到底在这里坚持什么？你早就不属于这个圈子了，不是吗？"

纪秀芝的眼神里充满反感和厌弃，还带着一丝丝难以觉察的特有的鄙夷，如果换

第十三章

一个人，一定会感到十分不舒服。而媛宸对于她的敌意却十分平静，一双眼睛里波澜未起，甚至极轻微地笑了一下。

"每个人都有自己的路要走，而我十八岁前的人生注定属于这里。"

"何必说得那么冠冕堂皇呢？"纪秀芝嗤笑出声，眸中讽刺更甚，"不过是舍不得眼前的富贵荣华罢了。那干吗不接受原英焕的追求呢？你也许会回到以前的世界，甚至更上一层楼呢！"

"我对你说的那些没兴趣。"媛宸返身，径自朝门口走去，"当然，如果你不信，我也没办法。"

"夏媛宸！你如果不跟原英焕在一起，又硬赖在这里，迟早会被人给整死的！"纪秀芝突然高声喊道。

夏媛宸一言不发，手已经搭上了门把手。

"……"纪秀芝的声音变低，却透出一股决然和寒意，"我不会再帮你第二次。"

而媛宸已拉开门，走了出去。

傍晚七点，莫斯塔三明治店。

媛宸正呼哧呼哧在擦桌子，一个穿着蓝色衬衫、咖啡色皮马甲的身形突然映入眼帘。她停下动作，慢慢抬起头，看到来人是谁才不由得长吐了一口气，一手拿着抹布，一手拍拍胸口道："吓我一跳。"

"干吗？以为是仇家来寻仇啊？"郑允文忍不住笑开。

"对啊，我好怕的。"媛宸无奈地弯下腰继续擦桌子，嘴里调侃道，"怎么样，客官，来点儿什么？"

本来她只是随便说说，谁知道郑允文还真一本正经地开始点餐了。

"哦，我要一份吞拿鱼沙拉，一盘青蔬虾仁，一壶夏威夷果茶，再加上——"他顿了顿，拖长音调，笑意渐深，倾身过去一手扶在桌上，按住了她的抹布，"点你半个小时。"

"……"夏媛宸怔了怔，"别开玩笑了。我在工作呢。"

"我没开玩笑啊，我在你们店充值了一张一千元的现金卡，你们领班答应给你放一会儿假。"他直起腰，弯唇挥挥手中银白色画着骷髅图案的卡片。

媛宸看了一眼卡，下意识回头看向领班的方向，果然见到领班笑着冲她摆摆手。

"怎么样，大小姐？给不给面子啊？"郑允文挑眉道。

两个人来到门外的露天竹台上坐下，初夏晚风微凉，媛宸将围裙摘下扔到桌上，忍

不住惬意地眯了眯眼，长长地伸了个懒腰："嗯，真不错，偷得浮生半日闲。不过这个'闲'有点儿贵，整整一千块呢。"

"贵吗？我不觉得啊。"郑允文浅笑着望着眼前女孩如猫儿一样舒适松散的样子，手慢慢转着卡片，在店灯的照耀下，眸底仿佛有流光溢彩闪动。

媛宸注意到他的眼神，有些不自在地坐直了，别扭地笑了一声，扯出一个话题："那个——你别转了，这卡跟你一点儿都不搭。"

"是吗？"郑允文食指和拇指捏起卡片，挑眉道，"那你觉得什么卡跟我配？"

"那些什么银行的贵宾黑卡啊，五星酒店会员卡啊……"媛宸开始不走心地胡扯。

郑允文却忽然出声打断了她的话："我也这么认为。"

"……啊？"媛宸呆了下。

郑允文慢慢收回了笑脸，神色变得郑重，再一次重复道："我也觉得你不适合现在这样的生活，媛宸。"

"我现在……是什么样的生活？"媛宸转开了目光。

"……"郑允文深吸一口气，"恕我冒昧，像你如今这样一下课就马不停蹄打工，生活空间一再被张希德、江陵他们压缩，永远心惊胆战怕人来寻衅滋事，实在是再糟糕不过的日子了。媛宸，你还记得你在船上时的样子吗？在船上你笑得肆意飞扬。我真的觉得那才应该是你的生活。"

久久的无言。

沉默仿佛在两个人身边隔绝出了一方小小的密闭空间，连附近的声音好像都远了。

媛宸一时不知该如何开口，再开口时，一句话说得非常慢："我想……你误会了，那个时刻是暂时且虚幻的，现在才是真实。"

"那就回到虚幻中去吧，人总该追求更好的，不是吗？"郑允文立刻道。他盯着她安静的侧颜，沉沉气道，"媛宸，转学吧。"

媛宸一惊，猛然抬起头。

郑允文的目光深深地望进她的眼睛里，认真而凝重的神采给这个面容并不算出众的男孩蒙上了一层别样的魅力，只听他声线低沉道："在这里有很多事我都心有余而力不足，可是如果你愿意转学到清远下属的二级学校去，我保证你会过得很好。你会有平静的生活，你会有优秀的私教，你一样有机会进入高层次的学府……"

"郑允文，抱歉。"媛宸无法再听下去，轻叹着打断，"我不知道该怎么告诉你我家里复杂的情况，我只能说，一旦离开这里，我连住的地方都没有，学费都交不上，更别谈平静的生活了……"

第十三章

"那些都有我啊。"郑允文突然道。在媛宸惊愕的甚至觉得有些不可思议的注视下,他深吸一口气,缓缓抓住了她的手,说,"媛宸,有我。你的学费我会准备,你的衣食住行我会一力承担,你完全不需要担心这些。你只要告诉我,你愿意,还是不愿意。"

他握着她的手,手心的温度有点儿低,若仔细去感受,甚至有轻微的难以觉察的颤动。这个男孩很紧张,他是真诚的啊。媛宸的心底不由得发出一声悠远的叹息,仿佛从寂静的山谷中来,又到往遥远的看不到未来的地方去。

"对不起,我不愿意。"她听到自己轻声道,然后,缓慢地抽回了自己的手。

郑允文眼中的光芒黯淡了下去。

夏媛宸站起身,视线落在桌面上,说:"我很感激你为我做的一切。作为同学,真的已经足够了。"

"同学"两个字就已把他们的关系定义。

郑允文看着她,声音轻而缓,带着些难以言喻的伤感:"你确定吗?媛宸,我的勇气可能只有一次。"

他不是原英焕,不是需要继承家业的长子或独子,在婚姻恋爱的选择上,或许不会遇到那么大的阻力。可同样,因为他不是独子,若是过分执拗地违背家族意愿,很可能会面临被冷落和发配的险境。

他是决定带媛宸去赌,去闯那座独木桥。

"我确定。"媛宸微微一笑,在这夜色将暗未暗之时,就如迎风摇曳的百合花般秀美,"郑允文,谢谢你的……一片心意。"她双手自然帖服在小腹上,对他轻轻一弯腰,那一刻,就如同一个真正的淑女。然后,毫不留恋地转身而去。

郑允文,你会有个门当户对的未婚妻,你应当得到一份简单而平静的幸福。

允文,祝你幸福,我的朋友。她在心里轻轻道。

又到周一,又是要命的体育课。

媛宸真是有些怕了。上回在大雨里那么一番折腾,虽然没受什么严重的外伤,可是整整低烧了五天。如今这才好,难道又得来一次?不然干脆先溜走算了……媛宸头痛地想着。

就在这时,教室门被推开:"咱们这个月该上游泳课了啊。大家赶紧带上泳衣,到游泳馆集合。"老师走进来拍拍手道。

得了,老师来了,也走不了了。媛宸认命地从桌斗里翻出泳衣泳帽,心想游泳课上

大家都人挨着人的,江陵和张希德应该不会太放肆吧?

清远校风较为开放,游泳课和其他诸如高尔夫球课、保龄球课、排球课等一样,都是男生女生一起上。

开始大家各自热身,并没什么异常,媛宸刻意躲着一班的男生,倒也很平静。

过了一会儿,老师招招手,示意大家准备打水上排球。原英焕只瞥了他们一眼,就自顾自接着去游泳了。他单独占了中间的第三条泳道,所有人都不约而同地让开了那条泳道,没有敢跟他挤的。

他戴着蓝色泳帽,穿着黑色子弹裤,不时从水面上钻出,又如成年鲸豚一般姿势优美地入水,引来无数女生脸色潮红地围观议论。

只有纪秀芝冷哼一声,说了句:"无聊。"然后径自来到池边,对助教冷声道,"拉我上去。"

原英焕和纪秀芝这两位祖宗在学校一向是无人敢管的。游泳老师这会儿当然也权当看不到,对其他学生道:"咱们以班级分组啊。每个班两组,轮流对战,三局两胜制,有没有问题?"

"没有!"

比赛初时并没什么异样,大家都在规规矩矩打,可也不知是从哪里开始的,突然几个男生就打闹起来,一个把另一个按到水里,另一个跳起来也哈哈大笑着把对方往水里按,最后整个池子的学生都三三两两打闹起哄起来。

老师瞧他们玩得开心,只摇摇头,倒也没管,回休息区喝水去了。

原英焕嫌他们闹腾,皱眉起水,干脆也不游了,顺着扶梯往高台上走,纪秀芝正坐在那里,手边放着杯冰柠檬茶,奇怪的是神色却有点儿不对。她双手用力按在扶手上,后背绷直,眼睛眨也不眨地死盯着东南角的方向,也不知在看什么。

原英焕有点儿莫名其妙,跟她隔了一个座位坐下,服务生过来上了饮料,他微微点头致意,拿起杯子,吸管却停在了嘴边——他也看到了那个方向。

夏媛宸正被张希德带着几个男生女生一次又一次用力按进水里。

"你们——"媛宸狼狈出水,拼命甩头,随即就又被狠狠按下!

"来人——咳咳!"她四肢用力扑打,可没用,马上又一次被按了下去!

"救——唔!"

远远看去,她的脸上湿漉漉的,分不清是泳池的水还是汗水……甚或是泪水。泳帽早不知何时丢掉了,她使劲挣扎,每次出水都在努力呼救!可是那方小小的天地淹没在闹哄哄的泳池里,除了高台上的原英焕和纪秀芝,无人注意……

第十三章

原英焕觉得自己的心好像被一只无形的手紧紧抓住，仿佛不停被按进水里的人是他！仿佛一次次呛鼻入水的人是他！仿佛咳得上气不接下气的人是他……他真的觉得自己感受到了与夏媛宸相同的痛苦。

为什么呢……真是太没出息了……他不是早就决定，再也不管她的事了吗？

原英焕整个人僵硬在座位上，连呼吸都是机械的，脑海里有两个人在拉扯——一个说，你可以做到的，上回在食堂，她那么狼狈，你不是也成功而坚定地走开了吗？

另一个却在呐喊！——不一样！不一样！这次她在求救啊！

原英焕咻地闭上了眼，不再看，不再听！他发狠一样强迫自己想些别的，回忆些别的，脑子里如走马灯一样飞速闪过各种复杂绚烂的图片——幼时远离父母，孤独也高高在上；成长期不同美丽少女眼中闪现着相同的欲望；他从半昏迷的状态中醒来，模模糊糊看到媛宸死命为他捶背的侧脸……最终，所有的画面都模糊了，远去了，黑暗的世界里只剩下那个绝望的夜——他仰望星空，在所有探照灯同时熄灭的一瞬间泪流满面，单膝跪地，向天告求：仁慈的主，请您让那个女孩活下来，让我再有机会伴在她身边，好吗？

夏媛宸……

夏媛宸……

夏媛宸！

泪水不受控制地从紧闭的眼角流出，原英焕猛地睁开一双血红的眸，"噌"地站起，从三米高的看台上一跃而下！

就当他没出息！就当他自甘下贱！就算他没自尊吧！

随夏媛宸怎么说好了！他就赖住她了！

眼泪落进了水里，那股咸味却涌进了心里，他疯了一样朝夏媛宸所在的方向游去！

可是有一个身影比他更快！一道身着浅紫色衬衫、白色长裤的身影自东南泳台倏然入水，不过眨眼之间就来到媛宸身边破水而出！

"哗啦"一下，水珠四溅，露出一张让周围人下意识屏息的面容——他眉峰紧锁，脸颊瘦削，湿漉漉的头发服帖在如刀锋雕刻般深刻的五官旁，浅棕色的眸子一眯，眼底仿佛有一片水墨氤氲的剪影……下一刻，那眼神变得凌厉，他勾唇一笑，却带着刺骨的阴狠，一拳打向边上发怔的张希德！

张希德整个人都被弹了出去！在强大的水流阻力中竟然硬生生弹出去近两米远！满口都是血……

"把这些东西带上去。"李钟敏收手，用冷硬的英语吩咐道。

紧接着,在泳池里的学生们便发出一片尖叫!只见不知从哪里冒出来的黑衣保镖,竟自四面八方下水,把方才围攻过夏媛宸的男生女生,如拎物件一样倒着抓上了池台……

"救命啊!呜呜,你们是什么人?"早有娇滴滴的女生被吓得大哭起来。而保镖们的回应只是不耐烦地将她们一掌按到地上。

李钟敏扶着媛宸出水,她浑身都在颤抖,不知是吓的还是难受的,李钟敏觉得有些心疼,看向张希德、江陵他们时的视线更是如同削骨尖刀一般,足能剔骨割肉。

麦克送上浴袍,口里大呼小叫着:"哦,我的上帝啊,这是什么惨无人道的剧情……"

李钟敏狠狠瞪了他一眼,劈手夺过浴袍,动作轻柔地给媛宸裹上,语气却是生硬的:"喂,你怎么样?死不了吧?"

媛宸披着浴袍抱紧肩膀,望着李钟敏的眼神发怔,一时分不清是现实还是虚空。她的身体不自觉地在哆嗦,那是一种不受控制的,因情绪波动过大而产生的生理反射。

"咳咳——"她突然弯腰捂住嘴咳嗽了几声,然后越咳越剧烈,大有一发不可收拾之势,眼泪鼻涕借着这个机会都流出来了。

李钟敏面露紧张,不停抚着她的背,时而擦拭她的唇角,没有丝毫嫌弃之色,忽然转头对麦克吼:"还愣着干什么?Call(呼叫)医生!"

"啊?好……好……好的!"麦克吓了一跳,扭头就去打电话。

"没……我没事了……"她捂着胸口低声开口,眼睛不敢看他,只怕自己现在一抬头,就会把她拼命想掩藏住的所有情绪彻底暴露。

李钟敏,这算不算命中注定?每一次,在我无助时、孤独时、彷徨时、绝望时,出现在我身边的总是你。跨越高山与河流,穿梭时间与空间,搅乱梦境与现实,来到我身边。

"还说没事?那怎么声儿都不对了?"李钟敏皱紧眉头,不管不顾地硬抬起她的头。她能感到自己的眼睛还是湿漉漉的,她还来不及掩藏眸底乱七八糟的一切情绪——那些难过、感伤、劫后余生,还有——逃不开躲不掉,骗不了别人更骗不了自己的……重逢的喜悦。

李钟敏怔住,随即薄唇轻扬。

媛宸羞恼之下,狠狠推开他的手,转过头:"笑什么……"

"这么害怕啊?"李钟敏的心情却仿佛不错,大刺刺地搂住她,贴近她的耳朵道,"是该怕的哦。上个游泳课给上得往生了也是够丢人的了。"

第十三章

"呸，你少咒我了，当初大海都没淹死我，何况这个小小的游泳池？"媛宸不服气地骂道，"还有，此处不应用'往生'，太官方了，谢谢。"

"呵，还嘴硬挑我毛病呢？"他挑挑眉，声线冷凝了些，"不过这里跟大海还不一样，至少没有那些恶毒的水鬼。"他向江陵看去。

媛宸也顺着他的目光转过了头。

江陵梗着脖子，被一群黄头发或黑皮肤的保镖押着跪在地上，还在死命挣扎："李——李钟敏！你放开我！这里可是清远！不是你那个什么鬼小岛！你耍威风要到这里来也得看看有没有这个本事！"

李钟敏皱眉直视他一会儿，居然轻声一笑，只是那笑声让人莫名发凉："我听说中国有种酒是以虫物作料，那不知道舌头是不是也可以呢？"

"……"江陵张了张嘴，脸色惨白，在那种阴寒目光的注视下，喉咙好像因过分紧张而被堵住了一下一样，一时竟没说出话来。

他弯了弯唇，抬脚就要往江陵的方向走去，修长的身躯带来迫人的威慑力。一只手却在这时伸了过来，轻轻按住了他，是夏媛宸。

夏媛宸看了他一眼，声线平静道："我自己来。"然后，收紧浴袍，裸着脚，踩着池边薄薄的水痕，一步步走到张希德和江陵面前。

没有人说话，每个人都看着她，泳馆内安静得能听到水滴的声音。

短暂的沉寂后，她突然扬手！"啪、啪"两声清脆的声响，她竟甩了两个人每人一个耳光！

所有人都惊呆了。江陵和张希德更是如同愤怒的狼一样，甚至顾不得李钟敏还在旁边看着，面露狰狞、怒目而视！

夏媛宸却连眉梢都没动一下，众目睽睽之下，她只是安静地甩了甩手，眼睛盯着眼前那两个人，脚仿佛极随意地踢了一下泳池边的一个塑料桶。

"把水装满，让他们每人喝上一桶才能走。"她淡淡地用英语道。

高大的黑人保镖下意识看了眼李钟敏，随即答应。

江陵从牙缝里挤出一句话："夏媛宸，你敢——"

而张希德也强忍着痛含糊道："你别太过分了，这次咱们都算了，以后各不追究……"

"各不追究？"媛宸极缓慢地重复了一次，像听到了什么大笑话一样侧过头去，低笑出声，只是眼底却透出一点儿莫名的感伤，仿佛……孤独的苍鹰。那一刻，她身上所散发出的气场竟是与李钟敏无限接近。

只见她微微弯下腰，来到那两个人中间，用只有他们三个能听到的音量耳语道："这话应该是我说的。江陵、张希德，别再逼我了，如果真到必须向那个人认错才能自保的地步，你们——就算喝完这一泳池的水也活不了了。"

她退开，而押着他们的李家随扈也没再给他们说话的机会，舀了水，按着那两个人的脖子便开始灌。

身材高大、肤色各异的冷面保镖充斥在游泳馆的各个方位，他们健壮的肌肉、凌厉的眼神，以及手持对讲机仿佛军人般地来回巡卫，无一不在昭示着他们不好惹。

李钟敏揽住媛宸，在她耳边仿佛低声说了句什么，然后就在周围学生敢怒而不敢言的注视下，带着她往门口走去。

彼时，他们在岸上，原英焕在水里，他们最近时的距离不过两米。可是，她没有回头；他垂着眸，也没有再看过去，就这么如两条平行线一般，笔直地……渐渐远去。

医务室。

校医为媛宸输了葡萄糖，对李钟敏轻轻点了下头就出去了。

媛宸抬头看向他，正对上一双幽深的眸子，淡棕色的眼底好像含了一汪深潭，能把人吸进去。媛宸莫名觉得坐立不安，动动身体，干咳了两声。

李钟敏的脸上露出一丝笑意，很快又如波纹般散去，他两手都插在兜里，用脚钩了个凳子到床边坐下："你又欠我一次。"清浅的音调，熟悉的语音，如同海浪在清晨轻拍上Mirslina岛沿岸，让媛宸忍不住恍惚了一下。

"是啊……"她低下头苦笑，"你又救了我一次。我大概天生跟水犯克。"

"我从不信天。"李钟敏的神色不知为何淡了些。

媛宸敏感地觉出他有些不高兴，却又不知为什么，下意识转移话题："呃——你怎么会来清远？"

"我来上学啊。"李钟敏随手从桌上拿过一个橘子剥着，自然道。

"你？来我们学校上学？"媛宸加重语气，感到十分不可思议。

李钟敏笑笑，问："怎么，不行吗？不是你让我换种生活方式？"

媛宸放松地靠到床背上，调侃道："当然可以，就怕你不习惯。在岛上你简直就是皇帝陛下，谁都不敢惹你，在这边忽然变成普通人，受条条框框限制，想想都觉得惨。"

"这里大概还没什么东西能限制我。"李钟敏勾唇一笑，姿态淡然又高傲，清晰昭示出从未将所谓的规章制度放在眼里，那视线又慢慢落回媛宸身上，"倒是你，不是说

要跟原英焕在一起？怎么会弄成这样？"

媛宸垂了眼，沉默下来，片刻之后，抬起头轻声问："那你呢？不是说不管我的死活，为什么还要送船给我，让麦克为我一路妥帖安排？"

两个人无声地对视着，很多东西已不必言说。那些曾经的针锋相对，那些口不对心的驱逐和斥责，那些因为种种人事物而撒下的善意谎言，此刻就像滚热牛奶渐渐冷却后浮起的表皮，只消一揭就都掉了。

可是此时此地，他们都还没勇气去揭开。

李钟敏别过头，仿佛被她噎了一下，掩饰般地故意用不耐烦的音调说："这么久不见，你还是一样牙尖嘴利啊。"

随着他的动作，媛宸的眼睛却是一眯，只见他肩胛骨的位置隐隐露出一道红痕，扁平细长，不知道是竹篾还是藤条造成的。她的眸色暗了暗，脸上倒还是笑盈盈的模样："好吧，好吧，我不说了。"她顿了顿，伸出手，柔和了眉眼，用纯正的英文道，"恭喜你即将开始一段有趣的中国之旅，清远欢迎你。"

"旅行？"李钟敏挑眉重复了一次，似笑非笑的模样，"也许并不是呢？"

"啊？"媛宸下意识前倾了头，一怔。

李钟敏却并未再解释，只是意味深长地弯了弯唇角。

两日后，在无数学生用最激烈的语言向校方控诉某位异国来客的粗暴行径后，精英学校上属集团却派出了执行会最高领导——精英集团董事会第一执行长，原氏企业目前的掌舵人，原英焕的父亲原韦德亲至。

这位神秘的幕后人物在精英学校有史以来的记录上只出现过两次，第一次，他作为精英集团董事长来到清远，收购了当时在全国成绩名列前茅的清远第一学院，并正式宣布本校更名为清远精英学校，重新任命荣誉校长；第二次，就是现在——他拿出一沓看着不薄的演讲稿，低头翻了几下，方正的国字脸上却露出有些自嘲的笑，然后，干脆将稿子递回给身后的秘书，表情淡淡地凑近话筒道："作为校董，我很荣幸地在这里宣布，尚国的李钟敏先生将在我校进行为期一年的学习和生活。希望我校的所有校工、同学，都能充分发挥我们国家谦虚友爱的品德，为邻国的客人提供一切必要的帮助和便利。在此，感谢大家。"他微微颔首致意，面对操场下方近万人一片哗然，他容色不变，语气平静侧身，"下面，有请清远市市长讲话。"

已经是五六月份的天气了，日头在头顶中央，树枝间的知了一声声地在叫，这位市长大人却还穿着严谨的西服正装，先对站在旁边面无表情的李钟敏热情地笑笑，但换回的只是对方稍显冷淡地颔首，他有点儿尴尬地轻咳了两声，走到了话筒前方。

"各位老师、同学,大家好!精英学校作为一所历史悠久的名校,向来是我们清远市文化部门的重点关注扶持机构,你们每个人都将是清远的未来和骄傲!而这次,我们市很光荣地接到了一个任务,就是要接纳我们尚国的贵客——李钟敏先生来此学习。作为本市最好的学府,清远精英学校当之无愧地成为本次接待的主力地点,希望大家都能同李钟敏先生好好相处。相信李钟敏先生的这次跨国学习,一定会为促进两国经济文化交流,商贸进一步合作,以及双边融合做出巨大贡献!"然后他笑容满面地带头鼓起掌来。

下面没有人跟着他鼓掌,是一片让人觉得别扭的安静,五六秒钟之后,才响起了稀稀拉拉的掌声,紧接着,那掌声越来越大,终于汇聚成一场雷动回荡在整个校园当中……

然而,与面上的热情洋溢相反的是,这些以有钱人家的孩子为主流的学生,每一个眼中都充满了深深的探究,彼此观望打量,所有人都在想一个问题:李钟敏到底是谁?

曾一起登上过Mirslina岛的学生原以为李钟敏就是个别国大企业继承人,了不起就是家非常大的企业。可如今看来,似乎不仅仅是这样。李钟敏的到来,似乎是清远精英学校乃至清远市所接到的政治任务。

只有纪秀芝和原英焕明白,只有他们还记得,在那个高高的观景台上,他轻蔑的笑音:"如想联系,可能需要贵国政府发出外交函吧……"

"好的,谢谢大家。"清远市市长笑着做了个双手按压的动作,"现在,咱们进行今天大会的最后一项,有请李钟敏先生来给我们讲几句话。"他让开,笑容灿烂地对李钟敏示意。

李钟敏看了眼他,垂下眸子,一手插在兜里,以略微闲散的姿态慢慢走到了话筒前,可是那闲散只在神态,而不在外形。他的背一直挺得非常直,是一种仿佛刻入骨的坚韧,从不必也不屑向任何人弯腰。

浅咖色的眸子缓缓扫过操场下方,他的眉眼冷静而犀利,带来一种无形的压迫感,整个操场的气氛好像都凝重了。

"我只有一句话,"他开口,竟然是几乎听不出一点儿外国口音的汉语,"都给我离夏媛宸远点儿。"

这句话原本应当是对刚欺负过媛宸的张希德和江陵说的,可是有不少学生神奇地发现,那一刻,李钟敏的视线笔直地落在原英焕的脸上。

两个男人,一上一下,无声地注视着对方。

片刻之后,原英焕突然发出一声冷笑!在这片陷入沉寂的空间中显得异常刺耳!原

Chapter 13 他从天而降
第十三章

英焕殷红的唇动了动,发出一句无声的英文。然后,他拨开站在自己后面的同学,大踏步扬长而去!

他说的是——我们走着瞧。

李钟敏缓慢地转了转头,伸出一根手指,拨开跟前的话筒,眼神像结了冰,带着刺骨的冷意,盯视着他远去的背影。

一场不见硝烟的战争即将在清远精英学校拉开序幕。

以爱之名。

第十四章
在能爱的时候说爱你

校园餐厅二楼，尽头处神秘又豪华的房间，以前是专属于原少爷的地方，象征着清远学校从未开口言说但其实又无处不在的严格制度。

而今，在这个房间对面又出现了一间同样装修、同样大小、配备同档次服务规格的包房。

两个包房一向阳，一向阴，一个张狂，一个冷傲，当两位主人远远地从东西向两个楼梯登上去的时候，所有人都忍不住屏住了呼吸。

原英焕后面跟着管家吴伯、新晋的两位少爷，以及原家的一众下人。

他脸上似笑非笑，间或随意地应和两声少爷赔笑的聊天儿，眼中尽是一片天下在我手的不可一世模样。

只是，那表情却倏然僵住，他停下了脚步。

"少爷……"吴伯不明所以，轻轻叫了一声，随即也注意到了前面的状况。

李钟敏跟麦克远远地从对面走了过来，在他们身边还跟着一个女孩——夏媛宸。

"其实我自己在下面随便吃一点儿就好了啊。"媛宸无奈道，"跟你一起吃太耽误时间了。"

"喂，没搞错吧？我可是远道来你们国家的，你有没有一点儿东道主的修养？"李钟敏腿长脚长，为了配合媛宸的步伐走得很慢，显得闲适又散漫，瞧见对面浩浩荡荡的一大群人，却仿佛一点儿反应都没有，只是淡淡地将视线扫了过去，笑着落到媛宸身上，"当初在岛上我也算盛情招待了吧？"

"但我待会儿还要去打工的，钟敏少爷。"媛宸瞧着是真发愁了。

"那就别太咯，媛宸小姐连游艇都能说不要就不要，想来也不差这点儿钱的。"李钟敏懒洋洋地揶揄道。

媛宸看了眼麦克，麦克马上心虚地望天开始吹口哨儿，她只好快走两步到李钟敏身边解释道："我不是故意把契书搁到船上的，只是我真带船回清远有什么用呢？这个城市里没水的，交通都是靠车，难道真要把船卖了啊？"

李钟敏突然停下，像有些怒其不争似的，鼻子不是鼻子眼睛不是眼睛地瞪着她："你除了挣钱、换钱，脑子里就没别的啊？把船停在码头不行吗？休假时开船出海走走不行吗？"

"对啊！没事去我们Mirslina岛逛逛不行吗？回去看看老朋友不行吗？"麦克梗着脖子顺嘴道。

"你瞎扯什么！"李钟敏马上转过头粗着嗓子骂道。只是若仔细看去，能隐约发现他的耳根有点儿红……

第十四章

媛宸的唇角控制不住地想往上扬，又使劲儿忍住了。

前面突然传来一阵刺耳的笑声，透着恶意和讽刺："呵呵，开船去Mirslina岛？你未免太看得起我们夏媛宸同学了。据我所知，她除了三明治机和奶茶机，应该不会操作什么别的仪器了吧？这海上风高浪急的，万一淹——死她怎么办？"

他咬牙着重发音，身后的两个跟班不明所以，但相互看了眼后，还是马上配合地发出嘲笑声。

在二楼这方小小的空间里，两个豪华包房中间的位置，一时间极为安静，只能听到那尴尬的勉强笑声。

渐渐地，连那两个人都笑不下去了，在吴伯的示意下，别扭地退到一边。

原英焕冷冷地盯视着李钟敏，眸中充满憎恶；而李钟敏只是轻轻垂着眼皮，像看什么笑话一样，蔑视地瞥着他。

那种仿佛胜利者对弱者的怜悯姿态彻底惹火了他，原英焕胸口里的怒意更盛，攥紧拳，一步跨过去！

"原英焕！"媛宸突然从斜侧方插过来，直直地挡在了他的面前，眼睛盯着他的眼间，"你就那么想我在海里失事吗？"

"……"四目相对的一瞬，原英焕的面颊绷得很紧，咬肌的位置显出一道力量的弧度，"我——"

"当然想"这三个字就在嘴边，都准备好说出口了，可是望着眼前那个头堪堪到他胸口的女孩，就像被什么东西堵住了一样，吐不出口。

有久远的记忆从时光的碎裂面喷涌而出。

彼时，她也曾离他这么近，就这么看着他，只是不是像现在这样平静的、疏离的，而是鲜活的，灵动的。

那时他们在海边，他骗她要去淹死张希德和江陵，她气恼又担心，跺着脚叫他不要做傻事……

美人如玉，笑靥如花。那个场景好像刚发生在昨天，又仿佛，已过了千年。

他呆了呆，突然，一句话都说不出来了。

媛宸轻轻地叹了口气，不再看他，回身拉了下李钟敏的袖口："走吧。"然后，就率先往北面的包房走去。

身后响起原英焕低低的呼唤："喂。"

他垂着头，没有看她，视线落在地面上。

明明身边跟随着那么多人，却仿佛置身一片空旷之中，声音都似带着回响，那

么寂寥。

"夏媛宸,你决定去那间屋子吗?我……我的意思是,你真的不去另外一间房看看再选吗?"

媛宸的五指慢慢合拢,脊背挺得很直,但最终也没能握成拳,就已慢慢放开。

她微微侧过头,背对着身后的人,开口,有些遗憾,亦有些怅然:"原英焕,如果你下次再喜欢上一个人,就不要告诉她讨厌她。如果你想拥抱一个人,就不要先去推打她。想靠近她,就别远离一步。有些最初的记忆,其实很重要。"

李钟敏揽住了她的肩膀,低头对她道:"吃饭吧。"

"嗯。"她笑了笑。

原英焕就这么看着他们两个人走了进去,看着那扇厚重的实木雕花门在眼前缓缓合上,看着夏媛宸……消失在他的视线里。

房间里一时有些沉默,麦克识趣地到备餐间点餐,李钟敏慢慢地拿起手边的茶壶,为自己和媛宸各倒上一杯茶。

"谢谢。"媛宸伸手去接,轻声道,但竟没抽出来,不禁有些讶异地望向李钟敏。

李钟敏握着杯子没放手,淡淡的眸直视进她的眼睛里:"夏媛宸,想问你件事,你刚才挡在我面前,到底想保护的人是我,还是他?"

媛宸愣住,手慢慢收回,虚空地停在半空中片刻,然后笑着摇摇头,放下胳膊,歪着头饶有兴致地问:"咦,你居然会问这种问题?你是我认识的李钟敏吗?"

她挪揄的口吻好像让他有点儿下不来台,他当即就沉下脸,转过头冷声道:"你就当我没问吧。"

"喂——"媛宸无奈地喊了一声,对方则根本不搭理她,没办法,她只好示好地挪挪凳子,往他那边靠靠,赔笑道,"您可是我的救命恩人,我管他干吗呢?那不是看他要动手我才急了吗……"

"呵——他动手就能伤到我?"李钟敏嗤笑一声,"你是太看得起他了,还是太瞧不起我了?"

夏媛宸张张嘴,有些话想说,想问,却不知该如何开口,最终只是叹了口气:"我不是怕你受伤,也不是怕他受伤,我怕的是……冲突。"

"……冲突?"李钟敏怔住,不明所以。

媛宸垂下眸,缓缓站起身,在他有些不自在的来回侧首注视下,站到了他的身后。

那道红色的伤痕依然清晰可见,喉咙里渐渐弥漫上一股酸涩之感,她轻轻伸手,覆了上去。

Chapter 14
第十四章

李钟敏的后背一僵，陡然打了个激灵，不知是痛的，还是受惊。

她慢慢抚摸着那道痕迹，却不敢用力，只是似触碰非触碰的样子："我不知道你为了来到我身边付出了怎样的代价，但是……我真的不想再给你添麻烦了。你明白吗？"

李钟敏在她的轻抚下，身体好像慢慢放松下来，低沉的嗓音在这个安静的空间里回荡："我没事，其实……根本就没事。"

媛宸的手一顿，慢慢握成了拳，明明刚才还忍得住的，还能维持表面平静的样子的！

可是在他开口的一刹那，水汽却无法控制地冲涌上眼眶："什么叫没事？怎么可能没事？我知道你不能轻易离开Mirslina岛的！我知道你不该来我们国家，不该来清远！我知道要不是我把自己的生活弄得一团糟，你根本就不必……"

她终于泣不成声，直接趴到了他的背上，把脸埋了进去。

"夏媛宸……"李钟敏紧张地想回头。

媛宸却不愿让他看到这样的自己，哽咽着不肯起身："……李钟敏，李钟敏，对不起，真的对不起……"

单薄的身体在轻颤，每一下，都仿佛有什么东西在戳自己的心。

李钟敏莫名觉得很难受，他不喜欢看到这个女孩哭，他宁可她跟个斗鸡似的瞪着眼跟他吵架。

"喂，你别哭了……"他粗着嗓子喊了她一声，可她根本不理他。

"我都说了没事，一点儿都不疼，你怎么不信呢？"

夏媛宸仍旧在哭。

"……"

李钟敏微微咬住自己唇里侧的一点儿皮，过了好一会儿，终于迟疑地，伸出自己的手，做出生平第一次，陌生的、怪异的、哄女孩子的行为。

"你别这样了啊，夏媛宸，你……你喜欢哪里，我送给你好不好？"他放低声音，带些诱哄的味道，说出的话自己都不习惯。

而身后的人似乎也愣了一下，随即竟发出"扑哧"一声，她抹着眼角的泪花直起腰，边哭边笑的样子瞧着狼狈又可爱。

"什么啊……原来这就是跟土豪做朋友的感觉吗？"媛宸的眼睛红通通的，还带着泪光，眉眼却是弯弯的，"一般男生哄女朋友都是说'你喜欢什么我给你买'吧？你们是不是出手都是送个岛送座山的？"

"……"

李钟敏臭着一张脸，抱肩斜睨着她，不说话。

麦克恰好打完电话进来，瞧见这两个人的样子不由得好奇地问："怎么了？我不在的时候发生了什么有趣的事吗？"

"是啊，刚才地主在发地，可惜你错过了。"媛宸背对着他拿纸巾擦擦眼道，然后自己忍不住又笑起来。

麦克越发莫名其妙。

吃过饭媛宸要去打工，李钟敏在门口突然叫住她："媛宸，其实我——"

"嗯？"媛宸回头，淡笑着扬眉。

李钟敏英挺的侧颜在阳光下留下一道好看的剪影，他顿了顿，却摇摇头："没事，你去吧。"

她脸上的笑容深了些，对他挥挥手，步履轻快地离去。

多奇妙，她从一个大富豪变成穷光蛋，居然骨子里会带着穷人的骄傲；多奇妙，一个从来都是大富豪，大概一辈子都要当大富豪的男人来到她身边，居然也能理解她这种穷人的骄傲。

有的人，或许注定要走近。

又到周末，不用上学，不过媛宸也闲不下来。

她最近在一个挺有意思的私房菜馆打工，老板来自首都，是颇负盛名的京都小吃城的创始人。

在把首都那块地儿玩得差不多了以后，突然想来南方创个根据地以备养老，然后就选了清远。

他们专走高大上路线，店里设计得小桥流水、古色古香，用餐方式却是差异化，大厅中间一个椭圆形的巨大传送带，冷金属不锈钢做底透出一股低调的奢华，小笼包、鲜虾饺、鸭肠肉皮冻儿、河虾炒粉……

一道道中国各色民俗小吃就跟那回转寿司似的在传送带上转，客人们围坐一圈，最后按照吃的盘子结账。

晚上快七点的时候，正是店里最忙的时刻，一位看起来有些特殊的客人走了进来。

他负手而立，在一众人中显得鹤立鸡群，穿着优雅的淡紫色衬衣，戴着浅灰色的看不出牌子的墨镜，一手插在兜里，微蹙着眉头望向四周，仿佛在找人。

站在传送带中给虾仁调味的大厨抬眼瞥了下，随即不动声色地用胳膊肘撞了撞在旁边拌肠粉拌得不亦乐乎的自家老板，四十多岁的罗老板一抬眸，精明的视线迅速打量来人，开口便是地道的京腔："哟，客官一位？"

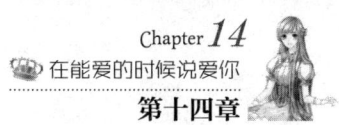

第十四章

李钟敏却好像根本没听到一样,看都没看他一眼。

罗战眸底一暗,脚下生风,没见怎么跑就从里头转出来了,"咻"地一下挡到了他面前,要笑不笑的样子,再次加重语气重复道:"您一位?"

"嗯。"李钟敏这次终于应了声,神色却是淡淡的。一边说,一边脚都不停,还要往里走。

罗战低笑一声,暗暗运气,肩膀没见怎么动就一用力!

李钟敏仿佛感觉被一道无形的气体阻止住一样,顿时无法前行!

这人竟还是个练家子……

李钟敏后退一步,微微眯住了眼。

罗战将大毛巾往身后一甩,瞧着跟个普通的跑堂没两样,仍旧是笑眯眯的,可眼底已是一片森然的警告之意:"瞧您这先甭急啊,让咱伙计给您带个路不是?您是来用餐的吗?"

他一句话还没说完,饮料台那边就传来一声惊呼,打破了这紧张对峙的气氛:"李……李钟敏?你来干什么?"

是夏媛宸。李钟敏看过去,神色一松,几步朝她走去。

"你怎么过来了?来找我的吗?"媛宸也赶紧迎了过去,小声问。

李钟敏仿佛犹豫了一下,随即摇摇头道:"我跟麦克他们走散了,看到有饭店就进来了。"

媛宸面露疑惑,不过看罗战他们还站在那儿,也没时间多问,带着他就往罗战那儿走。

"抱歉,老板,这是我朋友,不小心迷了路。"等过去了,媛宸连连鞠躬道歉道。

"嗨,没事。"罗战明白过来,大刺刺一挥手,"我开始还以为是砸场子的呢。"他挺不见外地拍拍李钟敏的肩膀,爽朗笑道,"小伙子,得罪了啊,刚才没惊着你吧?"

那"砰砰"几下拍得挺响,听得媛宸心惊胆战,生怕李钟敏会突然翻脸,或者他身边那些各色保镖会从不知道哪个角落钻出来跟罗老板干上一仗。

幸好,李钟敏看了眼浑身紧绷的她,并没什么明显的反应,只是对罗老板弧度极小地弯弯唇:"我还好,谢谢。"

罗战瞧着他是冷清高傲的性子,也没多说什么,只对媛宸交代:"既然有朋友,可以早点儿下班。"

媛宸的脸上却露出为难之色,对李钟敏小声道:"我今天过来本来就晚了会儿,再

提前下班不太好,你……你能不能等我下?"

"没问题啊。"李钟敏随意地打量着四周道,"正好我也没吃饭,就在这儿用吧。"

罗战这次可真乐了,捂着嘴拽过媛宸小声嘀咕:"我说妮子,你从哪里找来这个宝?还'用'?简直一身皇亲国戚的范儿啊。"

"他啊……"媛宸有点儿尴尬,干咳两声道,"您别逗了,他就是中文不好。"她怕罗战再往下问,说完就迅速道,"哎,老板,我能不能在餐台这儿帮会儿下手?顺便陪陪朋友?"

"帮啥下手啊。"罗战挺豪气地把自己戴的那围布兜子一摘,直接挂媛宸脖子上了,"正好你战爷累了,进去歇会儿,你替我进去捏虾饺吧。"说着,搂着媛宸往传送带内的备餐区一推,又指挥服务生把李钟敏带到媛宸对面坐了。

媛宸感激地对罗战一笑。

虽然老板叫她来当大厨,但媛宸自知没这个功力,也怕砸了店里的招牌,因而只是帮着和面,分分菜,并不敢乱动。

她一直忙着没注意时间,等有空的时候一抬头却是一愣,只见刚才还好好的李钟敏不知何时起竟然拉下了脸,阴沉沉得瞧着跟能下雨了一样。

媛宸想了想,凑过去小声道:"招待不周啊,没办法,我在工作呢。"

"你还用工作啊?"李钟敏没好气道,"我看这里的总经理跟你很熟,又搂又抱还用干活?"

"你胡说八道什么呢?"媛宸又好气又好笑,"罗老板都四十多岁了,年纪当我爸都绰绰有余了吧?"

"只要你不嫌他大,难道他还会嫌你小吗?"李钟敏心里不痛快,甩脸色道。

媛宸冷着脸与他对视片刻,突然脱下胳膊上的套袖往案台上一扔,扭头就离开了备餐区!

"夏媛宸!"李钟敏怔住,脸上闪过一丝懊恼,推开餐碟起身就追了上去。

餐厅里结构复杂,媛宸步伐又快,李钟敏在一座红檐水榭下才拽住了她的胳膊。

"夏媛宸,我叫你呢!你没听见吗?"

媛宸用力抽自己的手却没抽出来,背对着他别着劲儿道:"叫我干吗?我跟你没话好说!"

"喂,你还真生气啊——"李钟敏大声喊了一嗓子,瞧着有些烦躁又有些委屈。

媛宸"咻"地回头,紧抿着唇瞪着他。

第十四章

片刻之后，李钟敏的声音低了下来："我……我就是随便说说。"

媛宸又看了他一会儿，终于无声地吐了口气，转过身面对着他，尽力平心静气道："我不喜欢这种玩笑。李钟敏，你应该很清楚我是什么样的人，要是我想选择你说的那种生活，你，原英焕，不是都比我们老板要合适多了？"

"呀——是是！我知道了可以了吧？"李钟敏一脸郁闷，"回去吧。"

媛宸做了个"你小心点儿"的手势，这才"哼"了一声往回走。

幽静的石子路上，不时有种在两旁的观赏竹伸出茂密的枝叶挡住视线，媛宸一边拨开，一边下意识嘀咕道："这罗大爷还能不能行了，到底是给人铺的路还是给花铺的路……"

那语气间竟透出点儿说不清的……熟悉和亲近。

李钟敏眼底闪过一道略微锐利的光，很快又隐去了，好像不经意似的问："我倒觉得这边装修风格挺独特的——对了，你怎么会来这里打工？我看这儿离学校并不近。"

"我？因为之前的工作干不下去了啊。"媛宸边走边有些夸张地摇头叹气，"我是被罗老板好心捡回来了。"

李钟敏眯了眯眼，停下脚步，问："怎么回事？"

媛宸回过头，耸耸肩，已是一副无所谓的样子："还不是前阵子张希德、江陵那些人闹的。他们老找我麻烦，有一回砸了我打工的热狗店，正好老板过来就把我炒了，蹲我们店外头那流浪汉——不是，是我开始以为他是流浪汉，其实就是我们罗老板，他就把我给领回来了，让我以后在这里干。"

说起来，罗战那天也是倒霉，飞机票没买到，挤了个破火车从首都一路咣咣当当地来了清远，钱包让人给扒了，又遭遇黑车把自个儿兜里最后几个零钱都弄走了，一身臭汗蹲在树根底下，简直要被自己气笑了，这不活脱脱一出"人在窘途"吗？

结果就在那时候，夏媛宸那妮子就跟个小仙女似的从对街店里走出来了，犹豫着递给了他一根烤热狗。

罗战当时愣了一下，下意识问了句："给我的？"

"嗯。"媛宸小心地点点头。

罗战向来是不懂客气的，接过来就问了一句："不要钱吧？"在看到她摇头后，马上三两口吞了下去。

别说，那肉虽不大，但热乎乎的食物吃下去了，身上马上舒服多了。

罗战琢磨着再在那儿蹲会儿歇歇脚，然后走回自己店里就得了。

本来事情要真这么着也就过了，但缘分这东西真难说，就在他跟那儿蹲着擦汗的时

候,夏媛宸居然转头又回了店里,很快捧出了一顶藤条帽子,上面还缠着紫色的蕾丝缎带,瞧着便十分精致。

"喏,你戴吧。"她攥着那帽子,眼神在上面略略停留了一下,好像有那么微妙的一点儿不舍得,可很快就过去了,笑着递给了他。

"送我了啊?"他那会儿可真愣住了。

罗战知道自己当时是什么德行——阿玛尼衬衫扯掉了扣,蹭得灰不溜秋,头发油乎乎的,一身臭汗,跟个捡垃圾的也差不多了。

而这小姑娘呢,帽子漂漂亮亮的,还带着香味儿,跟他怎么看怎么不搭调,要不是因为这是清远,他简直都要怀疑是谁指使这个小丫头来他面前刷好感,想换取什么利益了。

可他心里清楚不会,这儿不是首都,没那么多人认识他。何况他这会儿这副尊荣,估计连亲妈都不敢认了。

要搁平时,罗战是绝不会夺人一个小姑娘的心头好的,可那天他想了想,竟然真接下来了,因为他心里承了这个人情……

今天他收了小丫头一顶藤帽,改天他会还她十顶珍珠帽、宝石帽……

李钟敏瞧着媛宸脸上那种有些怀念、有些感慨的笑容,只觉得心里被猫爪子使劲儿挠了几下似的,又痒又疼,特别不舒服,可是以他的骄傲又不允许他再继续问。

怎么说啊?

问夏媛宸你瞎了是不是,放着眼前这么个要什么有什么的年轻帅哥不理,想着那个要什么没什么的巾老年大叔直乐?

太丢人了,他可说不出口,直接把罗老板丢进海里喂鱼还比较符合他的风格。

回到座位的时候,居然有位服务生在他刚才坐的地方旁边笑盈盈地等着。

"先生,您手表落在这里了,贵重物品请妥善保管哦。"清秀的年轻男服务生伸出手指向桌面,微微弯腰道。

"嗯,谢谢。"李钟敏不太上心地一答,将表随意地塞进兜里,向夏媛宸问,"你快到下班时间了吧?我去外面等你。"说着,转过脸就要朝大门口走了!

这下,夏媛宸跟那个服务生都傻了,还是那个男孩眼疾手快,快跑两步跟过去,"咻"地伸手挡在了李钟敏身前半米远的位置,语气还算恭谨客气:"先生,您是要结账吗?请问是付现金还是刷卡?"

"……"李钟敏慢慢扭头,无言地看向夏媛宸。

夏媛宸也无话可说地回视着他。

第十四章

服务生脸上训练有素的热情笑容渐渐绷不住要变成干笑了,再一次加重语气重复道:"先生,请问您是付现金还是刷卡?"

"我听到了!"李钟敏有些恼怒。他生平确实没有自己结过账,但他至少读过书,他知道一般人出门吃饭是要付钱的,可他兜里怎么会有钱呢?

小时候仆人、助理、管家一大堆,围得他连个外人影儿都看不到,长大后就到了Mirslina岛,在那里,就连附近的海都是他家的啊!

他深呼吸了几次,抬头看向服务生,伸手摸向兜——

那时他的眼神十分凌厉,甚至隐隐有点儿冷兵器的锋芒了,服务生莫名觉得脖颈儿发凉,下意识后退了一步。

不料下一刻,就见李钟敏把口袋里的东西拿出来了,是他刚才揣在兜里的表。

"给你这个,足够了吧?"他板着一张脸硬邦邦道。

服务生终于连干笑也无法维持了:"抱歉,先生,我们店不提供典当服务。"

媛宸在一旁简直觉得脸都烧得慌了!

所有人都看到她刚才说这个人是她朋友,结果居然是个来吃霸王餐的!可她真心清楚李钟敏不是故意的,就这家伙之前王子一样的生活,他大约觉得自己的脸都是流通货币吧!

"那个,张华,他今天的餐费能不能从我工资里扣……"她将服务生拽到一边小声问。

"这"男生面露为难,想了想也低声回答,"不是我不帮你,但咱们店没有这种先例的……"

"得了,让他走吧,今儿我请了。"一直坐在后面一盆景旁装鲜花的罗老板终于看够了热闹,乐呵呵地摇着蒲扇出来了,不知啥时候他换了个白色大背心、黑色五分裤衩儿,看着一点儿不像饭庄老板,倒像马上要拎着茶壶去茶楼看戏的闲散大爷。

哦,对,他就是那唱戏的。李钟敏暗暗咬牙,觉得自己跟这人真是结了梁子。

"别,老板,这太不合适了——"媛宸急道,脸比刚才更红了。

罗战则摆了摆手:"得了,甭废话了,你也知道我的脾气,这么点儿事别矫情。你朋友不还等着你吗?赶紧换了衣服走人吧。"

"可是——"媛宸还想说,但看到罗战瞪眼了,只得把所有话吞回肚子里,长长地吐了口气,小声道,"好吧,那谢谢老板。"

她向李钟敏示意稍等,然后就快步往休息室去换衣服。

罗战看这里没事了,转身就准备走,谁想到后面却响起了李钟敏的一声喊:"等

等。"有些清冷的声调。

他略微诧异地回头，指指自己的鼻子："叫我？"

"……"李钟敏看着有些忍耐地点点头。

"想聊聊？"他问。

李钟敏又点点头。

罗战笑了，扬起下巴朝前头被藤蔓半遮挡住的一个雅座示意："过去喝杯茶吧。"

李钟敏跟着罗战坐下，默不作声地盯着他，眼睛跟X光似的从他脑袋顶一直扫到肚子，罗战估摸着要不是他顾及自己高冷的形象，都想钻桌子底下扫视一下自己的大腿。

"我说，你有啥事吗？"罗战别扭地靠向椅子左面，呆了一下，又靠到右边去了。

李钟敏冷冷地看了他一会儿，伸手从桌角拿过便笺和笔，唰唰写下几个漂亮得像纹饰一样的数字，顺着桌面推过去："如果需要钱，就打这个电话。"

"啊？"罗战没反应过来，"我不都说了今天我请客？"

"……"李钟敏蹙紧眉头，"不是这个。你的店将来被砸了，我会赔偿。"

"……"罗战简直要给这人气乐了，"你小子没搞错吧？看你不是中国人，但中国话说得也挺溜的，有句成语叫知恩图报懂吗？嘿，我前脚请你吃饭，你后脚就要找人砸我的店是怎么的？"

"……"李钟敏面无表情地在原地坐着，可眉梢已能隐隐看出暴起的筋，突然，他噌地站了起来，吓了罗战一大跳。

"我说，夏媛宸得罪的人也许会来找麻烦，如果你的店铺因此遭受损失，不要炒夏媛宸，更不允许你骂她，你的所有损失打那个电话都会得到赔付，明白了吗？"他咬着牙，一字一句道。

这是他进入饭店以来跟他说的最长的一段话，估计比前面跟他说的所有话的字数加起来都多，当然脸色也是从未有过的难看……

罗战还保持一个格挡的自卫姿势，仰头瞧着他，待了两秒才缓过劲儿来，没好气地慢慢站起身："得了，听懂了听懂了，早说清不就好了？你以为我是你肚子里的蛔虫啊？"

李钟敏已经一句话都不想跟他说了，抬脚就往围栏外走，罗战却在后面叫住了他。

"喂！像你们这种富家子弟的做派，不是该干脆买个店送给她吗？在我这儿兜一个大圈子图什么？"

"……"李钟敏回头十分蔑视地看向他，那姿态就像在鄙视一个除了钱什么都没有的暴发户。

第十四章

罗战被那个眼神硬是噎得没法往下说了。也就这停顿的工夫，李钟敏已经走了。

哎哟，这是什么世道啊？明明刚才拿钱砸人的土包子是他吧？怎么反过来瞧不起自己呢？罗战无奈地摇摇头，撇着嘴盯着手里写着电话的字条，感觉世界十分不友好。

李钟敏走到大门口，看到媛宸正抱着胳膊瞅着她，一侧的唇扬着，笑得有点儿揶揄。他心下奇怪，脚下也慢了两步，走过去的时候犹疑地问："怎么了？"

话才落声，麦克就从旁边钻出来，嬉皮笑脸道："嘿，老板，完事了吗？我们可以走了吧？"

李钟敏脸色有点儿绿，看了眼夏媛宸，过去狠狠拽住麦克往前走了两步，咬着牙小声道："我不是叫你们在路口等我，然后假装刚刚找到我吗？"

麦克的表情十分无辜，摊摊手道："哦，我尊敬的先生，你知道现在几点了吗？我们也饿了啊，只是到附近买了点儿吃的，没想到就被聪明机敏的媛宸小姐给看到了……"

三个人回到车上，麦克直接坐到了司机旁，车里的气氛有些尴尬，麦克忽然伸手在操作盘上按了一下，媛宸就见自己眼前缓缓落下一块米色隔板，将宽大的保姆车空间一分为二。

李钟敏可能是怕她再笑话他，一直扭着头望着窗外，留给她个后脑勺儿，其实媛宸完全不想提那点儿因羞涩产生的谎言了，也没有什么逗他的心情。打从李钟敏来到这儿，他对她的态度越来越亲密，他主动地在拉近两个人的距离，他几乎已很清楚地表示出了自己的感情……

媛宸觉得，他们不能再这么模棱两可下去了。

"李钟敏。"她轻轻喊了他一声，"我以为你在让我离开Mirslina岛上的时候就有了决定。"

"也许那个决定从开始就错了。"李钟敏淡淡道。他没有再看着窗外，而是目光很平静地望向前方的挡板。

"不，那其实对我们两个都好。"媛宸看向他。

而李钟敏弯了弯唇，仿佛笑了一下，可是那笑意极淡："怎么叫好？我开始也以为这样对你最好，毕竟对于你们这种传统国家的女孩子，最荣耀的不就是嫁进个显赫的家族，拥有一个响亮的名分？所以那时我愿意放你走，毕竟他的自由度比我大得多，能给你一个更明朗的未来，但后来我发现自己错了——"不知何时，他的目光已移到了她的脸上，深深的目光里蕴含着的浓烈感情，就像Mirslina岛附近的海洋一样广博、深邃。

"正大光明的身份对你们这种传统国家的女孩或许真的很重要，可更重要的是你身边那

个人对你的心意不是吗？假如他对你不好，总是让你难过落泪，甚至漠视其他人伤害你，那他就算能封你做王妃又有什么意思呢？"

李钟敏并不是一个善于言辞的人，事实上，他高贵的家庭和出身就决定了他不需要说太多话，只要一个眼神或者一个细微的表情，就有的是人为了讨好他而想尽办法做到他想要的样子。可是今天，现在，他那些劝慰的话与温柔就如涓涓的流水，自然而然倾泻而出，带着略高于体温的暖意，瞬间包裹你的心。

在他清亮目光的注视下，媛宸有一瞬间就要认输了，一颗心跳得忽快忽慢，突突突撞得胸口都有些难受……最后，她还是狠下心别开了头，嗓音略微沙哑道："这么说，你在决定把我让给他后又后悔了？"

那是一句略带质问语气的话，可李钟敏似全不在意，只是自然道："我没有让过，只是以前我让你自己选，今天我倒认为我替你选或许更好。"

"你替我选……"媛宸扯扯嘴角，笑得嘲讽，目光虚虚地落在前面一片飘浮着细小粉尘的空气中，问，"你了解我们之间的巨大差距吗？你明白我们将来要遇到多大的困难和阻力吗？"

"那都不是问题！"李钟敏沉声打断了她的话，神情肃穆，仿佛已在心中做出了重要的决定，"我可以退出继承者之争，那时候我娶不娶世家女就没有关系了，相信我那个弟弟会很乐意见到这个结果，乐于帮我去劝父亲的。"

媛宸久久没有说话，脸上毫无表情，但只有她自己知道她的心底已经掀起了怎样的巨大风暴。可是，她拼命地忍住了。尖锐的现实容不得她软弱，哭着扑进他的怀里只会将两个人都陷入巨大的麻烦中，她连续深呼吸了几次，终于将声线压抑到平静，平静得近乎冷酷："就算你愿意过普通人的生活，但你至少要娶一个普通的女孩吧？而我恐怕还不行。"她顿了顿，刺出最后一刀，"我是父不详的私生女。"然后，她看到李钟敏惊愕的表情一寸寸皲裂在脸上。

她当然知道对于一个庞大的家族而言，嫡系子弟想娶一个平凡私生女会引起怎样的地动山摇。只要李钟敏稍微考虑一下，应该就能做出明智的选择。

媛宸无声地吐了一口气，按下扶手边的呼叫键，眼前的隔板缓缓收起，麦克回头疑惑地问："怎么了？"

媛宸勉强笑笑，用英语道："请让我下车吧。"

麦克讶异地望向李钟敏，而李钟敏就像中了什么古怪的东方魔法一样，定定地坐在那儿，一动不动，一言不发。

"钟敏少爷？李？"麦克在他面前招招手，他却毫无反应。

在短暂的犹豫后，麦克做出了决定。

"马菲特，停车。"

汽车停下，后侧的自动门缓缓打开，媛宸下车，正要离开却忽然被叫住。

"喂，这个给你。"麦克递过一只浅米色压着流畅暗纹质感极好的信封，"里面有钟敏目前在清远的住址和家里的电话。"

而后车门关上，豪华的白色保姆车呼啸而去。

第十五章
我们的未来

　　之后的几天李钟敏没在学校出现过，就像人间蒸发了一样，而慑于他前些天在操场上宣讲的一番余威，也暂时没有人敢接近夏媛宸，不论是善意的还是别有用心的。

　　那是一个周四的下午，距离上回跟李钟敏摊牌已经过了五天，媛宸趁着下午课程结束又还不到打工的时间那点儿间歇，坐在花园里啃面包。她一口一口咬着，面包有点儿干，不由得被呛得咳嗽了几声。

　　视线里蓦地出现一只白皙修长的手，拿着瓶未开封的矿泉水，媛宸顺着他的胳膊慢慢抬起视线，就见原英焕面容淡淡地站在那儿，因为逆光的缘故，看不清他眼中的情绪。

　　"喏，给你的。"看她不接，原英焕将手又往前递了递。

　　媛宸犹豫了一下，放下面包，伸手接过来拧开。

　　身下的椅子一动，是原英焕坐在了她的旁边，他没有看她，只是视线平平地望着前面，仿佛一个普通朋友般闲聊着问："自己在这儿啊？"

　　媛宸拧瓶盖的手微微一顿，而后轻声应道："哦。"

　　"你俩吵架了？"

　　媛宸握着瓶子的手稍稍一紧，又松开，沉默不语。

　　"也许他对你的感情也没有你想象的那么深，是不是？"

　　媛宸不想再听，吐了口气，放下水就站起身想离开，身侧却响起一声喊："夏媛宸！"

　　她停住了脚步，看也不看他，脸上一丝表情都没有。

　　周围不知何时安静了下来，连三三两两路过的学生都不见了，只能听到风吹动树叶的唰唰声。过了好一会儿，才听到原英焕沙哑着声音再次开口，每一个字都像硬从沙砾石堆里挤出来的一样，异常艰难："你相信吗？当你在泳池被人按下水的时候，我也过去救你了……"

　　"……"

　　"还有你掉进海里那会儿，我也第一时间下海了，我那时告诉他们，要不惜一切代价找回你……我跟李钟敏不一样，他只是无意中救了你啊……"

　　他的声音是颤抖的，仿佛下一瞬就会哭出来一样。媛宸的心有点儿抖，不知何时已用力攥紧了自己的手。

　　"但是……你晚了……"她不敢回头，怕自己一回头看到他的样子就会心软，会说不下去。她闭上眼，狠狠心，硬撑着快速道，"不论是哪一次，我相信你来了，可是你都来晚了。"说罢，以几乎是奔跑的速度大步离去。

第十五章

原英焕回到家没有跟父母打招呼，直到晚餐后也没有露过面。

他的母亲是一位气质极高雅的美丽女士，面对许久未见的丈夫也不会有什么陌生、紧张的情绪，而是宛如最好的生意合作伙伴一样，一边擦拭着嘴，一边玩笑道："看来儿子还不太习惯跟他的爸爸一起吃饭，等会儿我会叫他去书房跟你聊聊的。"温柔的神情就如同世间所有依赖丈夫的妻子一样。

而原韦德的视线并没在身边美丽的妻子那里停留太久，只是淡淡一扫就过去了，定定地落在楼上拐角处原英焕的房间位置："不必了，我去看看他。"

推门进去的时候，英焕正盘腿靠在窗边发呆，手边的素描本上隐隐是个女孩的头像，原韦德走进去，幽深的目光从画册上掠过，而这动静已惊动了原英焕，他迅速合拢了本子，从飘窗下来，赤脚站在地上，礼貌而略显疏离地叫道："爸爸。"

"为什么不下去吃饭？"原韦德坐到这间宽敞卧房的小客厅区域，一腿搭在另一腿上，深邃的五官隐约能看出当年也是个风华绝代的人物。

原英焕跟过去，视线落在茶几上："没胃口，不过我等下会叫张嫂送碗面上来的，您不用担心。"

原韦德点点头，没再说什么，转而问道："刚才好像看你在画画，是在画夏媛宸吗？"

原英焕不料会从自己父亲的嘴里听到这个名字，噌地抬起头，那一瞬间几乎没来得及收拾好自己眼中的错愕。

原韦德看到儿子的样子不禁笑了，带着些长辈的宽容意味说："别担心，你已经长大了，大到足够去谈场恋爱了。不过——"他的笑容收拢了些，"夏媛宸不行。"

"为什么？"原英焕的面容一点点冷淡下来，不知想到了什么，竟然扯扯嘴角笑了，却是嘲讽，"就因为李钟敏在追她吗？李家再权重势大，毕竟是在尚国，至于要你这么顾忌胆怯吗？"他的声音慢慢高了。

原韦德眯了眯眼，一言不发，他缓缓站起身，一步步走向自己的儿子，相似的高度，可是比他精炼得多的身体，还有多年手握重权所带来的威势，无疑都给原英焕带来浓重的压迫感。

原英焕的呼吸频率有些乱了，胸膛微微起伏，可还是沉着气站在原地，一步不退。

那个女孩似乎让儿子开始长大了。原韦德的脑子里隐隐闪过这个念头，随后就是略微的可惜。他回身坐下，不再逼迫，而是以很平静的语气道："我不需要顾忌他。李钟敏并没有你以为的那么强大，而夏媛宸也不是你想象的那么卑微。"

"什么意思？夏媛宸怎么了？"

"夏媛宸——"原韦德垂下眸子,食指轻轻在原木扶手上敲了两下,缓缓道,"如果她不能回到自己本来的位置,那么你跟她永远是两个世界的人。而假如她回到了自己原来的位置,那凭你现在的身家背景,恐怕还不能被他们家族所接受。"

"你在胡说八道什么?"原英焕只觉得脑子里"嗡"的一声响,眼前的场景仿佛都模糊虚化了,一时间没有足够的理智去思考,只是下意识地喊,"她……她就是个普通女生罢了!有什么家族!你少骗我!"仿佛有足够高的音量就可以震碎眼前人的谎言一般。

而原韦德瞧着他的样子竟然笑了:"所以你看,你俩根本不可能,摒除家庭等外在因素,最重要的是她根本没在意过你,你对她一无所知。不是吗?儿子。"他过去拍拍他的肩膀,转身离去。

房间里只剩下他一个人了,只有他的影子,他的呼吸,还有漫长的让人心慌让人心烦意乱的沉寂。突然,原英焕"啊"地大叫一声,随手掀翻了身侧放满果盘饮品的茶几,水果茶盏瞬间里啪啦地散落一地。那一刻,他自己都不知道自己在想什么。就这么在一片狼藉中站了很久,很久。

当一阵带着湿气的风吹进来,刮起了飘窗上素描本的扉页,纸张发出唰唰的声音。原英焕才动作有些机械地转动脖子,视线落到素描本上,那个本子里都是他画的,满满的夏媛宸——对他横眉怒目的夏媛宸,认真打工的夏媛宸,在课堂上发呆的夏媛宸,还有……偶尔对他展露笑颜的夏媛宸。

他以为他已经很了解她了,知道她很多不同的样子了,却没想到,也许他看到的从来都只是假象。

夏媛宸,你到底是谁?

在你身后,真的隐藏着巨大的秘密吗?

若你的确来自一个了不得的家庭,一个足以让父亲感叹的家庭,那你又是以什么样的心态来看待我一次次的"仗势欺人""恃强凌弱"?

是不是,我在你眼里根本就是个傻瓜?

夏媛宸……

他想找她谈谈,可老天似乎都不愿给他时间和机会。

今年清远的雨季来得格外凶猛,多日的降水已经使得城市排水系统出现问题,精英学校从昨天就开始放假了。媛宸在家中难得有空休息,干脆打开电视看起了新闻。本来只是随意在转台,一则紧急插播通告却让她拿着遥控器的手蓦地停在了半空中。

"下面插播一则新闻,由于甘南路最后一处排水渠堵塞,潇南区整体排水系统陷入瘫痪，积水线高度即将迅速上升，请有条件的市民尽快撤出潇南区。"新闻女主播严肃地盯着镜头，"再强调一次，请有条件的市民为了安全起见尽快撤出潇南区。"

"啪"的一声，遥控器掉到了大理石地面上，媛宸近乎慌乱地从沙发里侧跑出来，到玄关那儿翻起自己的包来，记事本、润唇膏、磁带……怎么这么多乱七八糟的东西？媛宸的额头上冒出了汗。

忽然她的目光定住，找到了！压在最下面的黄色信封被抽了出来，打开一看，地址栏用漂亮的欧式花纹字体写着：潇南区名都别墅B-2。

媛宸的脑子里有一瞬间的空白，脚下站立不稳，下意识抓了把旁边的挂衣架才立住。

潇南区在整个城市的南部，地势偏低，而别墅群却还在潇南区的南部，几乎呈一个小小的山谷式凹陷。那里自然风景极好，有山有林，有沙有泥，富人们平时在那边生活得很悠闲。但是在一个小时后，当整个清远市的水都汇聚过去的时候，可以想象会是怎样的一场灾难！

李钟敏……李钟敏！

媛宸脸色发白，快步跑到电话机旁边开始拨打卡片上的别墅座机电话。

"嘟——您所拨打的电话线路故障，请稍后再拨。"

她按掉，抖着手重播。

"嘟——您所拨打的电话线路故障，请稍后再拨。"

……

她努力稳住情绪，翻开电话簿，找到潇南区派出所的电话，再次拨出。

"嘟——您所拨打的电话线路故障，请稍后再拨。"

执着于电话的手终于无力地垂下，媛宸的眼睛放空，一时没了焦点。整个潇南区的电话线路已经全部出故障了。

耳边仿佛有人在喊："夏媛宸，你冷静点儿！不用怕！李钟敏是什么人？他身边有多少下属在时刻关注他的安全？难道不会提醒他跑吗？"

可是在另一只耳边，好像有更大的声音在吼："他不会听的！以李钟敏那种连大海里狂风暴雨都不怕的德行，会顾忌城市里这点儿'毛毛雨'吗？可是那个笨蛋不知道毛毛雨积深了也是能淹死人的！"终于，夏媛宸再也坐不住了，拿起雨披，抓过车钥匙，就这么冲进了瓢泼大雨里。

外面的世界好像整个被一块雨布笼罩，眼前能见到的全是水，连街景都模糊了。媛宸不停地甩头想让视线清晰些，车身在雨中摇摇晃晃，整个市区简直像座鬼城，到处都

是倒落在地的宣传牌、路灯、树木。

清远，真的迎来了一场罕见的自然灾难。

眼眶里热乎乎的，不知何时泪水和着雨水一起淌下。李钟敏，拜托你好好的，求求你一定要好好的……

在半个多小时的艰难骑行后，媛宸总算到了从自己所在的霞北区通往盐中区的主干道，没想到那里竟拉了彩条警戒线，还有警车冒雨停在那里。

"什么人！"穿着黑色作战服的警察老远就挥手，厉声示意媛宸下来。当他们看到走过来的是个年轻女孩时脸色才缓和了些。

豆大的雨珠这会儿砸在头上都有些疼了，媛宸一手挡在自己的脑袋上，一边在雨中大声喊："请让我过去好吗？我有急事！"

"戒严了！你要去哪里？"

"我要去潇南区别墅群！我朋友在那儿！"

"那里更不能去了！"警察神情严峻，在雨里高声道，"淹了！那边全淹了！你过去会有危险的！"

媛宸的心跳都停了一瞬，几乎是从自行车上跳下来扑到警察身边，抓住他的胳膊颤声问："什么叫淹了？人呢？住在那里的人呢？"

警察扶住她，眉头皱紧，用保守的语气斟酌着道："消防队会尽最大努力救助市民的。"

在短暂的愣怔后，媛宸的眼睛通红，松开手就要往前冲！

"回来！"警察马上从后狠狠勒住她的腰，"请您冷静！我们的同志已经展开救助了！您相信我们好吗？"

"你放开我！放开！"眼泪不知何时流了出来，媛宸含泪嘶喊，拼命挣扎踢打，手在雨中徒劳地往前伸，"你让我过去！我要自己去找他！李钟敏——李钟敏！"

"请听我说！如果我们真的救不了，您过去也于事无补！只是多一个人牺牲而已！"

牺牲——尖锐的两个字几乎像一根钢针扎进了媛宸的耳膜里，她浑身陡然打了一个激灵，僵在了雨里。周围呼啸的风声和眼前全是水的混乱世界一时间几乎让她有种时光错乱之感。她仿佛又回到了那个天将亮未亮的时刻，那个天昏地暗、风云变幻的时刻，那个大海即将吞并一切的瞬间！

她抱着那个孩子，被甩出了船外，三分之二的身体已经被死神抓在手里。而仅剩的三分之一……握在李钟敏手中。他的指甲浸出了血，他的额头上暴出了青筋，他扔掉了

掌握方向的舵盘拉住自己，他对她说："我死也不会放开你。"

他宁死都不肯放开她呢……泪水疯狂喷涌而出，胸口里陡然生出一股悲壮和破釜沉舟的决绝。他不怕陪她葬身大海，她又怎么会怕陪他困死在潇南！

下一刻，就见她突然从袖中滑出一把极小巧的防身刀！

警察一惊，下意识要出手制服，而媛宸却猛地割向自己的衣裳！

"刺啦"一声，整只袖子都被锋利的刀刃割断，两个人朝相反的方向踉跄了几步。

媛宸扭头就要往南跑，一声犹如天籁般的呼喊却忽然响起。

"夏媛宸！"那声喊，穿过细密的雨布，穿过众多正要追赶她的警察，在这片嘈杂中显得不太真实……

夏媛宸的脚僵住了，身体还保持着往前跑的姿势，她慢慢转回头去，就见一辆熟悉的白色豪华保姆车在急速冲刺后猛一刹车，停在五米开外的地方。车门打开，一个穿着白色长裤的男生迫不及待地跳下来，踏着一地的污水飞奔而来，以疾风骤雨为背景，漫天飘摇的枝叶都变得模糊，她只看到眼前人面容如玉，看到他风华无双。

李钟敏……

她的嘴唇动了动，发出一句呢喃，根本没有声音，但他好像听见了，他跑步来到她跟前，定定地望着她，眼睛也是红的。他说："是我。"然后，狠狠将她抱进怀里。

媛宸早被雨水浸泡得冰凉，乍一遇到那股热度，几乎感觉被烫了一下，可随后就是一种真实的，终于从虚空落到实地的温暖。他紧紧搂着她，勒得她肩胛骨好像都要陷下去了，一阵阵地疼；她能听到他在自己头顶、耳边沉重的呼气声，一下一下，有节奏的频率；她能感觉到这个人心脏的跳动，怦、怦，是生命的气息。

李钟敏……没事，他好好地站在这里。

媛宸突然控制不住地在他怀中放声大哭，哭得上气不接下气，喊着自己都听不清的话语。模糊的视野中，那两个人仿佛合成了一个……

"进来吧。"保姆车一路艰难谨慎地开回媛宸家，到家门口时，媛宸的眼睛还有些肿，她吸着鼻音招呼了一声，打开房门，从鞋柜里拿出双一次性拖鞋放到李钟敏脚下，然后闷闷地就穿过玄关进了屋，也不知做什么去了。

李钟敏一边换鞋，一边不着痕迹地打量了一下这栋房子——比他想象的要好，或者说要好太多，只是不知道这栋房子是谁准备的。

正想着，夏媛宸已经走了出来，额头上的发丝沾着水，看起来刚洗过脸，她递给他一块大毛巾，轻声道："先擦擦，随便坐吧，我去给你倒点儿热咖啡。"

"谢谢。"李钟敏点点头跟着她进去,来到泛着银色冷光泽的餐桌边坐下,看着她进了料理台忙活,问,"这里就你一个人住吗?"

夏媛宸执着咖啡壶的手一顿,又放下:"我跟妈妈一起住。"

"哦……那……"李钟敏感觉自己似乎选错了聊天儿方向。

"她今天不在,去朋友那儿了。"媛宸背对着他说。

李钟敏看着这座花园洋房般的公寓,沉默下来。

媛宸端着两杯咖啡来到他对面坐下,两个人安静地喝着,偶尔同时抬起视线,碰上了,又不约而同地闪开。屋内的气氛略微尴尬。

最后,还是李钟敏先开口打破了沉寂:"你怎么会想到去找我?外面那么大的雨。"

媛宸的视线落在咖啡里,慢慢搅动着小勺子:"我打不通你的电话,新闻上说……潇南区很危险。"

"就算我真的有危险,凭你……凭你那辆小车子,就能带着咱俩跑出来吗?"李钟敏问这话时的表情很认真,没有一点儿嘲讽的意思。

夏媛宸垂着头,松开咖啡勺,两手五指缓缓交叉合拢在一起,一言不发。

李钟敏仍执着地要一个答案:"嗯?你觉得你能帮到我吗?"

"……"

"说啊。"

"没有。"夏媛宸突然抬起头道,李钟敏本以为她要发火,可不料,她的神态竟是出奇地平静,一双秀丽的眼睛里是浅淡的黑,他在里面看到自己的模样,"我不觉得——但是当时,我没有更好的选择了。"

"……"李钟敏一时说不出话来。他当然知道,以夏媛宸的个性,要她说出这样的话来是何等困难,那几乎象征着她对他的一种臣服、认输。这个连大海都征服得了的女孩,向他低了头。

薄唇一弯,就这么笑开。那一笑,仿佛整个房间的色彩都明艳跳跃起来。他说:"我也是。那时他们叫我坐直升机离开清远,可我觉得,我除了来找你没有其他选择了。"

夏媛宸微微咬住下唇,白皙的面庞以肉眼可见的速度一点点红了。这座静谧的房子仿佛被不知名的东西烘烤着,烤得人心都热了……

李钟敏的嗓子有些干,他咽了口唾沫起身,走到夏媛宸的面前蹲下,视线竟跟她基本平视,他的目光还是沉静的,手自然地拉住了媛宸的手,当两个人皮肤相触碰的时

Chapter 15 我们的未来
第十五章

候,他明显感觉到她瑟缩了一下,可是,她没有退缩回去。

"媛宸,你的父亲是谁,我的父亲是谁,其实并不重要,重要的是我们在对方眼中是怎样的,对吗?"

"……哪里有这么简单。"她的视线落在两个人交握的手上。

"为什么不?"李钟敏的神情淡淡的,眸中却似蕴含着重若千钧的坚定力量,"如果我们连死在一起都不怕了,那还怕活着时会遇到的困难吗?"

媛宸不语。

"好吧。"他叹了口气,"我们先不说这种消极的问题了。至少你先答应我,别轻易否定我们的关系,让一切顺其自然,行吗?"他手下微微用力。

媛宸慢慢抬起头,李钟敏正深深地望着她,他的眼睛里好像有一个旋涡,暗影迷踪,无尽幽深,能将人陷进去。李钟敏本应高高在上睥睨众生,而今却半跪在她脚边,恳切地等待她的一个答案。面对这样的他,夏媛宸说不出一个"不"字。

许久之后,她轻轻点头:"嗯,顺其自然。"只是,两个人心里其实都清楚,早在李钟敏决定不远万里地来到清远的时候,他们之间的关系就已不仅仅是一句顺其自然能形容的了。

"咚——咚——咚——"当十二点的钟声响起,外面的雨仍哗啦啦地下个不停,李钟敏端着一杯菊花茶站在落地窗边,蹙眉望着外面。

媛宸执着壶走过去,问:"要不要加点儿热水?"

李钟敏摇摇头。

媛宸打量他的神色,试探着问:"清远的雨一直下,看烦了吧?其实你再过几个月来,这里的阳光也不比Mirslina岛差的。"

李钟敏看了她一眼,唇角向一侧扬了扬,只是那笑意并不浓:"我不觉得这里多差,岛上也不见得多好。"

媛宸想到他留在岛上的原因,心里有点儿不舒服,脸上却没露出来,俏皮地转移话题道:"对啊,总在一个地方待着也挺闷的。"她抬抬手里的壶,"比如你以前喝咖啡,现在尝尝我们国家的菊花茶,感觉也还不错吧。"

"哈哈,是不错,但是你也不能就用水把我灌饱吧?"李钟敏揶揄道,"怎么样,中午准备吃点儿什么?"

"啊?"媛宸有点儿傻眼,"吃……吃什么?咱俩一起吃吗?"

"不……不然呢?"李钟敏的中文最近越发流利,也知道学人说话嘲笑人了,"难不成你吃着,我看着?"他指着自己,漂亮的眼睛睁得挺大,极为无辜的样子。

"呃……可是我们不得找找麦克吗?他这么久不回来是不是有什么问题啊……你看我刚才还得罪了警察……"媛宸的眼神飘忽,开始顾左右而言他。天知道,在没有任何专门店的辅助机器的情况下,她只能做点儿家常菜罢了,而且是连及格都勉强的水准。

李钟敏却大手一摆,毫不在意的样子:"嗨,没关系的,放心吧,麦克是连海盗头子都能搞定的家伙,待会儿就会自己回来了。我们先来说说中午吃什么吧,炸酱面怎么样?"李钟敏将杯子放到窗台上,兴致勃勃地问。

"这个……我……"媛宸表情僵硬。

"你不喜欢?不然淮扬菜怎么样?我看电视里有讲过,好像也很不错呢。"

"不不!我看还是吃炸酱面吧。"媛宸马上道。

那家伙大约是真把她当大厨了,听她答应下来脸上的笑容都明显了几分,一副就等着美味了的样子。

媛宸却觉得这大阴雨天的自己脑袋上都冒汗了,她苦着脸挽起袖子,磨蹭着进了开放式厨房,"面"的部分还是比较好搞定的,家里有现成的白面条,用滚水煮了,又过了一遍凉水,盛出来挑了一根尝了——不错,十分筋道。

可炸酱卤就难了,要知道,媛宸连吃都很少吃这个。

她从厨房柜子里翻出一包面酱,又在冰箱里找到一袋切好的肉丁,这俩凑一凑应该能凑出一份卤吧……不过怎么做是个问题。

媛宸悄悄瞄了眼李钟敏,见他正有些无聊地去客厅闲逛了,遂偷偷从兜里掏出手机,输入炸酱面的做法,准备作个弊,谁知小箭头转了半天,最后只显示一行字:您请求的地址无效。

得,估计基站也出问题了,影响网络了。眼下可怎么办?她一点儿都不认为李钟敏会做,如果问他大概只会受到一顿嘲笑吧?

媛宸一手拿着酱,一手拿着肉,犹豫半天终于一咬牙——算了,拼了,她自创三种做法,总该有一个好吃的吧?

她拿出锡纸,把面酱和肉丁混合,上面浇上芝士和蘑菇酱,这是按照记忆中李钟敏的偏好口味来的。然后回身预热烤箱,趁着这个工夫包好锡纸,而那边的李钟敏已经觉察出不对劲儿,一边往这里走一边伸出手指犹豫地问:"喂,夏……夏媛宸,你等等。你干什么呢?你确定你们国家的炸酱面是烤出来的吗?"

"哦,这是我国伟大劳动人民改造出的西式吃法,稍后我会给你做传统炸酱面的面码的,一共有三种哦。"她背对着他往烤箱里放东西,声音很平稳,很有欺骗性。

"是吗?你如果不会就早点儿说,不要弄出什么黑暗料理来毒害我。"李钟敏一个

胳膊肘撑在白色料理石台面上,眼中似乎仍有怀疑。

恰在这时,烤箱里发出"啪"的一声爆响,仿佛是面酱在里面崩了一下,吓得两个人浑身一个激灵。李钟敏下意识站直了,诧异地盯向她,媛宸的脸则慢慢红了。

"哎呀,你好烦!别看了!你影响我了!"媛宸恼得从料理台里跑出来,推着李钟敏的后背一直把他硬带到沙发上坐下,"你……你就在这儿坐着!不许乱跑!"她竭力做出理直气壮信心满满的样子,轻咳两声昂着头往回走。

李钟敏望着她的背影默默摇头,眼睛已经开始四下扫视周围有没有点心、蛋糕之类可供充饥的东西。

媛宸在完成"创新西式芝士炸酱"后,又分别做了"清蒸肉丁豆瓣酱"以及"煎肉丁拌面酱"。

当她把三种卤分别放在画有精致黄色月季花的瓷盘里,又把面装好,一起端到桌上的时候,李钟敏已经坐在餐桌边等了。

"……"媛宸颇为期待地看着他,递过去一把叉子。

"……"李钟敏接过来,长长地叹了一口气。

媛宸郁闷道:"怎么了?你好歹先尝尝吧。"

李钟敏瞧了瞧她,挺不情愿地先将装着锡箔纸的盘子拽近了,纸面挺烫,还冒着热气,稍微用叉子掀开一点儿就能闻到一股芝士跟豆子酱混合的古怪味道,那种又甜又咸的气味仿佛能化成实际的味道,让人觉得嗓子里发酸。

媛宸显然也闻到了,面露尴尬,迅速帮忙把锡纸剥开,谄笑道:"嘿嘿,或许吃起来还不错呢?"

她自己伸出叉子一下插进去,牡丹形状的金属勺透过了薄薄的芝士,然后停下了。

李钟敏眼睛眨也不眨地瞧着她,媛宸的脸更红了些,深吸一口气,继续铆足了劲儿往下扎。

"行了。"李钟敏无奈道。挥挥手示意媛宸起来,自己用拇指和食指拿起了那块"酱",它竟然是个方形的固体……

"……"媛宸迅速转身回到料理台里拿出垃圾桶,"唰"地一下抢过李钟敏手里的"砖块","啪"地一下丢到垃圾桶里又合上盖子,然后一副什么都没有发生过的样子拍拍手坐下道:"好了,我们吃饭吧。"

"哈哈哈!"李钟敏笑出了声。

接下来的清蒸肉丁豆瓣酱也失败了。

李钟敏似乎已经对这顿饭不抱希望,还能低下头观察着那个碗,煞有介事道:"还

挺像鸡尾酒的。"

媛宸竟无言以对。

幸亏她照感觉模仿的煎肉丁拌面酱勉强成功了，虽然肉丁不太入味，可因为煎炸的火候正好，吃着酱偶尔嚼到一块肉倒有点儿小惊喜的感觉，拌着面还是可以入口的。

李钟敏弯弯唇对她竖了下大拇指，然后便姿态极其优雅地用起餐来。那宛如参加皇家宴会的高贵气场，与面前那盘卖相谈不上太好的食物形成了鲜明的视觉对比。媛宸低下头不忍心看。

下午四点左右，外面的雨明显小了些，李钟敏的电话响起，来电显示是麦克。

"嗨，我亲爱的少爷，今天的谈心还好吗？如果您已经尽兴了，不如我们先离开？当然，我明白您希望我安静地做一棵树，老老实实等您，可也请您理解，我在外面吹了一天了——阿嚏！哦，我的上帝，我好像感冒了，这里的天气实在太可怕了……"

英国人特有的自嘲式幽默伴着他的大嗓门儿从听筒里钻出来，听得媛宸忍不住想笑，又努力忍住了。

李钟敏捂着手机转过身，磨着牙道："我看你还是很精神啊，不如从车里出来，在雨里跑几圈。"

"……呃，少爷，您真是越来越幽默了，哈——哈——哈——您是想现在出来还是过一会儿？其实我也不太着急……"

"行了，我现在就出去。"李钟敏没好气道。挂了电话他看向媛宸，媛宸笑笑，从玄关拿出一把伞，说："走吧，我送你。"

一开门，就看到麦克打着一把类似宾馆的黑色大迎宾伞已经等在廊檐下了，他鼻子红红的，像要感冒的样子。一见李钟敏出来，赶紧举着伞快步迎过去，后面还跟着个拿大衣的保镖。

李钟敏在门口停下，保镖为他穿好了防雨披风后，才对媛宸道："行了，你回去吧，有他们在呢。"

媛宸点点头，那眼神瞧着似是想说什么，可看着旁边站着的两个人四双亮晶晶的眼最终也没说出口。

李钟敏的脸上露出一丝笑意，出乎意料地，忽然弯腰轻轻抱了抱她，在她耳边道："再见。"然后转身迈进雨里。

麦克呆了片刻才飞快地跟过去，一边小跑还不忘回头对媛宸挤眉弄眼。

上车后，麦克甩头抖抖水，又打了一个大大的喷嚏："那个——我亲爱的少爷，咱们现在去哪儿？在附近先找酒店住下吗？"他觉得照刚才两个人缠绵悱恻的劲头，李钟

第十五章

敏这几日大概会经常往这里跑。不料,这位小主子却给了他一个十分"惊奇"的答案。

"不,叫飞机来接我,我要回国。"

"回……回国?"麦克呆了呆,转过头问,"回哪里啊……"

"当然是尚国,我要见爸爸。"李钟敏望着窗外模糊的雨景淡淡道。语气毫不迟疑,像早已想好了。

而麦克简直要哭了:"见爸……爸爸?别闹了,少爷!咱们根本没有预约啊!就这么开着飞机回去,恐怕还没到中卫岛上空就被巡逻机给打下来了!"

"那就现在约,马上。"李钟敏终于将视线从外面收回来,浅棕色的眼球直盯着麦克,冷淡的面容慢慢靠近,此刻这个男生的脸上再没有一丝方才和夏媛宸相处时的缱绻温柔,有的只是高权者的落地为令、说一不二,"我要在明天太阳升起前见到爸爸,不论你用什么方法,明白?"他一字一顿道。

第十六章
这次是我先到

　　层层叠叠的监控哨位，密集高强的巡逻武装，穿过一扇扇紧闭的房门，终于来到了最后的关口。

　　"委员长，钟敏少爷到了。"

　　身着灰色制服，衣领扣得一丝不苟，紧急时刻可以会同中央总务会下达政府最高指令的尚国财务处第一助理江承翰亲自领着他来到门口，即使里面的人看不到，仍旧用十二分恭谨的态度微微弯着腰，叩门问道，"可以请他进去吗？"

　　"这里没有钟敏少爷！"里面传来威严的申斥声，"国家机要重地，哪里有什么少爷！"

　　"很抱歉！委员长！"江承翰神情一紧，肃容大声道，本来就弯着的腰更低了一些，"李钟敏先生到了，可否让他此刻觐见？"

　　屋里沉默着，没有任何声音。

　　江承翰一动不动地立在那儿，而李钟敏在他旁边也没有任何反应，低垂着眸子，一丁点儿情绪都看不出。

　　又过了好一会儿，里面才传来冷淡的回答："进来。"

　　沉重的雕花实木双扇门缓缓打开，特助并没再往里走，只是一手扶着门，一手轻轻向里扬起，向李钟敏示意。

　　这是一个黑白色调的练功房，约莫有两百平方米的空间，空旷而沉寂，中间只有个对击练习场地，乍一看去，有股莫名的诡异感。

　　走进去，门在身后缓缓合起，光线暗了下来，李钟敏眯了眯眼。

　　角落更黑的地方传来一声低沉不带丝毫感情色彩的问话："有什么急事让你找到这里来？"

　　李钟敏的身体不易觉察地一顿，随后双手垂在身前小腹处，背对着发出声音的地方回答道："非常抱歉，委员长，我今天来是想请求您一件事，我喜欢上了一位家世平庸的姑娘，恳请您允许我和她开始以结婚为前提的交往。"他的视线从始至终都落在自己脚面前一点儿。

　　"呵……"一声充满嘲讽冷意的笑音响起，黑暗中的人慢慢站起身，露出一张跟李钟敏并不如何相似，五官甚至有些普通的脸，当他躲在阴影里时，几乎无声无息，然而当他主动站起，却爆出无法让人忽视的强烈威慑力——那是一种只有军人出入沙场、出生入死才会有的铁血气质。

　　他从后一步一步走到李钟敏身侧，竟比李钟敏还高一些，一双鹰鹫般的眼令人望之生寒："真可笑，我的儿子整整五年都没有主动给我打过一个电话，甚至没有向秘书处

第十六章

询问过我的任何消息，唯一一次硬闯中卫岛，居然是为了告诉我，他要娶一个穷人家的野丫头……我真是好奇，如果你不是想结婚了，是不是准备在我的葬礼上再出现？"

那一字一句尖锐至极，完全不像一个父亲对儿子的态度，倒似是对敌人一般。

面对父亲冷酷的斥责，李钟敏的头更低了些，语气却依旧平静："您的话实在让儿子万分惶恐，可是您将我放逐到Mirslina岛，应该就是希望我远离尚国的权力中心吧？如果我在外面还频繁向国内打探您的消息，大约您也不会高兴。不如您告诉儿子，需要我怎么做，比如多长时间打电话回国一次，只能打给谁。请放心，我保证按照您的要求完成。"

"混账！"李鸿崇勃然大怒，厉喝一声，没见怎么动作就猛然闪现在李钟敏的正前方，毫不迟疑地狠狠一个耳光甩上去！

"啪"的一声脆响，简直就似一条带着倒刺的鞭子甩到人皮肉上的声音！

李钟敏的头被打得歪向一边，半边脸以肉眼可见的速度迅速充血肿胀起来，过于细腻的皮肤暴出了一根根毛细血管样的东西，叫人看着就觉得头皮发麻。

他缓缓转回头来，抬起头，望着父亲。

而李鸿崇的表情分毫未变，只是用阴郁的充满威压的眼神盯着他，问："你是在对我的决定表示不满吗？"

李钟敏缓缓拉开了笑容，却是讥诮，一个字一个字缓缓地说："儿子怎么敢呢？只是父亲，您真的不考虑一下我的提议吗？毕竟我娶一个无权无势的女子，对您百利而无一害啊。否则，我去联姻找一个强势的家族，您再努力想抹杀我在尚国上流社会存在的痕迹，就没有那么简单了……"

李鸿崇冷冷地注视着他，幽暗的目光中有审视、有度量，他的身份地位不允许他出现一分一厘的失误，因为他的每一个思考与决议影响的都不是几个人或几十人的命运，而是一个家族乃至一个民族的兴衰走向。他的心里要装的东西太多，多得放不下一个儿子。

"说说吧，那个女人。"他微微扬起下巴。

"她来自东方国家，目前正在考大学，和妈妈一起生活。她母亲没有工作，她的生活费是靠自己打工赚来的……"

"等等，说说她爸爸。"李鸿崇犀利的眼神看过去，直接点出了他刻意回避的地方。

李钟敏沉默片刻，说："她的父亲不在身边，她是……非婚子。"

"哈哈哈！"短暂的静默后，这空旷的练功场内突然响起一声大笑。李鸿崇的额头

上隐隐暴起青筋，他伸出手，力道不大地拍拍李钟敏的脸，一双眼睛里却像含了淬毒的刀子，恨不得将眼前人生吞活剥一般："儿子，你是怎么想的？嗯？我确实希望你能退出尚国中心人物的视线，却不想让你成为整个尚国上流社会的大笑柄啊！这是你独特的报复吗？嗯？"低低的声音，每一个字眼都像从细白的牙缝里挤出来的。

李钟敏看着身侧的地面，久久地沉默后说："父亲大人，我知道这或许会给您带来一定的困扰，可这是我最后一次给您惹麻烦了，那个女孩会让我过上平凡却幸福的生活……我愿意放弃家族的一切庇荫，只换取她一个，拜托您了。"

他的声音越来越轻，伴着这句话，身体一点儿一点儿低了下去，他跪下了。

向来挺直的脊背，头一次佝偻了，此刻，还不到二十岁的他就像一位已经垂暮、累极了的老人。

莫名的悲凉。

李鸿崇望着他的头顶，在他说到"拜托您了"的时候，眼底似乎闪过一道极细微的光……好像有什么回忆的影子跟眼前这个长得并不十分像他，委实过分好看了的男孩渐渐重合……

这片刻的失神让李鸿崇凌厉逼人的五官都柔和了一些，看起来简直都不太像一个锐意进取、不惜一切、铁血手腕的领导者了，而像一个普通的有血有肉有牵挂的人。

可是，那个时刻太短暂，如同湖面上微小的涟漪，眨眼之间就消失不见。

"不可能。"他轻轻吸了一口气，没有再看李钟敏一眼，视线平平地落在前方，"家族是否会庇荫你，从来由不得你选，更轮不到你去交换什么。"

"父亲！"

"够了！"李鸿崇突然厉声打断他的话，望过去的眼神冷漠极了，再无一丝转圜余地，"你给我滚回去，闭门思过！"说罢，收回视线，转身大踏步朝门口走去。

李钟敏久久地跪在后面，低垂着头，一动不动。

当特助打开门发现走出来的居然是李鸿崇的时候，眼底分明露出吃惊的神色，随即又忙换上严肃谨慎的态度说："委员长，您十点约了郑上将骑马，要备车准备出发吗？"

"去吧。"李鸿崇不知在想什么，停顿了片刻才回答道，嗓音不知何时竟沙哑了。

他再次拔脚往前走，步伐很慢，没有去看身侧人，只是说："你——派卫队送老大回去，全天二十四小时看着他，不准他离开家。"

"是。"特助低低地应道，小心地跟在后面，没有多问一句。

李鸿崇一步一步朝前走着，眼睛望着前面，却没有落在任何实际的地方，好像只是

第十六章

看着飘浮的虚空。

脑海深处,有苍老喑哑的声音在一遍遍回荡,仿佛上古宿命的钟声,能震到人的心里去。

"那个孩子的存在注定会阻碍家族的荣光,如果你不能控制他,就必须消灭他。"

……

精英学校的周一永远繁忙,升旗仪式结束后,各班班主任开始在操场上对本班同学进行简单的一周回顾。

"之前的清远暴雨耽误了一周的正常教学时间,不过幸好咱们同学没有任何人受伤或因此生病,那么接下来的日子,就需要大家加紧赶上学习进度了……"那是一班班主任在高声宣讲。

二班老师也不遑多让:"同学们!你们知道距离高考还有多久吗?你们明白名校履历将会为你们的人生添上多么光彩耀眼的一笔吗?从今天开始努力好吗?"

就在两位老师比嗓子似的一声高过一声的呐喊中,一班整齐的四方队列里突然走出一个人,他穿着白色衬衫,松松地系了条蓝色水手领带,裤子也不是校服裤,而是阿玛尼本季新款,头发没有刻意做什么造型,只是服帖地顺在一侧,冲淡了平时过于飞扬的气场。

"夏媛宸,你出来一下,我……想跟你聊聊。"他走到二班前面,一手插在兜里,目光穿过前三排的学生,笔直地落在第四排中间女生的脸上。

两位老师的话同时停顿了一下,随即就好像什么都没看到,什么都没听到似的继续起他们的演说。

二班老师:"或许你们的家庭早已为你们安排好了后面所有的路,可一张难看的成绩单绝对不会让他们开心骄傲……"

一班老师:"不要认为你们现在所学的东西将来派不上多大用场,如果连最基本的英语口语都不会,你们预备每次出国都带着随身翻译吗?"

"夏媛宸,可以吗?"男生将手从兜里拿出来,正色再次问道。简直像一场情景剧在乱入。而所有的视若无睹、置若罔闻,都只因现在站在两位老师中间的人是原英焕。

他的两次直接点名让媛宸连装傻沉默都无法继续了,她叹了口气,抬起头直视向原英焕,说:"走吧。"

两个人离开队伍,可还没走出五步远,便不约而同地停下,下意识朝天空望去。似乎有嗡嗡的声音密密麻麻地由远及近。事实上不光他们听到了,周围的学生也都听见了。

有女生害怕地小声询问起来:"怎么回事啊?不会是有蜜蜂吧?"

一个男同学犹豫着回答说:"应……应该不是吧?咱们这里连着下了好几天大雨,今天才放晴一点儿,蜂巢要大动也不该是现在啊……"

操场上空的十二双喇叭猛然被同时开启,发出"吱呀"一声尖锐的声响,好似金属器材划过玻璃的声音,响彻整个校园上空!

无数同学难受得同时捂住耳朵。紧接着,就听到教务处长气喘吁吁道:"各班组请注意,各班组请注意,紧急通知,请所有同学撤离到大操场外围区域!再重复一遍,请所有同学在三分钟内撤离到操场外围区域!"

这是要干什么?精英学校里一时间简直要炸开了锅!

老师们也是面面相觑不明所以,但仍旧遵守上层指示,让同学们尽量整理队列迅速离开操场。

每个人脸上都写满了惶惶不安,要知道,能站在这里的学生绝大多数都是天之骄子,寻常时候老师们都不敢对他们说一句重话的,而现在,居然像赶鸭子一样要让他们马上出去,一定有大事件发生……

混乱中原英焕无法再继续跟媛宸谈话,却猛地抓住了媛宸的手,在她耳边低声道:"待会儿无论发生什么事,一定要跟在我身边。"

媛宸的嘴唇动了动,没有发出声音。

原英焕有些急了,用力捏住她的手,几乎是恶狠狠道:"跟着我!听见没有!"

他在害怕,但不是在担心自己,只是担心一旦有变故,保护不了她……媛宸莫名觉得心里有点儿难受,她看了看原英焕,终于点点头。

所有学生都站到了操场外围,偌大的空地上安安静静,只偶尔有麻雀的身影闪过。天空上方渐渐出现了黑点,一个、两个、三个、四个,黑点越来越多……最后终于有学生大声叫了出来!

"飞——天哪!是飞机!"

对于他们来说,飞机当然不是什么稀罕东西,可是当十几二十架私人直升机同时从上空缓缓落下,螺旋桨刮起飓风,吹得人几乎睁不开眼,发出的轰隆隆声响成一片的时候,就不得不说非常震撼了……

最后,停下的飞机占满了三分之二的操场,还有六架始终围绕着精英学校周围低空盘桓,以一种巡逻的姿态一圈圈飞翔。

暗金色的旗帜从巡逻机上打下,只是简简单单的一个字,就足以让所有学生呆立当场。

第十六章

那是一个"季"字。

来的是季家。居然是季家。

如果说原英焕背后的原家是南方诸省整个商业帝国的无冕之王的话，那么季家就是整个北方商贸的权力之手。

南有原，北有季，两者各雄踞一方，无声对峙多年，都还算相安无事。这一次，季家的突然出现又是因为什么？

教务处长带着几位在校内的领导小跑着进去，就见第一架飞机的舱门缓缓打开，走出来一个有五十多岁管家模样的男人，他头发略微发白，梳得一丝不苟，眼睛却是通红，仿佛在强忍悲怆。

走下飞机后，他连一眼都没看那些迎上去赔笑的校领导，径直从他们身边穿过，视线匆匆扫过密密麻麻的人头，神色焦急，好像在寻找什么，可是几次都没找到要找的人。

片刻之后，他做出一个令在场所有人都瞠目结舌、相顾无言的动作——前行一步，"扑通"跪倒在地，头低垂着，颤抖着声音道："家里出事了，求求您，出来吧，跟我回去吧……媛宸小姐。"

"啊——"低低的一声压抑的惊呼，在学生中齐齐响起。

媛宸……

小姐……

前排一个女孩缓缓转回了头，然后是第二个，第三个……越来越多人回过身，不可思议地望向原英焕，或者说是他身后的夏媛宸。

原英焕觉得脑子里有些发木，他想低头去看看站在自己后面的媛宸，可是脖子就好像僵住了似的，每一下动作都很慢。

那个人刚才说什么？

他在叫谁？

叫的是……夏媛宸？

自己旁边的夏媛宸？

季家的管家走了过来，人群不自觉地向两侧分开，为他让出一条路。

"媛宸小姐……"那个男人哆嗦着唇，眼睛红红地说。

身后，响起一声轻轻的叹息："好久不见，付叔。"

原英焕闭上了眼，原来是这样，这才是真相。夏媛宸从来不是什么无依无靠的孤女，她竟然和北方第一家族季家有关。

她瞒得可真死啊……她伪装得可真像啊……她咬着牙，从来没在他面前吐露一

个字……

握着她的手,不知不觉间松了些。

"小姐……"被称作付叔的男人哽咽着说,"我知道您心里有气,有怨,有委屈,可现在,拜托您一定要和我走,因为您——您是孝坤少爷最后的希望了啊!"

而夏媛宸早在听到孝坤的名字的时候就骤然变了脸色,她噌地一步上前,手从原英焕的掌握中脱出,而她完全没意识到,只是双眉紧蹙地喝道:"你给我说清楚!孝坤怎么了?"

"他……他被一伙武装分子劫持了啊!那些人威胁先生交出和德国泰瑞克最新合作研发的生物成果,先生不肯,已经跟警察和他们对峙了七个小时!"付叔终于忍不住放声大哭起来,身体踉跄着几乎要摔倒,幸亏被保镖眼疾手快地扶住,"孝坤少爷很久没在电话里出过声了,目前是死是活都不知道了啊……"

夏媛宸的面容发白,更衬得一双眼漆黑如墨,仿佛一瞬间被定在了那儿,但并没持续多久,她抿抿起了干皮的唇,声音低沉地吐出两个字:"回家。"

"是!"季家人齐齐应道。

夏媛宸大步朝飞机降落的地方走去,身后跟着一串蜿蜒的身影。

风吹散她的长发,裙摆飞扬,一双冷厉的眼眸中尽是凛然不可侵犯的威严。

真奇怪,这样的一个人,他从前怎么会认为她只是普通的女孩?

她的步伐很快,一步一步,距离他越来越远,好像会就此走出他的生命。就在媛宸即将登上飞机的前一刻,原英焕突然大喊一声:"夏媛宸!"然后快速追了上去!

"我跟你一起去。"他跑到她面前盯着她的眼睛道。

媛宸皱眉,下意识望向身侧的付叔,低声说:"你别闹了,这不是开玩笑,很危险。"

"就是因为危险我才要去。"原英焕沉下脸,突然在季家人还没来得及反应之前,噌地一步抢先跨上飞机,然后从里面扒住门口探出头来道,"你们应该也知道我是谁,那现在——要么带着我一起过去,我保证不会在路上给你们添麻烦,要不然你们就把我打得动不了再扔下去,但我保证,到时候你们没一架飞机飞得出清远市。"

他的声音不高,脸上也是平平淡淡的,没一点儿威胁人的凶狠,可季家的管家和护卫队的队长一时都没有动,他们都知道——原英焕说的是真的。

付叔转头看向夏媛宸,夏媛宸与原英焕对视了一会儿,重重地吐了口气说:"算了,走吧。"说着,在保镖的扶持下登上直升机。

付叔正要上去,不料,操场后方又跑过来一个女孩!

第十六章

"等等，我也去！"纪秀芝呼哧呼哧地喊着话疾步过来，在付叔惊诧恼怒的注视下，理所当然地一伸胳膊，颐指气使道，"你扶我一下。"

"你！"付叔一个字才说出口，夏媛宸已经恼火地喊了起来："纪秀芝！你凑什么热闹！我是要去救人的！你想找我麻烦也请换个时间行吗？"

"我哪儿有闲心去凑热闹找麻烦？"纪秀芝恨得牙痒痒，一根手指头戳出去简直要指到媛宸的鼻子上，"救人？你凭什么能救人？你也不想想警察都拿绑匪没辙，为什么要叫你过去？别是预备着拿你一命换一命吧？你不怕你妈白发人送黑发人，我还不愿见我爸抱着你的骨灰盒去哭呢！"她狠狠扫了付叔一眼，付叔的目光则微微闪烁。

媛宸像被她堵得说不出话来，顿了顿才道："真不敢相信你还会关心我。"

"不用信，本来就没有。"纪秀芝冷笑一声，说，"反正就这样，你如果不让我去，我只好现在通知我爸，说实话，我还真懒得理你的闲事。"

媛宸这次只沉默了极短的时间，便对付叔道："让她也上来吧。"

直升机再次发出轰鸣声，缓缓上升着，很快就消失在清远精英学校师生的视线中。

领头最宽敞的飞机中，原英焕与媛宸一排，纪秀芝与付叔一排，四个人相对而坐。纪秀芝打从上来后就一直望着窗外，一副懒得搭理这里任何人的样子。

原英焕正好在纪秀芝的对面坐着，自打上来后也一直看着她，但不是那种目光无意识地落下，而是明显憋着点儿闷气盯着她。

纪秀芝开始还权当看不见，最后也忍不住了，咻地回过头瞪着他道："干吗？想吵架？"

"你早知道是不是？夏媛宸根本就不姓夏。你竟然一点儿口风都没有露给我。"原英焕的脸色极为难看，很多以前就隐约觉得奇怪的事，都在刚才她俩的对话中得到了答案——

当年的纪秀芝是何等骄傲，跟他说话都是鼻孔朝天，怎么会对江陵和张希德整一个服务生的这种芝麻小事感兴趣，甚至暗暗出谋划策？

在他与宋承慧稍稍走近时，纪秀芝就表现得非常不屑，甚至来问他难道真对平凡人动情了，可是他追求夏媛宸，纪秀芝毫无反应，仿佛理所应当，为什么？

还有那次在泳池，夏媛宸遭难，纪秀芝看起来也很紧张，简直毫无理由。但其实，世界上没有任何事是无缘由的。

纪秀芝忍不住想整媛宸，因为她们有宿怨。

纪秀芝无法亲眼看着媛宸遭难，因为两家早有渊源，或者已认识许多年。

纪秀芝不觉得他跟夏媛宸走得近有什么不对，因为，夏媛宸打从出生起就是和他们

一样的人。

纪秀芝——纪秀芝！该死的！他的眼中几乎喷出了火。

"这是怪我咯？"瞧着他咄咄逼人的样子，纪秀芝简直被气笑，眸底尽是讥讽，"是你原少爷一上来就一副本大爷真爱无敌的德行，你说说，我能不给你机会表现吗？谁知道您老人家画风完全不对啊，表白完了不是该展现温情吗？可童话中王子看上灰姑娘的百般迁就万分宠爱在您身上是一点儿没见到啊！倒是把古代强抢民女那套发挥得淋漓尽致！那时我还能讲什么吗？呵呵，告诉你人家夏媛宸根本不平凡，而是躲在民间的东太后？然后呢？你是预备拼上原家找季家干一场，还是从此洗心革面老实认错求饶？前者我就不说了，后者的话你丢人吗？我都替你丢人！就像你现在，憋气吧？窝火吧？可是你连问都不敢问你旁边的夏媛宸一句！也就能朝我嚷嚷！因为以前她只是你想追逐的炫耀品，现在成了你不敢惹的人！有血有肉活生生的人！"

原英焕的脸色苍白，只有一双眼死死盯着对面，眸底暗红得吓人，他双手紧紧握住两边的扶手，用力得骨节像要崩断般疼痛。

他想反驳纪秀芝，想说自己根本不是这样，他从来没有不拿夏媛宸当人看，她一直是他……是他喜爱的姑娘。

可是想到当时自己一次次居高临下地俯视，一次次颐指气使地吆喝，他真的没脸说那样的话。

一片微凉的柔软就在这个时候轻轻覆盖到他的手背上，原英焕僵硬着身体，没有去看身边的人。

耳边传来一声低低的叹息："纪秀芝，你何必这么刻薄？"

是她……

她在为自己说话吗？

那么——那么卑劣的曾经的自己。

"原英焕。"然后，他听到她叫他，"我相信，你在以前的任何一个时刻都是真心的。也许你方法用错了，可我知道你是真心的。"

眼中忽然涌上一股酸涩的泪意，原英焕转头看向窗外，下意识仰起头。

"你以前的所有……我都只当是小孩儿的任性，没怪过你。"身后的媛宸说着，仿佛笑了一下。

"……"

"抱歉，我从未坦言过自己的身份。因为季家大小姐的名头是我早就放弃了的，所以我觉得也没必要挂在嘴边。我只当自己是精英学校里最普通的一个学生。"

第十六章

"你可不是什么普通的学生,在精英,你是个稀有的穷光蛋。"纪秀芝忍不住讽刺道。

夏媛宸没好气地给了她一个白眼:"随你怎么说吧——我在精英念书本来就是迫于无奈,事到如今也不用瞒你们。我……季总要求我只能在首都第一学校和清远精英学校两者中选其一完成中学课业,我不想留在首都,只能到这儿来。"

"你来错了。"原英焕仍旧没有回头,深吸了一口气,有什么湿润的东西就要顺着眼角流下来,"这所学校里的人都是浑蛋,你吃了不少苦头吧。"

"嗯,是遇到不少浑蛋啊。"夏媛宸故作轻松地笑笑,"可是也得到了些朋友。比如现在,明知我要去的是龙潭虎穴,他们还愿意陪我,死也值啦。"

"不值!"原英焕终于再也忍不住,猛地回身一把钳住她的肩膀,眼眶通红,"夏媛宸!你别胡说行不行!你不会死,你绝不会死!我不想让你带着原英焕就是个浑蛋的念头死!"他将她用力抱进怀里,声音不知何时已完全沙哑,带着湿意……

"……"夏媛宸低低地吐了口气,缓缓地,犹豫地抬起了手,拍拍他的后背,"没事的,没事了。"

"我知道我以前做得不好,可是媛宸,你真的不能再给我一次机会吗?我想和你在一起,不是因为你是谁家的女儿,我只是……"

"英焕。"她打断了他,头一次用那样的称呼,她的语气很温柔,可那种诱哄歉意的语调让他心凉,"我懂你的心意,可就像我早说过的,有个人先来了,先守护了我,让我记住了他……"

"那又怎么样!"原英焕控制不住地拔高了声音。

夏媛宸沉默下来。

原英焕忍了忍,慢慢松开了媛宸,看着她的眼睛里透着压抑和决然:"故事还没结束,不是吗?而且,至少这次,是我先到。"他靠后坐,合上眸子,拉下了眼罩儿,一副不肯再多谈的样子。

媛宸慢慢抿紧唇,不知该如何再劝。

纪秀芝被迫又看了一出"浪子回头""郎有情妾无意"的戏码,只觉得自己的眼睛都要坏了,她的视线在二人身上转了一圈,忽地嗤笑出声,对付叔道:"我能换个飞机坐吗?真是恶心透了——对了,我跟你可不是朋友。"她恶狠狠地朝媛宸的方向指了指。说罢,也狠狠地拉下了自己的眼罩儿。

飞机在首都郊区的一处私人机场降落,几辆防弹车早已停候在那里,接到他们便风驰电掣地朝出事地点——江阳汽车制造工厂行去。

那是一处早就废弃闲置的工厂,地势较周围高,再加上以前装置了比较完备的防盗

防破系统,于是,在被武装分子占据后就隐隐形成了易守难攻之势,季孝坤现在就被关押在里面。

季子山在见到媛宸的时候明显一愣,随即眸底便露出隐隐怒意,侧头对季太太李华容冷声质问:"是你叫媛媛来的?"

李华容的脸上显出些心虚,但转瞬即逝,挺直脊背道:"是我派人去接的又怎样?她——她也是季家的孩子,家里出事了她不该来吗?"

季子山冷笑着望向她,一双眼睛洞若观火可穿透人心:"你何时把她当成过季家的孩子?真是可笑!媛媛,这里不需要你,我派人先送你回祖宅。"后一句却是对夏媛宸说的。

"不行!"李华容咬牙道,眼睛通红,顾不得理会丈夫的想法,一步过去拦在了夏媛宸身前,"你哪里都不许去。"

就在这时,里面也传来了绑匪时隔三个小时后的最新一条消息——他们要求用季子山在外的私生女,也就是季家实际上的长女夏媛宸来交换季孝坤。

李华容呆怔片刻,几乎喜极而泣,猛地回头去看丈夫,对上的却是季子山暴怒的面容!她心底一凉,马上收了脸上的喜色,可这并不能改变季子山的愤怒。

"这就是你叫媛媛来的目的吗?你简直是混账!"季子山眉目阴狠,看着身边的女人像在看一条毒蛇,"用媛媛换孝坤?你想都不要想!不管女儿还是儿子,我都不会眼睁睁看着他们去死的!"

李华容那丁点儿的心虚也被季子山斩钉截铁的话给冲没了,她眼里迸出泪,恨声道:"别假惺惺了!这么多年你心里只有那个贱人,何时有过我们母子?你敢说,如果现在被关在里面的是夏媛宸,你还能硬挺着不交出科研成果?无非是你心里没有那个儿子罢了!可是老天有眼啊,哈哈哈!你心尖上的孩子偏偏是私生的,还是个丫头,百年后给你送不了终,继承不了家业!如今是绑匪自己要求用夏媛宸去换孝坤的!季家和李家加起来这辈就这一个男丁,假如你不同意,孝坤有个三长两短,你想想怎么跟董事会交代,怎么跟季家、李家交代,怎么对得起祖辈们拼命才攒下的这份家产吧!"

"别以为我不知道,要不是你在中间搞鬼,他们怎么会知道我有个女儿?"季子山目眦欲裂,高扬起手下一瞬就要打她!

"够了。"一声冷淡的话语突兀地出现,原英焕缓缓走到两个人中间,还是少年身条的他在这一众一流家族掌权者、警方高级官员的包围下显得有些赢弱单薄,可是他轻轻挡在了夏媛宸面前,目光平静无波,没有丝毫怯懦躲闪。

"季先生,季太太,还有两家的长辈们,你们真心想用媛宸去换人也好,无心用她去换人也罢，都不必当着我们吆五喝六故作大戏了，因为不论怎样，我都不会答应的。季家祖辈的荣光媛宸没有沾过，打从我第一次见到她起，她就很努力地靠自己的双手在生活，既然这样，季家的灾难也不该属于她，她跟你们没一丝一毫的关系。"他的视线慢慢转过在场每一个道貌岸然的人，眸底带着深深的讽刺。

李氏的一位董事先沉不住气，怒道："哪里来的野小子，这儿有你说话的份儿吗？夏媛宸是季家的子孙，再怎么也轮不到你管！"

原英焕望了他一眼，眼神冷漠又带点儿微妙的鄙夷，低头轻轻笑了一下，掀起眼皮道："真是不好意思，忘了自我介绍了，我是清远原家下一任继承人——原英焕，而这位，就是未来的原家夫人。"他回头，面向夏媛宸，后背挺直，当着所有人的面，从脖间取下一条项链，吊坠上挂着独特的一个"Y"字金属字母，说不清是什么材质的，可一瞧就觉得古朴厚重，并非平常玩意儿。就这么低头凝视手心里的东西片刻，忽然抬手，将它挂在了媛宸的脖子上，而后，他牵住媛宸的手，再次转过身，面沉如水，目视着周围愣住的所有人。

李氏董事下意识看向付叔的方向，付叔的脸色也极为难看，微微点头。这样一来，季家长辈和李家的亲戚倒真觉得棘手了。

本来，把季子山宠爱夏媛宸的消息透出去，把夏媛宸接回来，只要绑匪主张换人，季子山没有理由坚持要私生女也不肯要儿子，只要他们一起施压，季子山最终必然妥协，至于夏媛宸愿不愿意，就根本由不得她了。可现在，半路居然杀出一个原英焕！

在场人没几个经常跟原家打交道的，但原英焕是谁几乎无人不知。南方龙头，清远原家，无论是谁都得给三分脸面的人家。原英焕今天当着无数商界人士、媒体、警察，将原家信物交给夏媛宸，声称她就是未来的原夫人，他们还能仗着长辈的派头，仗着势大，逼夏媛宸进去换人吗？只要他们今天这么干了，第二天就得天下大乱！南边和北边就得打起来！可如果他们不逼，夏媛宸肯进去吗？可能进去吗？谁活够了找死往武装分子窝里钻？

看李家那位长辈面露惊疑，好像有退缩的意思，李华容眼睛通红噙着泪扑过去，紧紧抓住他的胳膊道："大伯！大伯！你得做主啊！你要眼瞧着孝坤死在里头吗？"

"这……他们毕竟是季家的孩子，还得要子山说话啊……"李家董事干咳两声道。

李华容恨恨松手，猛地回头瞪向季子山道："季子山，我问你，你到底肯不肯让媛宸进去换人？"

"要换，你自己进去换。"季子山面容淡漠，众目睽睽之下道，显然一点儿面子都不给妻子留。

"好——"李华容身体颤抖着,眼里含着泪,用力仰头忍了忍,又问,"那你肯不肯交出科研结果,让绑匪放人?"

季子山的眼神骤然一寒,不动声色地往政府专门派来坐镇的要员那里扫了一眼,随即肃容道:"这是我国的最新研究成果,事关国家未来,怎么能轻易给出去?何况你以为绑匪得到想要的了,还会留着孝坤的命?你还是冷静一下吧,一切都交给警察。"

"好……好……好!"李华容的声音哆嗦,连说了三个好,突然疯了一样就要扑过去掐他!

"都别吵了。"夏媛宸闭了闭眼道。

可是,周围闹哄哄的,没有人停下,只有原英焕的手轻轻一颤,缓缓回头看向她。

夏媛宸静静地与他对视着……那一瞬,仿佛只过了极短的时间,又好像已走过了漫长得不可企及的黄金流年。

他想留,她却不得不走。

"我说!都别吵了!"她终于再次开口,却是骤然拔高了声音,然后,闭了闭眼,松开了他的手。

一片安静中,媛宸一步一步往前,终于来到了最前方,手缓缓抚摸着拉起的黄色警戒线,眼神冷凝地望着不远处房门紧闭,一片漆黑的小楼。她什么都看不到,听不到,但是她能感觉到,孝坤还活着,他在等着她救他。

"我去。"她低下头,仿佛叹息,回转过脸对已经震惊了的人们道,"麻烦各位警官做准备,护送我进去换人。请你们一定要确保我弟弟的安全。"

无人应声,众人面面相觑,只觉不可思议。

夏媛宸似乎也没有解释的打算,径自走到这里的警局最高指挥官方警长面前,语气平静:"带他出来,危急时刻……就算牺牲我也要保住他。"

方警长张了张嘴,下意识看向季子山的方向。

季子山的眼眶红了:"媛媛……我对不起你。"

夏媛宸扯扯嘴角,脸上却没有多少笑意,淡淡道:"你不用这样,我并不是为了你。"

季子山没再说什么,而是走向前定定地望着方警长,突然鞠了个躬,沉声道:"我要我的两个孩子都活着,请您务必做到。"

他实在没有其他选择了,孝坤在里面已经困了八个小时,事情毫无转机,强行突破只会逼得匪徒撕票,只有借着进去换人的契机,才有可能将两个孩子都带回来。假如易地而处,现在陷在里面的是媛宸,他也只能叫孝坤去里面冒险。只是比起从小养在身边

的儿子，他对女儿有更多歉疚……

方警长看明白他眼底闪烁的含义，点点头，拍拍他的肩膀低声道："您放心，我们会尽全力的。"说着，示意警员过来给媛宸穿防弹衣，并讲解发生枪击或者爆炸后该如何紧急自护，失血过多时要怎么处理。

纪秀芝被这急转直下的变故弄得措手不及，突然踩着高跟鞋冲进了人群中央，一把推开那个警员，扯住夏媛宸的手，将她拉到自己的面前，柳眉倒竖，气急败坏道："你……你给我等等！你是不是脑子坏了？真要进去换你所谓的弟弟？你可别忘了，这么多年他在季家安享富贵，你在外面颠沛流离，这会儿你还要替他去死？受虐综合征了吧？"

"跟你没关系。"夏媛宸的表情冷凝，抽回自己的手，低头扣起防弹衣的纽带，眼底没有一丝波动，仿佛在看着自己的目标，终点，她的宿命。

原英焕慢慢地走了过来，走到她的身侧，目光落在地上，没看她："媛宸啊……我不知道一个弟弟对你来说意味着什么，也不清楚你们有多深厚的情谊，但是我请你——请你别这么轻易地放弃自己。想想，你的妈妈该多伤心，还有我……在我刚刚想为你做点儿什么，能为你做点儿什么的时候，你就要走了吗？"

他的话到最后，已经带上了难以言喻的颤音。

夏媛宸转过脸，就见这个从来藐视一切也不惧怕一切的男孩，正微微发抖。

媛宸不知道该怎么劝慰，从何劝慰，在她选择冒险去救孝坤的时候，就注定要让他伤心了。

其实以前她觉得原英焕对自己的感情，更多的像孩子见到心爱玩具的霸占夺取欲，并不一定有多深情厚谊。

可是在今天，她真遇到危难的时候，她发现自己的想法或许狭隘了，偏见了——他挺身而出，不顾自家可能会引起的巨大风暴，当着这么多人的面许以她原家信物，这个十八岁的少年毅然决然地用祖荫为她撑起一把保护伞，想让她免于外界的一切伤害。那一刻，她从他总是骄傲自负不可一世的外表下，看到了一颗晶莹剔透的赤子之心，可惜，她注定辜负。

她十四岁离开季家，与季孝坤又是同父异母的姐弟，没人会那么天真地期望他们长者慈、幼者孝，就连夏媛宸自己都觉得他俩应该水火不容。可仿佛老天跟她开了个玩笑。孝坤自生下来起就与她十分投缘，不，准确来说是单方面地看她极为顺眼。打从在洗三礼，他懵懵懂懂朝她伸出手，好像就注定了两个人纠缠的命运。

她不停地赶他，骂他，想让那个小跟屁虫离自己远点儿，再远点儿。而她的继母，

季孝坤的亲生母亲更是数次狠心罚跪、抽篾条、破口大骂,叫他别搭理自己这个名不正言不顺的姐姐。但是没用,那个小小的男孩心意坚定,从步履蹒跚的婴儿学步、咿咿呀呀,到幼小稚童的跌跌撞撞,第一次开口叫她姐姐,再到最后,终于长成了十多岁骑着自行车嘻嘻哈哈的少年,始终都追随着姐姐。

那时,她不肯坐车上学,他就也不坐,恶作剧一样贴在她旁边,往她车筐里丢着牛奶、蛋糕。他臭屁地说在练飞镖准头,可每天早上的"飞镖"花样翻新、种类繁多得让人目不暇接。小笼包、吐司、三明治、香槟……

那么多年了,一回头,他总在她身后,就这么慢慢长大了,而她的心早已在不知不觉间软化,只是自己不肯承认。

转折的契机发生在她十四岁生日那天,许是父亲为了弥补她这么多年来一直被藏在幕后的委屈,于是在这一年生日时为她准备了一份惊喜——他包下了半山别墅区的一大片度假村,为她开庆祝party(聚会),季家和李家的不少人都到了,很热闹,季子山大概认为她应该开心的,可他不明白,这样的场合带给她的只有无穷的尴尬——作为一个生母身份讳莫如深的孩子,一个不被自己母家承认的孩子,参加一场充斥着继母亲属的生日宴。

衣香鬓影、喧嚣繁华间她闪身离去,独自往偏僻山林中走去,那时她就想躲一会儿,不料一脚踩空天旋地转。

从半山一直滚到山脚下,一路上自己都不记得撞到了多少树干、石头,脆弱的身体散架般地疼,四肢好像都不是自己的了。

救护车一路鸣响开到医院,因为过于疼痛,她竟然没有昏迷过去,始终还有些意识,眼角不断流出泪水,模糊的记忆里,一直有一双青涩中又带着少年坚硬的手哆嗦着为她擦去眼泪,他说:"别怕啊,夏媛宸,你不会死的。"

那声音里也含着泪……

急速前行的担架骤然停下,她仿佛到了急诊室外,有穿着白大褂的医生在喊:"呼叫血库!快去准备1000毫升的血!血浆一到就手术!"

然后,是男孩扯着嗓子的嘶吼声:"找什么血库!我就是她的血库!快救人!给我救人!"

那个笨蛋,不知道血型也要配对的吗……躺在担架上半死不活浑身上下都是伤口的夏媛宸,却在此刻,露出了生日当天的第一个笑容。她从不相信血缘是什么无法割舍的纽带,可她知道,自季孝坤之后,那栋冷冰冰的大房子里再不会有一个人那样傻,捧着一颗热乎乎的心,只为救她,不惜一切代价。

Chapter 16 这次是我先到
第十六章

在一个年幼孩子的生命中,亲情到底占了多少分量?夏媛宸自己也讲不清楚。但她永远无法忘记,在自己阴郁的幼年岁月里,那个小男孩是当时唯一的一抹亮色。就凭这一点,她就绝不会在危难时弃他不顾。

夏媛宸深吸一口气,在警员的陪同下一步一步走了进去,踏着散落一地的落日余晖。

在她身后,是原英焕被日光拉得长长的影子,只一个,孤单而寂寞。

第十七章
幸福的方向

狭窄阴暗的楼梯，每一级都极陡峭，媛宸在两名身穿迷彩服警员的陪同下，小心翼翼地上楼，那两个人是特勤队的精英，抓过毒枭，打过恐怖分子，都是以一当十的好手。在队伍中他们没有名字，媛宸只听那位警长管年纪大一点儿的叫痦子七，小一点儿的叫痦子八。

此时痦子七走在最后警戒，一面后背紧贴着墙面往上行，一面目光警惕地朝周围打量，嘴里还不忘对媛宸低声嘱咐："待会儿说话注意语气，千万不要激怒他们。记住，我们的目标不是拿你换季公子，而是借着这个机会捞出他。"

"对啊，所以你可别傻乎乎不听我们指挥自投罗网往前跑，别叫我们带不回另一个还白搭进去一个，懂吗？"痦子八吊儿郎当地在前头说，还顺便吹了声口哨儿。

痦子七的眼睛跟尖刀一样扫过去，痦子八只感觉脖颈儿刮过一阵凉风，忍不住缩缩脑袋老实闭了嘴。

一到六楼入口的位置，他们便被两个手持重机枪的匪徒喝住。那是两个白人，连头套都没有戴，目光冷酷毫无波澜，一只眼瞄准着星头，下巴微微晃动，示意他们脱掉外套，除去武器。

痦子七的目光在视线范围内稍稍一扫，随即收敛锋芒，率先举起手来，缓缓开始脱外套。这里根本看不到季公子，连他是否在里面也无法确定，不能动手。痦子八犹豫了一瞬，随即收到师兄眸带厉色的一瞥，终于也慢慢蹲下，放下随身的手枪。绑匪们这才微微垂下冲锋枪，冷漠道："Go（走）！"

夏媛宸走在中间，老七和老八一左一右护着她，往里走了十几米，又经过了两道铁门，小隐约听到说话的声音，老八这时才由得暗自庆幸，幸亏刚才按照七哥的意思暂时没动手，否则他们离那么远开了枪，打草惊蛇，就是再飞过来都赶不及了。

那是一间二十多平方米的空旷屋子，石灰地面，墙面上残留着斑驳的白漆，一个一平方米的窗是这里唯一的光源，没有安窗户。外面的光线透进来，照着屋内影影绰绰的细小灰尘，夏媛宸就是在这种情况下与季孝坤猛然相见的。

距离上次正经看到他已经两年多了。他又长高了一些，眉宇间又成熟些，以前圆圆的脸盘儿被拉长了，中和了那种邻家男孩的可爱气质，他变得有点儿像一个大企业的继承者了。此时他望着她，目光冷静，就像在看一个陌生人。

"你不是不理我了吗？现在为什么又来？"

夏媛宸苦笑，她确实已躲了他很久。当年她受伤入院，刚刚伤愈就马上同父亲告别。她其实早就对在季家的日子感到厌烦了，母亲借着她的关系，一直跟父亲藕断丝连，即使李华容不在意，她也觉得羞耻。而在她住院期间，母亲更三番五次与父亲同时

第十七章

公开出现在医院，大有走到明面的势头。她那时想，不能再这么下去了，还是走吧，顺便，也算给孝坤送上一份大礼，全了这场姐弟情谊。

在她眼中，季孝坤太天真，太重视亲情了，他简直不该生在这样的大家族中。如果他们是普通人家的一对普通姐弟，一定能相互扶持，开开心心地走过一生。偏偏老天爱戏耍人，让他们在这样古怪的关系里，不对立都不行。十三岁的孝坤还太幼稚，一厢情愿地只当自己是姐姐，却忘了她更是季子山的长女，季氏企业的第二继承人。可夏媛宸不敢忘。

她不愿见到姐弟反目的一天，也对争夺季家家产没什么兴趣，她就想清清白白做人。于是，就那么走了。至于季孝坤会不会想念自己，她并不担心，男孩子嘛，长大了朋友多了，总会淡忘自己的。

但是没有。

寒暑假、周末、国家法定节假日……各种学校可能放假的时间，她在打工，一抬头，总会在大树后、铁栅栏后、玩偶后，看到一张熟悉的脸。可能知道她不愿见他，他也不强求，只是这么偷偷来瞧瞧她，然后，不断地给她转钱。

5月6日 收入5000元，转账人季孝坤，留言：优秀干部的奖学金，不是家里的钱，你拿去用，不要上夜班了。

10月20日 收入3000元，转账人季孝坤，留言：青年科技进步奖三等奖，去商场买件冬装，去年的旧了。

1月28日 收入8000元，转账人季孝坤，留言：拼模型卖给同学得的钱，过年带阿姨去泡泡温泉吧。

……

无论她换多少账户，他的钱依旧如影随形。在她高一上半学期结束，开完学校大会的那天，她终于忍不住，跑到一辆熟悉的车子旁敲敲窗户，忍着薄怒道："你下来，我们谈谈。"

车窗缓缓降下，季孝坤看了她一眼，又垂下眸子。

在精英学校对面的咖啡馆里，两个人相对而坐，媛宸瞪了他一会儿，他始终安安静静地吃着蛋糕，毫无反应。

她叹了口气，搅了搅咖啡道："孝坤，你不要再给我打钱了行吗？"

"不行。"连为什么都不问，直接一句话堵回来。

媛宸头痛地按按太阳穴："我能自己过好生活，你真以为可以照看我一辈子吗？"

"什么叫过好生活？"季孝坤捏着叉子的手一紧，抬起眼道，"每天中午去食堂端

盘子算好生活？大晚上还得绣十字绣算好生活？夏媛宸，我在家里锦衣玉食，你每天为第二天的饭忙碌，你以为我睡得着觉？假如我们换个身份，换个位置，是我每日三餐没有着落，你能眼睁睁看着不管吗？"

"我能。"夏媛宸面容沉静，直视着他的眼睛道。

季孝坤与她对视片刻，突地嗤笑一声，迅速别过头道："你胡说。要是你能，我六岁掉进池塘，你就不会拼死都拉着我不放；要是你能，我十岁那年跑去野营，忽然出痘连司机都不肯载我，你就不会大半夜背着我下山哭着给家里打电话。夏媛宸，你总说你讨厌我，可你知道这么多年来你有多少次机会可以永远见不到我吗？只要你漠视我，不管我，不需要做太多，我就可以消失在你眼前，消失在这个世界上了。"他渐渐回过脸来，认真地，一字一句道，眼圈不知何时红了。

夏媛宸的眸底也隐约溢出泪水，她深吸一口气，又强压下了，道："是啊，那时年纪小，不懂事。"

"年纪小，不懂事？"季孝坤气极反笑。

"对。"夏媛宸冷硬下心肠，坦然道，"那时只觉得你毕竟是我弟弟，该照顾你些，可没想过咱俩不是一个妈生的，我们的存在对彼此来说都是隐患，不是吗？没有我，季家将来就是你的一言堂。而没有你，我也同样——"

她的话停了，没再说下去。

"你的意思是，长大了，我们就是敌人了吗？"他的嗓子里像堵了什么，声音沙哑。

夏媛宸的目光波纹不动，无声地望着他。

"以后即使我有事，你也不会管了吗？"

夏媛宸扯出一丝嘲讽的笑，依旧不语。

"好吧，我懂了。"许久之后，季孝坤终于点点头，起身走了。

彼时，她假意伤害，他并不捅破。

而今，他们中一人有难，另一人不远千山万水，不惜以身犯险而来。

他的眼睛红着，鼻腔里带着湿气的声音："你不是不理我了吗？现在为什么又来？"

她轻轻笑了，却是叹息："吃苦头了吧？"

"跟你没关系，你说过，就算我有事你也不会管的。"季孝坤的双手被反剪着，脸上左一道黑，右一道鲜红的伤口，居然还有心情发脾气。

夏媛宸定定地望了他一会儿，耸耸肩道："就当我骗你好了，反正从小到大，我骗

Chapter 17 幸福的方向
第十七章

你那么多回,也不差这一次。"她收了脸上轻松的神色,不顾老七老八拼命使眼色,没有跟他们商量任何事,就这么一步一步朝前走,目光平静安然,"弟弟,你过来。"

押着季孝坤的两个绑匪对视一眼,微微松开对他的桎梏,推搡着他也要往前去。

季孝坤却硬生生停在那儿不动,唇角一弯,笑了,眼神里透着刻骨的温柔和眷恋:"你想代我死吗?"那种黏稠的情感简直叫人觉得头皮发麻,不像一个弟弟看一个姐姐的样子。

可当时的情况容不得夏媛宸多想,她看着他的表情只觉得心头狂跳,脚下的步子不由得加快:"你……你别犯傻。"

"我不傻,是你傻。"他低低地吐了口气,"你死了,我以后的日子可怎么活。"

这句话他说得很慢,在"怎么"二字刚出口,"活"字还未来得及讲的刹那,夏媛宸的瞳孔骤然紧缩,脸上闪过一抹痛色,整个人朝后倒仰过去!

季孝坤竟然一脚踹到了她的腹部,狠狠地用从未有过的凶悍力道一脚将她蹬到了紧跟其后的老八怀里,而他自己则借着这一踢的力道,猛一个后空翻飞上了窗户!

他打从被绑架就一副柔弱公子哥儿的样子,好像连挣扎的力气都没有,谁都没想到他会突然来这一招!

如今猛一使力,他飞身上了窗户,夏媛宸则被踢进了对方保镖的怀中,那两个绑匪一时犹豫竟不知该先去抓谁了!

而季孝坤也没再给他们思考的时间,他在窗户那里停住,一手扒着墙,一手摇摇地指着外面自由的空气,笑容如秋叶般灿烂华美,但也只预备开这一季:"夏媛宸,好好活着!"说完,他整个人向后躺倒,如一只断线风筝般,从六楼飞落而下!痦子七目光骤变,鹰鸦一样的五指闪电般伸出,狠狠抓住他的手腕想拽起他,却也被他拉了下去!

"砰——"下面隐隐传来一声闷响。

莫将深情轻辜负,不若以死祭奠之。

……

"不!啊!"夏媛宸呆立了两秒钟,突然疯了一般尖叫出声,那一刻,刺骨的冷意裹着冰碴子疯狂席卷到身体的每一寸!她觉得自己的脑子都要炸开了,眼前仿佛爆出一簇刺目的白光,整个世界都被扭曲撕裂!季孝坤的笑,季孝坤的话,季孝坤跳楼……眼前的一切像是一场噩梦,又像造物主怀揣最大的恶意设下的修罗道场。

从六楼倒仰着下去还能活吗?

还……有可能吗……

"孝坤!孝坤!"她的喉咙里爆出破裂的声音,像从胸腔最深处发出的哭泣,整个

身体前倾，五指痉挛一般徒劳地在虚空中抓了几把。老八同样目光含泪，拦腰抱住她，朝后喊了一声："快走！"然后掏出军刺，以必杀之意袭击最近的人。

同时，那些失去一名人质的绑匪也疯了般朝老八开枪，势要留下夏媛宸这个最后的人质。

小楼里的枪声、喊声响作一团，真正的火拼肉搏战已经开始了！

而上面那些人完全没想到，季孝坤这次真是命大，当他的身形才影影绰绰出现在窗口，现场警察便冒险让人抬进了气垫，堪堪接住了落下的他和老七。痞子七将他保护得很好，不过因高度过高，季孝坤还是出现了短暂的晕厥，李家的人一看到担架被警察护卫着送出来就呼啦一下围上去了，可季孝坤微微睁开眼后，艰难地将手伸向远处的父亲。

季子山正着急媛宸的情况，但奈何儿子医院都不肯去执意要见他，没办法，只好对警察稍稍示意后，快步跑了过来，就见儿子的嘴唇嗫嚅了几下，却听不清他在说什么，他弯下腰，耳朵贴上前，这次终于听清了他的话。季孝坤说："夏媛宸……救她……她如果……我不会原谅你……"

特警队带了不少重武器，却被小楼高处的密集火力压制，无法大规模硬攻进入。原英焕盯着里面眸子血红，一把扯过个警察，怒吼："你们没枪吗？还击啊！"

警察在忙乱中狠狠推开他，大喊："就那个破厂子，真跟他们对着开火没一会儿就得塌！到时候里面的人一个也活不了！"

原英焕的手一颤，呆呆地松开。

仿佛要验证他们预言的最糟糕的结果一般，不知道谁射中了工厂残留的汽油桶，只听"轰"的一声，火焰冲天！大火从工厂西北角迅速往中间小楼烧去！火借着风势，风助着火焰，眨眼之间面前就变成了一片火海！漆黑的夜瞬间犹如白昼！

方警长急了，嗓子沙哑地吼："快通知消防！救火！救火！"

"打电话，叫消防！"

……

嘈杂的声音，迅速跑动的人，好像都被隔离到另一个世界，原英焕却觉得自己周围莫名地安静了下来。他僵立在原地，如同被风化了似的，眸底映出一片火光，身上一阵冷一阵热，眼前仿佛出现了扭曲的幻象。他感觉自己看到了夏媛宸在挣扎着向他求救，正痛得无助哭喊，被烈火焚身逃脱不得……突然，他撞碎了那无形的隔阂，回到了现实！他猛地冲向旁边的水桶，舀起两盆水，把自己从头到脚浇湿了，两名原家保镖一惊，疾步上前："少爷，您——"

原英焕连头都没回，眼睛死死地盯着前方，咬肌抖动，从齿缝里挤出一句话："想

Chapter 17 幸福的方向

第十七章

办法,带我潜进去。"

他看上去已经没有理智了,似乎他们不答应也没什么,他自己也要去。两个人对视一眼,别无选择,狠狠心一齐道:"是,少爷!"

"原英焕,你疯了吧!"纪秀芝跑过来,踩着高跟鞋脚下跟跄了一下,干脆将鞋踢开,使劲儿扯住他的胳膊,眼圈也是红的,厉声喊道:"夏媛宸陷在里面还不够吗?你也要进去送死?"

"跟你没关系。"原英焕的面容有些狰狞,用力扒下她的手,大步朝警戒线内走去,"大不了和她死在一起。"

纪秀芝站在那儿,看着六楼不时爆出的枪弹火光,看着原英焕义无反顾地消失在火海中的背影,她没有办法,她阻止不了任何人,也改变不了任何事。一股从未有过的无助伴着凉意从手指尖一直冲上头顶,然后又化成了冰凉的泪珠……她怔怔地看着,怔怔地落泪,终于,低下头,颤抖着掏出手机,拨通了父亲的电话。

"喂,爸,你快过来吧……夏媛宸和原英焕快不行了……"

对面仿佛传来什么急切的询问,纪秀芝捏住手机的指尖却骤然一紧,情绪失控地大吼:"不知道!不知道!我也不知道为什么!我就知道他们要被烧死了,要被打死了!"她狠狠地将手机扔到地上,双膝一软跪倒在地,对着面前汹涌的火海号啕大哭!什么风度,什么礼仪,通通见鬼去吧。

"神经病……你们两个神经病!"

彼时多少嬉笑怒骂只叹轻狂年少,而今相顾无言唯愿对方现世安好。

你们俩别死……

你们再出来跟我吵吵架好不好……

时间退回到两个小时以前,尚国正处在天色将暗未暗的时候,李钟敏被父亲关在大宅里已经好多天了,所有通信设备被没收,大门也给反锁了,每天只有在饭点会进来一位沉默的婆婆,佝偻着身体,放下饭菜便离开了。

他的房间在花园深处,从窗户往外看,只能见到茂密的林子,真真正正与世隔绝。若是普通二十来岁的男孩子,这样被闷几天恐怕早就情绪失控,大喊大叫起来。然而李钟敏自小生活环境特殊,心性毅力非常人可及,父亲要这样关着他,他竟然也忍得住,愣是这么多天没说过话,只是心中郁闷难当。

他开了一瓶酒,一杯又一杯地灌自己,直喝到微醺,仰倒在沙发上,迷迷糊糊地想着夏媛宸现在在做什么。原英焕那个臭小子会不会趁自己不在又去献殷勤了?父亲到底

还要关自己多久才能谅解,才能同意他和夏嫒宸在一起……就这么琢磨着,竟然昏昏沉沉睡着了。

梦里,一片炙焰,仿佛被困在火山顶上。李钟敏的喉咙都要冒烟了,艰难地在废墟中爬行,他不知道自己为什么会在这里。

"有没有人啊……"他听到自己沙哑着嗓音在喊,可是举目四望,只有四散的燎烟,焦黄的土地。

"砰"地一下,在火焰最深处突然爆出一声巨响!李钟敏感觉自己整个人都被那下爆破给弹飞了!凌空飞跃数米,然后轰然落地,浑身骨头如同散架了一样疼!模糊的视线里忽然出现了一个影影绰绰的人影儿,夏嫒宸就在那爆炸的中心点,因疼痛在抽搐,五指痉挛一样在朝他拼命伸着:"救我——钟敏,救我——"

"夏嫒宸……"他也努力地朝她伸手,他想拉她出火海!可是不管怎么用力都够不到她!

"来——来啊!快救火!救火啊!"泪水不知不觉流了满脸,他哭着吼着她的名字,最终,看着她一点点消失在火海。

……

漆黑的房间里,李钟敏猛然坐起,双目圆睁,脸色苍白,满头冷汗。他大口大口喘着气,眼睛失神,有些迟钝地扫视着周围,一时不知今夕是何年。

周围很安静,没有任何人在呼救,只隐约听到窗外的风声虫鸣;空气里也没有丝毫烟熏的呛鼻气味,只有淡淡的花草清香。刚才的一切,都只是一场梦。

梦……李钟敏的双眸陡然收紧!双手一撑,整个人几乎从床上凌空跃起!他狂奔到实木的深棕色门扇旁,疯了似的用力凿门,大吼:"快开门!放我出去!夏嫒宸出事了!快让我出去!"

他的梦从来不是虚无缥缈的幻象!而是预言,是未来!几个小时后,夏嫒宸那里会爆发一场震惊全国的特大事故!而在那场熊熊烈焰里,夏嫒宸将永远闭上眼睛……

李钟敏的手在颤抖,近乎凶狠地捶门,他感觉有一只无形的手已经扼住了他的咽喉,收得越来越紧,越来越紧——他在跟生命抢时间!

"怎么了?怎么了?"外面传来了匆匆的脚步声,是那位总助江承翰的声音,"少爷,您喊什么?"

"给我开门!混账!开门!"他顾不得解释,只是大吼。

"你们,快叫人开锁!刘嫂,打电话叫医生,还有问问委员长在哪里,马上请他回来!"

第十七章

李钟敏放下手,胸膛剧烈起伏着,眼睛死死地盯着门,努力平复自己的呼吸。

大约一分钟后,厚重的实木门扇被拉开,李钟敏一把推开,大步跨出,目光凶狠得像狼,厉声吩咐:"给我call麦克,不管他现在在做什么,马上去给我找夏媛宸,找到她就地妥善安置!如果已经没办法带走她——就去找消防局,找警察!动用一切可用资源,务必保护好她!"

"少爷,您冷静点儿……"江承翰生生被吓出一头冷汗!恨不得伸手捂住他的嘴让他别说了。旁人可能听不懂李钟敏在胡言乱语些什么,但作为江承赫的哥哥,他对这位李家大少的情况知晓一二——这是李家的大秘密,李家大少如神如魔,能预言未来道破天机,或者更准确地讲,他根本是个灾难播报器。只要是他讲出的祸患就必然会发生。总之,是个不祥之人……

"少爷,您是想要整个宅子里的人都听到吗?"江承翰咬牙喝道,手下一个用力将他逼退到墙角。

眼前人那副如临大敌的忌惮模样与父亲何其相似,真不愧是爸爸的心腹啊……李钟敏心中冷笑,道:"不做事,就让开。"说罢,将江承翰狠狠一推,自己大步走到放置着座机的攒花实木吧台旁,迅速转动起电话号码。

"嘟嘟——Hello(喂)?"电话很快接通,传来麦克轻松的招呼声。

"夏媛宸在哪里?"李钟敏没时间跟他废话,直接问道。

麦克被他阴沉沉的语调吓了一跳,磕磕巴巴道:"应该快放学了吧?少爷,您等等,我打给他们学校确认一下。"

那边传来他小声吩咐保镖拨打学校电话的声音,李钟敏的胸膛起伏着,捏紧电话,强自忍耐着等待。

大约一分钟后,麦克再次回来,隔着电话都能听出他目前如丧考妣的样子:"少爷,您冷静点儿,听我说,媛宸小姐估计出事了,她……她被季家接走了,好像要去救她被绑架的弟弟……"

果然——李钟敏的呼吸一停,眼睛骤然变得血红,手背上的青筋都暴出来了。

麦克听着对面传来的粗重的呼吸声,只觉得自己的心跳都不正常了,"少爷,我真的没想到啊,您先别生气行吗?我马上就去找她!我保证把她安全带回清远!"他哭丧着脸道。

"来不及了。"李钟敏的嗓音沙哑,沉默了一会儿,才又道,"听我说,你现在马上联系消防处,告诉他们一个多小时后郊区会有一场大爆炸,让他们提前做好准备。然后,尽快确定夏媛宸的位置——"

"嘟嘟！嘟嘟！"

电话忽然被切断，李钟敏一愣，"咻"地去看听筒，下一瞬，动作慢慢停住，他的视线落到按着电话的一只手上，那只手的主人明显上了年纪，有些褶皱，但暴起的筋骨显示着其中蕴含的力量——是李鸿崇，他的父亲。

"妖孽，我早就知道，你跟你母亲都是妖孽，"李鸿崇死死地盯着他，声音缓慢，眼神阴寒得惊人，"我怎么生出你这样的怪物……"

已经不止一次听到下人在底下如此议论自己，不止一次见到过李氏族人忌惮反感的眼光，但这还是头一回，他亲耳听到自己的父亲对他表示出如此深刻的憎恶——甚至，这份憎恶还包括他的妈妈，这个男人的妻子。

心慢慢凉了，竟然没有多少愤怒，大约是早就想到了吧。李钟敏扯扯嘴角，想笑一下的，但眼泪莫名其妙就冒了出来。他闭了闭眼，长长地吐了一口气："爸爸，终于说出心里话了，那么您想不想听听我的心里话？"他问那个最熟悉也是最陌生的男人。

李鸿崇沉默着，目光冷冷的，一言不发。

李钟敏睁开眼，远远地望向窗外，那已渐渐昏暗下来的天，晚霞铺满了茂密的枝丫。他的母亲本来就不该生活在这么一个四方框子里看外面的天的，他的妈妈，那么美丽的姑娘——被奉为苗疆的仙朵拉，翻译为汉语就是被上天宠爱的女儿。

仙朵拉熟知草药医理，会观测天象，更神奇的是她能预言风雨，提前感知地震、火山爆发等自然现象，她带领自己的族人一次次避过灾祸，被远近村子里的村民视若神明。并且，她很美，美得不像凡人。

就是这样一个奇女子，却爱上了不该爱的男人。苗疆遥远山林里的草木精灵和尚国第一财务委员长的继任人选，一对听起来就注定会悲剧的组合。这样两个人想要在一起，总要有一方做出牺牲。李鸿崇面对那个惊为天人的女子，许下了无数美好的诺言，当纯真的仙朵拉羞涩地将手交给他，就决定了自己一生的命运。

尚国等级森严，崇尚男权，崇尚特权，以仙朵拉的身份地位，想当他名正言顺的夫人几乎不可能。但是因为那时的李鸿崇还没正式婚配，仙朵拉又先在李宅诞下长子，如无意外，她应该可以在李鸿崇身边安安稳稳地度过余生了，只不过，她不快乐。

她知道这里是和自己生活的地方完全不一样的世界，这些人相信武器，相信火药，忌惮鬼神。聪明的仙朵拉隐藏了自己，让自己变成一个普通的美貌女人，甚至连她的丈夫都不清楚她竟有"定人祸福"的本事。

直到有一天夜里，仙朵拉从噩梦中惊醒，大哭着坐起身来，紧紧抱着被子不停地颤抖。她梦到太可怕的画面，明天早上，她的丈夫就会因汽车刹车失灵被撞死在一个弯道

第十七章

间。这个场景是如此清晰,她甚至感觉自己当时已经碰触到了他头上温热的血液。她知道那是真的,那是那个男人的未来。

她想去告诉他,可此刻,那个男人正在另一位女人,他名正言顺的妻子的床上。没错,当时李鸿崇已经结婚了,也是在同年他顺利坐上了委员长的位置。

仙朵拉没有考虑多久,作为一个从与世无争的地方来的姑娘,她的心里甚至不存在嫉妒,不会有顾及自己的利益这种自私的想法。她赤裸着脚跳下床,在深夜奔出小楼,走向自己几乎从未踏足过的前院。

作为一个受宠的小太太,她直到正房门外才被拦下,仙朵拉没办法,只好对着里面大喊:"阿卡!阿卡!你快点儿出来!我有很重要的事要找你!"

阿卡,是他们族语里爱人的意思。

李鸿崇的夫人家世显赫,虽然父母早亡,却有一个位列本国副总统的叔叔。她有着上流社会女子特有的矜持和冷傲,被吵醒了只是慢慢坐起来,眼神微凉地望着身边的男人,用尚语道:"看来,那位美丽的姑娘想你了,还有一个小时,你要不要去她那里休息一会儿?"这话简直就是赤裸裸地说仙朵拉在邀宠了。而假如他这会儿真出去了,那算什么?为了男女之欲不顾正妻体面,不顾下人眼光的粗汉?

李鸿崇面露烦躁地撑起身体,对门外斥责道:"大半夜闹什么!把她给我拖回去!"

"是!"保镖们齐齐一声喊,接着就动手去拽人。

"不!我不走!阿卡!"仙朵拉哭了,拼命挣扎,手不断试图去够电话凳、柱子之类的东西维持身体平衡,可还是被越拽越远。

外面噼里啪啦的声音闹哄哄响成一片,李鸿崇觉得自己威严扫地,一拳砸在床上道:"打晕了带走!"

"你快死了!车祸!三个小时后的车祸!"仙朵拉再不敢犹豫,哭着喊出声,当着所有人。

"……"

久久的沉寂后,那扇紧闭的门终于打开,李鸿崇穿着一袭银灰色的丝绸睡衣走出来,面色阴沉地问:"你说什么?"

主卧里的会客厅,李鸿崇、李太太以及一位被李家深为信赖的谋士安静地听完了仙朵拉的话,互相对视片刻后,都在对方的眼中看到了荒谬和嘲讽。唯有李鸿崇眼底还有些压抑的怒意,因为面前这个女疯子居然是他按照妾妻礼娶回来的。

仙朵拉坐在一个单人沙发里,瑟缩了一下,敏感地察觉对面那些人都不信任自己,

都在厌憎自己。可是她没办法,她必须说下去,那个人是她的丈夫啊。

"求你们相信我好吗……"仙朵拉落泪了,"真的会出车祸的,刹车失灵了。"

"你！"李鸿崇怒极,起身扬手就要打她。

那位谋士慌忙起身拦腰抱住阻止:"委员长,您先冷静点儿,既然这位……这位夫人言之凿凿,我们不妨去验证一下。反正明天出门用的车子就在车库里对不对？咱们查看过了,也好让小夫人安心睡觉。"

这话其实是给李鸿崇和仙朵拉台阶下的,谁都不会认为尚国财务委员长的车子能轻易被人做了手脚。毕竟这些政要都是尚国的命脉,整座院落包括外边的安防检查不知道有多少精英护卫在为他们服务。

李鸿崇狠狠地瞪了仙朵拉一会儿,那个女人双眼含泪,眸底红通通的,瞧着实可怜；再想到还在小楼里的两岁的儿子,那是他的长子啊。怎么办？难道真为了仙朵拉今晚一场疯闹就打死她,或者将她赶走？他还没那么狠心。

最终,李鸿崇唯有缓缓闭上眼,重重地吐了几口气,冷声道:"去看车子。"

李太太见状只是嘲讽地扯扯嘴角,垂下了眼睑,如果她没猜错的话,今天的闹剧大概也就稀里糊涂地结束了。不过她也没指着这一晚的临时事故就能把仙朵拉彻底除掉,反正她平时看着还安分,也不扎眼,日子长着呢,慢慢来就是了。

谋士派了保镖去早已严密围起来的车库,把车子彻底检查了一遍,约莫半个小时后,带回了结果。

"委员长,车子……确实是被做了手脚。"

三个人,同时猛地抬起了头。

李鸿崇是第一个望向仙朵拉的,眼神锋利得像刀子,绝没有什么惊喜的样子。他自己很清楚自家的安保,汽车刹车被破坏这种荒谬的事发生的概率绝对在百分之零点零一以下。有没有那么巧,正好是这样的概率,就被仙朵拉梦到了？比起这么荒谬的事情,他更愿意相信仙朵拉根本是敌方派来的细作,提前知道会有人破坏刹车,可是念及夫妻之情不忍心才在最后关头告诉他。

"你先去处理车子,注意别声张。"他目光深深地盯视着仙朵拉,嘴里的话却是对着谋士说的。

谋士起身离去,屋子里一时安静下来,李太太唇边露出一点儿微妙的笑,也站了起来,两只手轻轻放在自己的小腹上,侧着头问:"要不我也先出去？您和她谈谈？"

"不必了。"那略带讽刺的语气让李鸿崇有些不满,可今晚一场闹剧毕竟是自己理亏,他忍了忍倒也没说什么,只是道,"你派人看着她,我约了国税部的两位理事和苏

第十七章

亚王子进行会谈,已经晚了,现在必须出发了。"

仙朵拉原本一直怯怯躲闪着他的注视,听到他的话却"咻"地抬起了头,紧张地问:"你……你今天还要出去?"

"嗯。"李鸿崇警告地瞥了她一眼,又示意夫人看住仙朵拉,随即弯腰拿起沙发扶手上的外套,似要离去。

"等……等等!"仙朵拉忽然冲过去,抱住他的胳膊,眼睛通红地问,"你还要坐车是不是?还要经过那个弯道是不是?"

她的手在哆嗦,仿佛陷入极大的恐惧里,李鸿崇却分不清此刻这个女人到底是真的疯魔了还是在装疯卖傻,当然他也没有那个时间和精力去分辨。

"你别再胡闹了,车子已经换过了,不会出事了,你老老实实待在这儿等我回来。"他不耐烦地硬拉下她的手,转身就要走。

"不!不!你不能去!"仙朵拉跪在地上,死死抱住他的腿,仰着脸,水波纹似的眼睛里全是泪,呜咽着道,"求求你相信我好吗?你今天不能出去,不能坐车,不能到那个弯道。否则,要发生的必然会发生,我阻止不了,我不知道能怎么办……我不知道!"她的唇哆嗦着,语无伦次,话到最后几乎是喊出来的!

李鸿崇冷冷地盯着她,那眼神已经像在看一个疯子了。

李太太叹了口气,脸上却分明是轻松的神色,出门去叫保镖了。

保镖很快进来,轻松地制服了仙朵拉,倒提着她的胳膊把她带回了小楼,动作粗暴全无一丝对女眷的敬意和谨慎了。而李鸿崇始终沉默地看着,没有阻止。

"委员长,我们得抓紧时间了。"助理走进来,抬起手腕指指表针,轻声道。

李鸿崇点点头,烦躁地压下乱七八糟的思绪,让用人过来帮他梳洗。仙朵拉的事情不着急,不管她背后的人是谁,既然刺杀已经暴露,他就有足够的信心把那个人揪出来。如今最重要的是接下来的会面。苏兰这回竟然派了王储亲自访问尚国,想必是对推进双边贸易有着巨大的诚意,合约签订应该不成问题。相反,自己这边或许才是最大的阻碍。国税部那两位理事并不是自己的心腹,不知道会不会在关键时刻拖自己后腿……

所有仆人无声地退下,李鸿崇对着镜子整理了下领带,镜子里仍然是青年人的面孔,可那双幽深的充满算计的眼睛,已经俨然有了父亲的神采。

"出发。"他深深吸了一口气道,抬脚出门,在他身后,是一串浩浩荡荡的队伍。

仙朵拉扒着窗户,眼见着自己的丈夫一点儿一点儿走出视线,走向死亡,她的心脏像被一只无形的手攥紧了,她拼命想从刚刚封住的钢丝窗中探出头去,可是做不到!她做不到!

"阿卡！阿卡！"女人的哭声伴着撕心裂肺的呼喊在李宅里回荡。

李鸿崇停下脚步，闭了闭眼，额头青筋直跳。

"阿卡！我求你回来！"仙朵拉拼命用手砸着铁窗，不停地去晃动它，凄然绝望的样子宛如即将失去幼崽的母兽。

粗糙的铁锈刺破了仙朵拉娇嫩的皮肉，鲜血汩汩地流下来，仙朵拉的嗓子哑了，眼睛血红。她看着那个男人走到了加长的防弹轿车旁边，跟人低声说着什么，她知道自己阻止不了他，他不会回头了。

要眼睁睁看着他消失在自己的生命中吗？

仙朵拉停下了所有的动作，停下了所有的呼喊，静静地，静静地最后望了望那个男人的身影，唇角渐渐溢出了一点儿微笑，如清晨荷花上的零星露珠般妍美。

李鸿崇似有所感，那一刻，自己都不知道是为什么，竟然慢慢回过了头。然后，下一瞬，鲜血就充斥了他所有的视线。

仙朵拉拿起了一把枪，对准了自己的太阳穴，"砰"的一声——

"仙朵拉！"李鸿崇目眦欲裂，那开枪的一瞬间仿佛被无限拉长，他突然从喉咙深处爆出一声深长的怒吼，肩膀撞开周围所有保镖、助理，大步朝小楼的方向奔去！

耳边是呼呼的风声，不过眨眼的工夫，他就跑到了她的房门外。乌泱泱的人堵在里面，李鸿崇的额头青筋暴起，手扶着膝喘气，一时却不敢再往里走了。

"太太，您怎么这么傻啊……什么天大的事情过不去啊……先生不肯听您的话就算了，您何必这么刚烈啊……"一直照顾着仙朵拉的保姆哭得很伤心，那一声声的呼喊好像就在自己的耳边，又仿佛来自哪个遥远的扭曲时空。

她死了？

是死了吗？

就因为自己不信她？

李鸿崇的手莫名地有点儿抖，这个见惯了杀戮流血的人，一步步走进去，手脚都是凉的。

仙朵拉的眼睛睁着，很无助很放心不下的样子，嘴唇微微张着，仿佛临死前还在重复着那两个字——别走。她的太阳穴处是一个肉眼可见的枪洞，鲜血从那里汩汩流出。这个女人，以这样决绝惨烈的方式想留下他，根本没给自己留下一点儿活路。

李鸿崇闭了闭眼，缓缓单膝跪地，从保姆手里慢慢接过了她，轻柔地抚过她脸上的血滴，那种黏稠的触感让任何人都会觉得非常不舒服，可是他就跟完全没有感知似的，面容平静，眼神凝固。这个女人的身体还是温的。但是很快，就会一点儿一点儿冷掉，

第十七章

在他的怀里。

热带雨林里那个跳舞的精灵再也不会回来了，她再也不会对他笑了。十八岁那年，他遇到的最美丽的那个姑娘，不会再看见了。

他蓦地感到一股由衷的疲惫，像身体里泻出了一股气，心里想着：算了，就这样吧，不管仙朵拉是不是奸细，不管她是不是根本有意耽误他的会谈，他今天都不去了，就当为这个给自己生了儿子的女人尽最后一点儿心意。

他留在家里处理仙朵拉的后事，派助理去通知国税部两位理事和苏兰王子，自家今早有丧事，无法出席晨间会谈了，谨对王子奉上十二分的歉意。

助理轻声答应着，后退两步准备离开，李鸿崇却又突兀地开口叫住他："等……等等。"

他行事向来雷厉风行，很少有这种踌躇不定的时候，助理有些诧异地抬起眼，随即又像觉得冒犯了似的迅速垂下眸。

李鸿崇沉默了一会儿，声音低沉道："你悄悄提醒苏兰王子，最近国内不太平，他如果乘车出行最好多派几辆，并且别坐到预先选定的车子里。"

助理的后背轻轻一震，旋即又恢复了平静，低低地应了一声："是。"然后，快步离去。

四个小时后，尚国拉起了紧急防卫警报，尖锐的鸣笛声响彻整个国家的上空。

李鸿崇没想到他的一念之差非但救了他一命，还挽救了他的仕途生涯。国税部理事和苏兰王子就双边贸易签下协定后，便乘车前往附近的温泉山庄休息。谁都没料到，沿途防守严密的460国道，竟然会冲出三辆平时银行押送钞票的大型防弹车。几辆车完全是以不要命的姿态硬生生撞开了防卫线！从左、中、右三个方向轰然顶上苏兰王子的车，推着它一直到了弯道的石壁上！

"砰"的一声巨响，不知道是因为剧烈撞击造成汽油泄漏，还是来袭车辆的自我爆破，石壁边火光四射，顿时陷入一片火海！

苏兰王子的车已经在中心点被炸成了碎片，在他前面的一辆由赵理事乘坐的车子也遭受了池鱼之殃，被连带着撞瘪了。等营救队来到，好不容易撬开完全变形了的车门，从里面把赵理事拽出来，人早就没了气息。

消息传回来的时候，李鸿崇正独自坐在小楼后面的花园里守着仙朵拉。她的遗体已经装殓完毕，被放在一口近乎透明的琉璃棺房里，身体擦拭干净了，脸上是恬静的模样。

"知道了，下去吧。"李鸿崇对助理道，语气平静。

助理有些担心,几次张口欲劝,可最后似乎还是因为畏惧慢慢倒退着离开了。

李鸿崇一动不动地盯着她的脸,听着身后人渐渐远去的脚步声,直到消失不见,才轻轻笑了出来,若有所失的样子。

"你看,别人都懂得为自己着想,怎么只有你那么傻呢?"他伸手探进棺房,摸摸她光洁的额头,入手冰凉,"原来你没骗我,你救了我——可是除了死亡,你就没有别的办法了吗?"

"……"

"仙朵拉,你到底是真的能预知未来,还是别人派来的奸细?你告诉我好不好?"

"……"

"对不起。"

那个女人安安静静的,早已无法回应他的任何话。

李鸿崇叹了口气,站起身:"算了,没事了,都过去了。"他弯下腰,在她脸颊上一吻,转身离去。

李鸿崇派人护送仙朵拉的遗体回苗疆,其实他本来想亲自去的,可是国内局势乱成一团,死了一个理事,苏兰王子又受了伤,他无论如何都走不开。

王子虽然因为他的提醒才保住性命,可是也因此怀疑这件事与他有关,派人暗递消息,要他前往使馆说明"内幕"。但是天才知道有什么内幕,他总不能告诉王子自己娶了个妖怪吧?

苏兰国王知道王储受伤后也是大怒,出了一封言辞激烈的国书,要求尚国限期稽查凶手,总务处时焦头烂额,李鸿崇也压力极大。奇怪的是就在他们全力缉凶的第二天,苏兰就派出飞机要悄悄将王储接回国,紧接着,苏兰国内传出三王子重病无法见人的消息,也没人再找尚国要什么凶手了。显而易见,这次的刺杀根本是苏兰内部的原因。

苗疆距离苏兰何止千万里,李鸿崇觉得若要说那位三王子提前收买了仙朵拉,把她在苗疆养大,就为了有朝一日培养成细作,未免太不可思议。那么,就只有一种解释了——而那个令他难以接受的念头也很快被证实。

护送仙朵拉回故乡的人返国了,告诉了李鸿崇他所不知道的一切——仙朵拉,他枕边的女人,居然是个类似神婆的女子。她能预言灾难,她所说的所有坏事都会变成真的。在她的家乡,那些人民就是靠着她的话来躲避灾祸的。

李鸿崇缓缓将写满仙朵拉生平的字条揉烂在手里,突然打从心底泛起一股寒意。仙朵拉走了,他痛彻心扉,但也许,她走得恰如其分。否则,他要如何向全国人民解

第十七章

释自己这位二夫人的能力？毕竟，依照凶言来逃避灾祸哪里有直接消灭凶言来得干净彻底呢？

他本以为仙朵拉的死会终结一切，但是，仿佛上苍要降罪于李家一般——李钟敏，他的儿子，在八岁生日那天怯怯地拉住了他的手，对他说："爸爸，我们等会儿不要出去好不好？暴雨……大闪电……'轰'地一下，我们都会受伤。"

那一刻，李鸿崇只觉得脑子里"嗡"的一声，好像听到了宿命在唱歌。可是他能怎么办呢？那是他的亲生儿子，他的长子，世人或许可以抛妻，又有几人能做到弑子？至少，他做不到。最多，只能漠视罢了。

一转眼，那个孩子就这么长大了，与他预料的一样，对他不会产生任何类似眷恋、感激、敬服等感情。他站在他面前，低叹着问："爸爸，您终于说出心里话了，那么，您想不想听听我的心里话？"

李鸿崇没有回答。

李钟敏笑了笑，眼睛微红，却没有多少伤心的样子，更多的是释然。他说："爸爸，是人是鬼其实从来都在您的一念之间。我的母亲的确与常人不同，可她从没有借此伤害过任何人，甚至拼了自己的命去救您，而您呢，又为她做过什么？"

"……"

"您是个懦夫。"李钟敏长长地吐了口气，转过身道，"而我跟您不同。"

李鸿崇看他要走，终于急了，追上一步暴怒道："混账！你要去哪儿？你——真的要为了那所谓的情爱让李氏家族陷入危机吗？"

李钟敏停住，垂下眼，侧颜苍白如玉："在我夜夜被噩梦控制的时候，我曾多么痛恨这个世界，但今天，您不知道我多么感激——爸爸，我会阻止她，会救下她，否则，岂不辜负了上苍对我的一番美意？"他回头微微一笑，毫不迟疑地甩脱父亲的手，大步奔向阳光刺目的地方，轮廓渐渐模糊了。踏着记忆中的血腥，尖叫，挣扎，茫然，毅然决然地走往能带给他幸福的方向。

第十八章

新生

纪维钦带着夏如萍赶到的时候，已经太迟了，整个工厂陷入一片火海，连救援士兵都不再往里进了。

夏如萍望着眼前的熊熊烈焰，双膝一软就跪在了地上："我的孩子……媛宸……她在里面？"

纪维钦的眼睛慢慢红了，回头看向自己的女儿，纪秀芝面无表情，也不回话，但是眼泪一直在往下滑。她的表情已然说明一切。

"啊！"夏如萍爆出一声哭腔，突然起身疯了一样就要往里头冲！纪维钦和季子山吓坏了，一左一右狠狠扯住她，都在喊："如萍！你冷静点儿！"

"我冷静什么！季子山，你这个浑蛋！"她抬起高跟鞋一脚踹向季子山的腿，死命挣开他的手，眼睛血红，"你为儿子不要女儿！我做鬼都不会放过你的！季子山！"

"如萍！别冲动——"纪维钦拦腰抱住她，将她用力往后拉，声音哽咽，"还没到最后的时候，咱们再等等……兴许……兴许有转机呢？"

"有什么转机！连警察都不敢进去了，你指望我的媛宸能飞出火海吗？"夏如萍泣不成声，推开纪维钦，疯魔一样原地转了几圈，哭着跪倒在地冲着头顶喊，"天哪！我求你下雨吧！救救我的女儿啊！"

季子山两只手垂在身侧，眼睛看着地面，一言不发，只能见到指尖在微微颤抖……

纪维钦望着心爱的女人绝望的样子目眦欲裂，突然一步过去紧紧抓住季子山的手："消防车呢？特种队呢？进去找人啊！不能放弃啊！"

"……"

"你说话啊！"纪维钦吼。

"……能想的办法，都想了。"季子山闭了闭眼，声音粗粝沙哑，像一夕之间老了十岁，"里面的情况太复杂了，警察根本进不去。就算我愿意散尽家财，也已经……远水救不了近火。"

"那……那至少先灭火啊！"纪维钦指着火场咬牙道，"要他们先不被烧死才能谈别的啊！"

"你以为我不知道吗？"季子山突然抬起头，眼底布满血丝，吼着话也落了泪，"我的女儿在里面啊！半个城的消防都被我调来了！我还能怎么办！"

如果可以，他愿意替自己的女儿去死！替自己的儿子去死！可是他行吗？他能吗？

他富甲一方，但在这该死的火面前根本什么都做不了！

"……"纪维钦的手微微抖着，松开，像浑身的力道都泄了，"这么说……媛宸和英焕，就等死了？"

第十八章

"不,还有机会。"季子山突然前进一步,手扶在双膝上,猩红的眸子恶狠狠地盯着前方浓烟密布早就什么都看不到了的工厂,宛如绝望到极致只待最后翻盘的赌徒,"老七又回去了,他说老八一直在里面……也许他们会带我的媛宸回来……媛宸……"

这座废旧的汽车工厂大致由三座主楼组成,最里侧一栋为机械制造楼,占地最广也最高,共十二层。中间那栋楼是过去的组装安配楼,共七层。最靠外的是过去的职工宿舍楼一共有六层,也是之前季孝坤被扣押的地方。

而此时,老七正和原英焕、原家两个保镖在宿舍楼三层寻觅。

"原先生,你在这里根本于事无补,如果你想让夏媛宸平安回来,就该马上回去。"他在烧着的建筑物里穿梭,一面还得分心去看原英焕,再稳重的人也不由得心生烦闷。

原英焕沉默不言,被自家两个保镖一前一后夹着,突然目光一闪,喝道:"小心!"

而痞子七明显比他更早觉察,硬拳带着劲风才一出现,他就一个侧翻躲了开,顺便一只手擒住敌人的手腕,就要将对方从掩藏物后扯出来!没想到那个匪徒早有防备,就被扯着露了个脸,另一只手拿过根烧红的木炭棍狠狠朝着痞子七的眼睛戳过去!

痞子七迫不得已松手,摸向后腰的军刺,可还没来得及发动第二次攻击,就听原英焕低低的一声:"上。"接着,就见原家两个保镖如利箭一样射了出去!一左一右两脚同时踢向那人腰腹部,配合默契毫无破绽,匪徒直接被他们踢入一楼火海深处,顿时响起一声惨叫。

原英焕无声地望向痞子七,痞子七叹了口气收回刚刚拔出的军刺,终于不再说什么了,领头接着朝上一层找去。

此时已是深夜,光线极差,倒幸好火光大,隐约还能见到人。最终他们在四楼的窗口发现了老八的身影,当时他在对面的组装安配楼,看起来被两个绑匪缠住了,腿上也受了伤,老七当机立断道:"过去。"

两栋楼的间距不宽,只要找准落点,跳过去是最安全也是最快速的方式。老八显然没发现救兵到了。他的状态不太好,装配楼内的烟雾浓度明显比宿舍楼高得多,逼得他眼角都流出了泪水,却连擦的工夫都没有。他是从顶楼打到这里的,面前这两个人是他正面交锋的第三拨人还是第四拨人他也记不清了,生死就在一线,敌我双方都是招招不要命的打法,不容他有丝毫喘息。

就在他一肘击中一个敌人的胸口时,另外一人的枪杆子也落在了他头顶上,痞子八心中暗叫了一声大爷,闭上眼就准备硬扛下那一下重击,谁料到预想中的疼痛并没

到来，痞子七纵身一跃，如天降神兵，一脚踢飞敌人，然后原地一滚，就将他护到了身后。

他盯着老七的后背，一时没回过神儿来。

痞子七一只手挡在他前面戒备，头都不敢回，低声对后面的人问道："怎么样？还撑得住吗？"

"咳咳——"老八突然爆出几声惊天动地的咳嗽，偏头"噗"地一下吐出一口血沫子，眼睛血红血红的，听着颇有点儿咬牙切齿的味道，"您还没死我哪敢死啊？怎么样，陪人跳了个楼感觉还不错吧？"明显还记恨他连招呼都不打一声就追随季孝坤"去了"的事。

老七听出他话里的气愤，无奈地用眼角余光瞥了他一眼："那不是事出紧急吗？不然怎么着？看着季家公子死啊？"

"行了行了，我知道，任务第一对吧？"老八没好气地说。

就在两个人说话的工夫里，原家两个保镖原磊、原昆也扑到了最后一个绑匪跟前和他缠斗起来，眼见着战斗也进入尾声了。他们互相照应，互为武器，几乎不露缺口，而绑匪则在他们的步步紧逼下狼狈不堪。终于，那绑匪脚下一个不稳，被原昆擒拿住，就见那哥儿俩一个锁喉，就这么完事了！而后两个人神色丝毫不动，又站到了一起，以熊熊大火为背景，发型都不带乱的，活像在拍连续剧，直接把老八给看怔了。他不由得笑着竖竖大拇指："行啊，你们哪个队的？"

"他们是原家的保镖。"老七低声对他道。

老八皱皱眉，慢慢收回竖着的手指。

原英焕方才一直避着，生怕成了他们的拖累，这会儿见危险解除了才赶紧快步跑出来，顾不得脚下烟熏火燎的杂物，几下冲到老八旁边问："是……是你刚才陪媛宸进来的吗？她现在在哪儿？"

老八面无表情地盯了他片刻，问："你是原家的那位少爷？原英焕？"

"对，我是。"原英焕强忍着焦急，再次问道，"媛宸怎么样了？她还好吗？"

"她好或不好你又能做什么？我说，你们这些富家子想谈情说爱能不能换个地方？"老八的脸上带着明显的烦躁，一挥胳膊就甩开老七拉扯自己的手，"你们这些没脑子的暴发户想挣点儿破钱能不能别牵连无辜？真以为在拍戏呢？好嘛，弟弟进去了，又骗了姐姐进去，如今姐姐的情人也来了，你们这些废物一窝蜂跑进来，还不是要我们一个个拼死往回带！"

"……"

第十八章

原英焕一言不发，站起身俯视着他，眼神暗沉，而原昆、原磊两兄弟早已微微侧身挡在了原英焕前面，神色阴郁。主忧臣辱，主辱臣死，仿佛只待原英焕一声令下，他们就能跟老八拼命。

老七头有点儿疼，老八嘴太快了，他都来不及拦。

老八则挑衅似的瞪着原昆、原磊两兄弟，怎么样？来啊！别看老子受伤了，收拾你们俩花架子还不是分分钟的事儿？

这时，原英焕吐了口气，拨开挡在自己跟前的原磊、原昆两兄弟，像个男人一样堂堂正正立到瘸子八面前道："你以为自己最伟大，所有的事都一清二楚是吗？"

"……"

"让我告诉你，季孝坤之所以会被关在这里整整一天，是因为他亲爸也就是你口中那个没脑子的暴发户宁可没儿子送终也不肯交出我国最新的科研成果；他家同样没脑子的姐姐为了救弟弟不惜赔上自己的一条命进来换人，她是甘愿的，不用人骗；而我——算你没说错吧，我喜欢那个女孩，我爱她。你明白爱吗？就像她爱她弟弟，他们的爸爸爱这个国家一样！我们……我们都没计后果，我们……我们可能都不自量力了，或许跟你相比我们都是废物……"他的眼睛不知何时红了，声音哽咽了，深吸一口气，却被烟气呛到，咳嗽了几声，"但是，我们都无愧于心。也许没你们这些人伟大，可我们也并不卑劣。"

老八张张嘴，一时没说出话来，片刻之后却移开了视线，尴尬而沉默。

老七拍拍他的肩膀，就着蹲着的姿势抬头对原英焕道："抱歉，他嘴上没把门的。"

"没什么。"原英焕摇摇头。人家哥儿俩毕竟是为救媛宸才来的，即使说话不好听，他也没资格介意什么。

"我只想知道媛宸在哪儿。"他一字字地问。

老八掀起眼皮看看他，吐了口气，背着身子伸出大拇指朝后指指，那里是——机械制造楼。

那栋楼有十二层高，其中一层遍布废旧的汽油桶，一个多小时前就是有人不慎击中了那里，才引发了工厂的大爆炸及现在的火灾。可以说，那里是火源的中心。原英焕和老七等人望着十米外高高的火柱，一时都安静下来。在那里，夏媛宸还有可能活着吗？

原英焕弯下腰，"刺啦"一声，扯开自己一段裤脚，一边往自己的口鼻处做绑带，一边面容平静道："如果各位有谁想离开，我不勉强，拜托留下急救包。"急救包里有氧气，或许能帮他在危机时多撑一刻，多一分到媛宸身边的希望。至于找到她以后仅靠

他们两个能不能出来，原英焕已经没有精力去想了。

他最先去看的是原磊和原昆，两个人对视一眼，不由得都笑开了："少爷，您不用和我们说这些。咱们在原家长大，在您身边长大，这么多年都习惯了。只要没死，我们哪儿都不去。"

原英焕叹了口气，又望向老七和老八。

老七沉吟了一下，那一瞬其实已露出犹疑。

"你送八哥回去吧。"原英焕主动道。

老七还没说话，老八却已骂开了："合着你们绕了一圈就是说我啊？干吗？老子像那种不讲义气的人吗？告诉你们，别说腿上中了一枪，就是没了条腿，我也干不出半途扔下弟兄跑的事儿！"他指挥老七拿绷带和药水来给自己包扎伤口，同时捡过颗石子儿在地上唰唰勾勒几笔，大致描绘出了工厂的地形图，坚硬的手指迅速一指："别废话了，既然要救人就都过来看，这里是咱们目前所在的2号楼，而夏媛宸所在的是3号楼。这两栋楼的间距太大，即使不带我这个瘸子，你们也不可能像刚才那样跳过去了，必须从一楼往上硬攻。这一路咱们不光有可能遇到敌人，更麻烦的是火——"

"起火点在哪里你确定吗？"老七最先抓住重点问道。

"三楼或四楼，无法确定。"老八扶着自己哥哥的胳膊站起来道，"咱们动作得快点儿。如果媛宸在三楼以下，算我们运气好，否则——"

否则后面的话他没再说，众人都心中有数了。以目前的火势他们要通过起火点往上走已经很难了，再加上找到人救下人的时间，那时候三楼、四楼或许早已成为一片火海，无路可出。更糟糕的是这片工厂到处都烧着，什么都看不清，即使想赌一把直接跳楼都生机渺茫。可眼下的情况，他们也别无选择。

原英焕的眼睛有点儿红，不知是烟气熏的还是情绪波动，他抬起胳膊在脸上抹了一把，道："大恩不言谢了，各位。"

理智上他知道不该带着这么多人冒险去找一个生死未卜的人，可他希望夏媛宸还活着，还在苦苦支撑着等他去救她。

或许是倒霉到了极点时总会出现一点儿好事，他们几个才一进入机械制造楼，迎面就撞上了一个刚刚从上面下来的匪徒。老七目光一闪，带着原昆、原磊两兄弟就冲了上去，三下五除二便拿下他。

老七将冰冷的军刺贴在他喉咙间，那股锋利的感觉仿佛能切断皮肤上细小的绒毛，老七弯下腰，用低沉的语调道："告诉我们她在哪儿，或者，死。"

第十八章

说罢,他抬起军刺,不由分说给了他一刀。

"还不说吗?"老七凑到那人的脸旁边,扯扯嘴角,像笑了一下,眼神却凉得令人胆战心惊。

那人的手指痉挛了几下,终于从齿缝里挤出一个单词——他说的是,顶层。

机械制造楼的火势确实极大,他们一行人费尽艰辛才通过了四楼的火源点,这时每人身上都不同程度地挂了彩,就连从未参与战斗的原英焕也被烧伤了一大块。老七简单给大家处理了一下伤口,戴着防烟雾眼罩儿环视了一下周围道:"这里的楼体建筑和前头两栋不一样,要坚固很多,也许能撑到我们下来。"说话时,他的嗓音已完全沙哑,应该是气管在持续的高温中灼伤了。

原英焕艰难地咳嗽几声,点点头,手指着上面示意大家赶紧接着走。他记挂着媛宸,一刻都停不下来,自己的身体状况反而顾不上了。

原昆看着他却非常担心,一边从自己的急救包里找出纱布为他重新系绑带,一边回头对老七低声道:"先让少爷吸上氧好吗?再这么下去我怕他撑不住。"

"不行也得行。"老七的一双眼完全隐在面罩后,看不清楚神色,只能听出声音喑哑毫无波澜起伏,他大步打头阵往前走,头也不回道,"我们再回来的时候必须戴着氧气面罩才能通过这两层。现在用还是待会儿用,你选。"

原磊被他的态度气到,原昆则侧头拍拍他的肩膀,艰难地安抚道:"别争了,他说的有道理。这样,我们轮流背少爷吧,他活动少吸入的烟尘也会少些。"

原英焕却立刻摇头拒绝,他不愿意当累赘。

痞子八是断后的,前头那几人小声的争执,他没参与,也不催促,摸摸自己的伤腿就那么沉默着,他在想着老七刚才说的话。再回来的时候一定要用氧气了吗?也是,那时的烟雾浓度一定高得吓人了。可是目前只有他们几个有急救包,自己和夏媛宸是没有的。也就是说,等会儿必然有两个人出不去了……

到了顶楼,原英焕头一个看到夏媛宸被绑在石柱后的身影,双眸倏然瞪大,眼底闪过痛色:"媛宸!"吼完那一声,他顾不得招呼其他人,连滚带爬地就朝她被绑着的地方跑去!

老七眼皮猛跳,大步上前,鹰钩一样的手"咻"地拉住他的脖子,厉声喝道:"你跑个屁啊!也不怕有埋伏吗?老八留在原地警戒!原昆、原磊跟我去前面排查!"说罢,将原英焕直接提溜着扔到后头,显见是真火了。

原英焕现在的模样也狼狈得可以,阿玛尼的衬衫早破败得不成样子,裤子在火里土里滚了几遭已看不出本来的颜色,平日细心打理的头发此时都被汗渍血渍粘在额头上,

可他仿佛毫不在意，只是绷紧身体瘫坐在地上，眼睛直勾勾地盯着媛宸的方向，脸色涨红，情绪似乎亢奋到了极致。

顶层几乎没有着火的地方，只有外围被火焰燎了，在窗外闪着火光，烟气也不浓。几人在经过小心探路后惊喜地发现，这里没有敌人，也没什么陷阱，他们马上就想赶紧救人，速战速决。但当绕过了挡住媛宸的柱子，完全看到她的样子时，所有人却不由得心中一沉。

媛宸口中被堵着东西，眼底闪着泪光，不断摇头可又不敢大幅度动作，神情紧绷。她让几条军绿色的粗尼龙绳绑得不留空隙，双手反剪在后背，两个拳头以一个古怪的姿势僵硬地按压着身下一个圆形的凸起。

老七示意大家后退几步，自己弓着腰，慢慢抽出了媛宸嘴里的东西，"不要喊，不要哭，冷静点儿，告诉我你身上有什么。"

媛宸的上身战栗着，眼泪大滴大滴地无声滚落，她深吸一口气，用力平复情绪，一字一句道："你们……你们走，我坐着的圆墩是个炸弹，你们快走。"

原英焕倒抽了一口冷气，眼眶通红，下意识就要往前迈步，却被老八狠狠从后面擒住脖子。

"你要干吗？"老八贴着他的耳朵磨牙道，"那可是炸弹，你会拆吗？别害得大家都完蛋。"

原英焕看向老七，唇有点儿抖："七哥……"

痞子七抬手示意他冷静，蹲到媛宸身后小心地将圆墩的外皮给扯开，仔细研究了一下里面的线路，眼底的光芒慢慢黯淡了下去，可是很快他就若无其事地站起身，开始对后面的人吩咐道："老八，原磊，你们现在到下一层的楼梯口去。我待会儿可能要引爆这个炸弹，你们得守住楼梯口不要让它塌了。"

"引爆？"痞子八下意识看过去，眉宇间闪过不安，"会不会有危险？"

"怕危险还干咱们这一行啊？不如回家绣花算了。"老七笑得毫无阴霾，轻手轻脚地为媛宸解着绳索，说话间显得很自信，"受点儿伤免不了的，毕竟气流很强，不过只要你们护好楼下那道门别叫它塌了，咱就没事。"仿佛已经将这次行动的结果定义为轻伤。

老八遂也放下心来，一边招呼原磊往下走，一边还没正形地跟他玩笑道："得令，七哥，你也注意点儿那大腿啊，再伤一次以后就没女人肯嫁你了。"

"滚蛋！"老七笑骂一声。

老八带着原磊下去了，脚步声慢慢听不到了。原英焕缓缓往前走了些，这个角度能更清晰地看到痞子七一双虎眸里闪烁着泪光。

英雄落泪，美人迟暮。

"七哥，没那么简单是不是？"怕到极致，原英焕反倒冷静下来了。他蹲到媛宸身边，小心地握住她的手，抬头轻声问。

痞子七没回答他，只是将原昆叫过来道："待会儿你要帮我，我得想办法替下夏同学。一旦我稳住了这个炸弹，你们几个如果都能动，就赶紧往下跑，别回头。"

话到此处，他的意思其实已经很明白了——他要替夏媛宸死。

而他之所以要留下原昆，却不是原磊，就因为看中原昆性格冷静，不会咋咋呼呼把老八那个浑球引上来。至于原英焕那个富家子，他根本不担心，一个小男孩而已，在自己和心爱的姑娘的生死面前，他一个陌生的特种兵又算什么。

果然，与他所想的一样，原英焕和原昆都沉默了下来。他很快就将夏媛宸身上的束缚完全解开，他想抱起媛宸，媛宸却双手扣着石壁，低垂着头，一动不动。

他的眼底闪过一丝浅淡的温柔，犹豫片刻后，伸手有些生疏地拍了拍她的头顶，说："姑娘，别犯傻，外面还有多少亲人在等着你盼着你呢。我就孤家寡人一个，没啥……"

"……"媛宸没抬头，只是一滴泪"啪嗒"一声落到了牛仔裤上，那里有一道伤口，干涸的血渍遇上泪水又氤氲开了些。

老七叹了口气，看了看原英焕："那个——人家原家的小少爷都不顾危险跑进来找你了，你听叔一句，出去后和和美美地过小日子吧……"

"……"

"你这女娃怎么不听劝……"

"所以，就因为你只有一个人，你就应该死吗？"夏媛宸却在此时突兀地出声，她抬起头，眼神倔强得近乎憎恨，可恨的却不是眼前的人，而是自己。

老七张张嘴，一时没再说出话来。

而夏媛宸，不知何时，已满脸泪水。

原昆不由得怔了一下，只觉得此情此景何其熟悉——就因为顶撞了我，她就应该死吗？

那个男生，他家的小少爷，也曾在漆黑得绝望的海上，流着泪如此说道。

多奇怪，这些本来是含着金汤匙出生的孩子，本该对他人安危不屑一顾视如草芥的孩子，却都拥有一颗令人意外的赤子之心，对生命发自赤诚的尊重。

"少爷，你们都别争了，我愿意留下。"他忍不住道。

"谁我都不会同意的。这是我自己的事。"夏嫒宸别过脸道。

"听我说……"

"够了!"老七恼了,忍不住低吼一声,"你们以为这是小孩子过家家吗?能随便推来让去?夏嫒宸,我告诉你,你手下面的引线已经松动了,再不交给我,所有人可能都要陪你死。还有你们,你们谁有把握控制炸弹在大家离开前不让它爆炸?"他冷冷地环视一周,一片寂静,无人作答。

"所以——"他缓和了音调,再次看回嫒宸,眼底已恢复平静,"只能是我。不是选择谁该死,而是怎样让最少的人死。娃,听话。"很朴实的山东人音调。这还是他头一次暴露真实的自己。过了今日,他再无掩藏的必要。

"……"嫒宸终于不说话了。

老七慢慢覆上她的手,那是一双成年男人的手,粗糙、强硬,强势得仿佛无可违逆;可是,他的掌心又那么热,那么软,他盖着她的手,像高大的猛虎竭力想用掌心护住稚嫩的雏鸡,仁慈的长者悲悯地要为后辈留下最后的希望。

她流着泪慢慢翻转手掌,与他五指相合,她看着他,一点儿一点儿挪动着手,直到将自己完全从那个椭圆的凸起上释放出来。

老七试着代替她坐到了圆墩上,闭着眼,稳了稳,三四秒钟过去了,没有异动。他睁开双目,长长地吐了口气:"好了,你们走吧。带上我的东西。"他脚下,是每人进来时都配备的急救包。

没人动,更没人去拿他的东西。原英焕抱起嫒宸,她的腰伤着了,没法走动;原昆则扛起两个人的装备,都那么默默地望着他。

终于,原英焕开口了,声音低哑:"你……七哥,你留着吧,过会儿或许用得上,或许会感觉好一些……"

"好个屁啊。"从来严肃的男人难得笑骂了一句,"是等我快断气的时候吸几口氧,再多撑会儿多疼会儿?算了,我不受那个罪。"

"……"

"干吗?还看?怎么着,难道要我求你们?"

原昆单膝跪地,"七哥,对不住了。"然后,红着眼睛拿起了他的东西。

原英焕仍旧僵硬地立在那儿,他想说什么,但觉得此刻说什么都多余。

老七想了想,忽然笑了,从怀里拿出一截烟草梗夹在鼻子下面闻了闻,他们出任务时不让抽烟,一般就用这个东西解解馋。

"原小少爷啊,咱这辈子眼看能看到头了,我也认命,不过我就老八一个好兄弟,

第十八章

那蠢蛋性子生,做事太拼,没我护着其实不适合干这行了,你说呢?"

"是啊。"原英焕竭力弯了唇角,却笑得比哭还难看,"我看八哥更适合到原氏集团做个保安处处长。"

"嗯,好小子。"老七满意地笑了,用还能动的那只手拍拍原英焕的肩,而后迅速摆摆,示意他们快走。

原昆狠下心拽过原英焕,硬拉着他往出口的方向走,原英焕抱着媛宸,看着七哥,倒退着往后。手里的分量并不沉,他却走走停停,仿佛这一决定重若千钧。

终于来到了西北拐角,脚下就是楼梯。他们看着下面,那里是生机,而身后,注定一片死地。此时,马上就要到黑夜最深的时候了,身后隐隐传来老七悠长的叹息,像总算完成什么任务,该休息啦。

原英焕忽然就哭了,他不是意气用事的人,大多时候也是个利己主义者,可他忘不了自己这一路任性闯来,那个沉默的兵救了他多少次。钢筋石柱挡了路,他俩默不吭声去扛;大火烧过来了,他们用血肉之躯去挡;那两个老男人总是用不屑的语气叫他男娃,喊媛宸女娃,可其实,他俩都不是他们家的娃……人家不欠他们的,没生养过他们,没拿过他们一分钱,没义务替他们去死。什么托付老八,就是想哄自己走而已。原英焕不傻。

"昆哥,我求你个事。"原英焕不敢看媛宸,梗着脖子对原昆道。

原昆紧抿着唇,不问,直接说:"少爷,我不同意。"

原英焕脸色一沉,将夏媛宸硬往原昆怀里一塞,撂下一句:"带她走,她要是出事了我死也不会饶过你的。"说罢,扭过头就朝来路大步跑去。

耳边依稀响起一声女孩哽咽的喊声:"原——"

她的话未完,他亦没再停留等待。他只当自己听错。眼睛里火辣辣的,想流泪,想大喊,这辈子,他和夏媛宸可能注定没缘分。

老七没料到原英焕会去而复返,吃惊得微微张开嘴,原英焕则不管那许多,蹲下来,直接回忆着刚才老七的做法,将手覆盖到老七的手背上。

那按钮恰恰按在落下一半的位置,不能太大力更不能松,原本老七就是小心翼翼地保持着平衡,没料到原英焕忽然使力,他的手控制不住地稍稍下压了一些,虽然只是几毫米的距离,可身后倒计时器的感触头明显被触动了,嘀嘀嘀的声音骤然加快,在这方空间里听得人心惊肉跳。

老七恨得身体都在抖,竭力保持着身体平稳,对原英焕吼:"你到底要干吗?疯了吗?"眼前的男人目眦欲裂,脸色血红,吼得人耳膜都疼了,可奇怪的是,在那种紧张

到已无法呼吸、生死就在一线间的时候,原英焕竟然也感觉不到怕了,用比他声调更高的音量吼了回去:"你走开!就算要一命换一命也轮不到你!"

"小崽子,你欠揍吧!你……"一串咬牙切齿得近乎混沌的骂声。

"你走!我替你待在这儿!"眼见着计时器上闪现出15秒,原英焕发了狠竟然直接去拖老七的手!老七也急红了眼,微微朝后弯腰积蓄力量,而后猛然抬脚使出了十成力气猛地踹上原英焕的肩膀!

"啊!"原英焕整个人几乎飞了出去!特种兵的全力一击,简直能踢碎人的骨头!

"咣"地一下,原英焕如提线木偶一样轰然落地!觉得自己都要痛晕过去了,老七这一脚足足将他踢出去六米远!而那下力道还没用尽,他顺着地面还在无力地向后滑,嘴角咳出了血沫。

"少爷!"一声带着哭腔的喊声响起,原昆猛地从后截住了他,将他拦腰抱住。

他这才停下。

原英焕疼得几乎说不出话了,眼前一阵阵眩晕,却还是下意识回过头,努力地……努力地张开嘴……

原昆知道他要问什么,哭着拼命点头:"您放心!媛宸小姐在原磊那……"

"走啊!快带他走!"

老七在远处一声怒吼,打断两个人,他的眸底仿佛能滴出血,回头看着计时器,那小小一个显示屏已经映射出4的痕迹……

原昆一刻都不敢耽搁,抱住原英焕拼命朝楼梯口冲!迎面竟然撞上了觉得不对劲儿赶来看的老八……

他不敢直视老八的眼睛,伸手用力扯了一把他,厉声吼:"走!"

老八吓了一跳,下意识跟着他们往下步的楼梯迈了几蹬,一句"七哥呢"还没有问出口,楼上便响起"轰隆"一声惊天动地的爆炸……

原磊抱着媛宸待在楼下一层,算他们中距离最远的,但那股爆炸时的热气依然烫得令人心惊,当声音响起时他下意识弯腰将媛宸护住,后背瞬间被灼伤,喉中发出"啊"的一声压抑的嘶吼;而在楼梯口的原昆和老七则直接被强热气流轰出数米远,顺着楼梯滚到了下一层……

此刻,顶层已化为一片废墟……透过碎裂的天花板和冲天的火光,隐约能见到头顶的天空,漆黑如墨。

这一夜,仿佛永远不会天亮了。

"……哥!"许久许久之后,老八保持着仰头的姿势,趴在地上,一拳狠狠捶

第十八章

新生

打到身上,失声痛哭,这个铁铮铮永远吊儿郎当天不怕地不怕的混世兵王,终于低下了头……

顶层的爆破无疑加剧了火势,他们甚至没有更多时间用来悼念一下老七,就要马不停蹄地,拼命地,往下一层赶去。每下一层,他们活下去的概率就多一分,而只有他们活着,老七才不会白死。

每个人都沉默着,眼泪无声地滚落。

原昆抱着刚才在爆炸中伤到头陷入昏迷的原英焕,原磊抱着因腰伤无法行走的媛宸,老七扯了衣服重新勒紧了自己的伤腿,闷着头断后。他们都知道,如今并不是最坏的结果,三楼——才是下面他们真正的考验。

到了五楼,浓烟密布,渐渐呛得人无法呼吸,原磊与原昆的脚步忽然慢了下来。老七的眉目中仿佛压了沉重的山,别过头,不看他们。

原磊、原昆无声地对视着,突然,原磊笑了,眼里含着泪,他说:"走吧,我就送你们到这儿了。"

原昆却狠狠咬着牙,下巴颏儿抖动,眸底闪出刻骨的痛……

"别这样,该怎么选我们都知道。"原磊道。

那么坦然,坦然得叫人心疼。

原昆低头望望怀里仍在昏迷的原英焕,又看看站在自己面前从小一起长大亲如手足的磊磊,心像被拉扯成两半……

一定要有一个人留下,一定要有一个人死去。

老八一言不发地走过来,原昆浑身颤抖着,手指张开又蜷缩往复几次,终于将原英焕交到老八的手里,然后缓缓转回身面向原磊,在这个过程中始终垂着眸子,仿佛无法面对他。

"哥……"原磊却仍是笑着的,凑过去,与他额头相抵。

原昆的眼泪终于扑簌簌滑落。

媛宸其实一开始不懂他们要做什么,可在这么逼人的绝地下,一切细微的感知都被无限放大。她注意到原磊将自己交向原昆,注意到原磊同时脱下的急救包,注意到老八蹲下身默默为昏迷的原英焕拿出氧气面罩。

……

哦,原昆要将她带走,带她继续去冲生的希望,然后,要把一路跟随而来为他们受伤、为他们流血的原磊留下。

　　媛宸突然觉得眼前这个世界真荒谬，觉得自己的存在简直是罪恶。她打心眼儿里厌恶家族培养心腹控制他们精神的手段，她发自肺腑地认为人生而平等，她觉得任何为己身利益剥夺他人生命的行为都违反造物主定下的生存准则。

　　天地不仁，以万物为刍狗，既注定有此一劫，她为何不在刚一被绑上炸药的时候就坦然赴死？

　　她到底还要害死多少人？

　　这一路上，到底还要有多少牺牲和鲜血，才能换来她平安走出工厂？

　　她不要。

　　这么活，她不要。

　　"咳咳……咳咳咳……"

　　一只手抵在了原昆的胸前，阻力小小的却意外地坚持，原昆垂下眼看她，她目不转睛地与他对望。

　　"非常感谢你们，但是……我不愿意。"她说。

　　原昆的眼睛通红，仿佛恼了，但在这样的境地下，任何解释与劝解都太奢侈，他们在与时间搏命呢！

　　原磊此时却好像很镇定，他对原昆轻轻摇摇头，示意自己来。然后，他低下头，问："你不怕死吗？其实……你不用考虑我，一切都是我心甘情愿的。"以熊熊烈焰为背景，这个往日里有些跳脱的大男孩眸中竟沉静如水。

　　"咳咳……我背负不下这样的恩情。"媛宸笑笑，火辣的烟气已经熏得她睁不开眼了，她抬手揉揉，说，"你们走吧，把我放下。"

　　只要她不继续走下去，他们的氧气罐便数目正好。而且，其实相比于她，他们生存下去的机会更大。

　　原磊叹了口气道："好吧，那我们一起走。"他朝原昆望过去，淡笑着说："哥，麻烦你给我做个吸氧口吧。"

　　原昆与他对视片刻，原磊始终面容平静。原昆于是什么都没说，攥紧拳，狠狠闭了闭眼，蹲下便用急救包现有的材料迅速接出了一根吸氧鼻管，又将氧气面罩也同时接到了氧气罐上。做完这些后，他起身将氧气面罩戴到了媛宸的脸上，又将鼻管给原磊固定好，然后开启了氧气罐放氧。

　　当清新的氧气进入鼻腔，媛宸立即觉得舒服了许多，她看着原磊的眼睛里有些哀伤，有些难受，有些愧疚……

　　原磊勾唇笑笑，倒是大大方方的样子，哑着嗓子道："得了，你什么都不用说了，

第十八章

咱俩谁都说服不了谁,那就看命吧。我们共用一罐氧气,看谁能坚持到最后。"说罢,抱稳她,一鼓作气朝下面跑去!

老八和原磊在后面也迅速跟上。

从五楼到三楼,短短两层的跨度,却足以成为还清醒着的人一生的噩梦。仿佛永无休止的火焰,要将人世间一切罪恶与善念全体毁灭的炽热,带着好似要吞噬一切的力量疯狂扭动舔舐着他们的皮肤。烧焦的味道充斥在鼻间,已经分不清那味道来自建筑体还是自己的身体……不断有钢筋铁柱发出过分热度烘烤下即将崩裂的咔嚓咔嚓的声响,每一下都伴着巨石的落下和头顶的坍塌,每迈出一步都无法预知下一秒自己是否还活着……

眼前的一切是动荡的,身上不断传来被砸中、被烧到的痛感,可媛宸知道更多的痛苦都被自己头顶的那个男人挡下了,她一直在哭,但不敢哭出声;她始终闭着眼,竭力蜷缩起身体不给他带来更大的麻烦;她呛得快要透不过气来,可她努力放缓呼吸,想将更多氧气留给那个与她无亲无故但始终在庇佑她的男人……

就在这时候,她听到他说:"夏小姐,我在孤儿院长大的,小时候贪玩,带着弟弟跑出来,没想到一起被拐子拐了……

"你想象不到我们在被卖来卖去时过的是什么样的日子,相比之下,在孤儿院反倒算片乐土。虽然依旧吃不饱,可再不会让人用烟头烫,用针扎……

"我真后悔啊。我毁了自己的一辈子,也毁了弟弟的一辈子,孤儿院长大的小孩儿,以后能有什么出路?餐厅服务员?出租车司机?最好也就这样了……

"但你知道我弟弟现在在哪里吗?他在美国斯坦福尼亚大学念医科……原家收养了我,却想办法把我弟弟送回了家。那时我生父濒临破产,他们帮助我父亲渡过了生意难关,我前不久又多了个妹妹……

"他们以为我早死了,他们不会再为我伤心,未来不论有没有我,我的家人都会过上幸福快乐的生活。可如果没有原家,我和我弟弟会成为一摊烂泥,也许早死在街头某场莫名其妙的械斗里了,而我生父早就崩溃跳楼,我的妹妹根本不会出生……

"我欠原家的,还不清;你背负不下的恩情,我也不行……所以,不必困扰,以后和少爷……好好地……好好地在一起……"

粗重的喘息声响在媛宸耳边,越来越沉重,无力。终于,他脚下一个趔趄,再也走不动了,一双手及时伸过来,托住了她——

媛宸下意识回过头去,就见原磊跪在地上,长长的呼吸管耷拉在地下,那头早已漆黑。这一路,他就这么吸着烟在走,他根本没有吸氧。他笑着对她摆摆手,媛宸的泪珠

如溪流般无声落下，徒劳地发出"啊啊"的声音，已说不出完整的话来……

原磊……

原磊……

原磊！

你凭什么替我去死！

死多容易啊，可还能思考、还能呼吸的那些人要承受万蚁噬心的痛！我不愿意！我不愿意！

原昆抱着她，拼命在跑，在这可怖的高温中已分不清胸前湿黏的是泪水还是汗水……

时间仿佛失去了意义，拼搏都变得麻木了，他们不知道又过了多久，又闯出了多少难关。唯一的出路在东南方向，他们走出了死亡机械制造楼，扫除了再次经过装配楼遇到的所有残留敌人，只要再踏过最前面的宿舍楼，那唯一的障碍，他们就能逃出生天。可是，当老八带着他们来到宿舍楼前，望着六七米高的冲天火焰的时候，他们就知道自己走不出去了。

他们，注定要困死在这里。

"咳咳……"原英焕咳嗽了几声，拽掉了脸上的氧气面罩，苍白的脸上挂着血珠，"放我下来吧……咱们找个地儿待会儿？"他的声音听起来有点儿虚弱，抬头对老八说。

老八的眉骨被燎伤了一大块，在火光中看着分外可怖，听到原英焕的话却是一笑，吐了口气："嗯，待会儿吧。"有种释然的解脱。

原英焕紧握着媛宸的手，老八微微搀扶着原昆，几个人相互依偎着朝来时路过的唯一幸存尚没有烧进火的石屋走去。

身后，隐约响起媛宸的母亲痛苦而绝望的哭喊："天啊，我求你下雨吧！"在这阴沉的夜里，分外凄厉。

好像还有父亲的声音："谁能救我的儿子！他是原氏企业的继承人！他是——"

似乎还有纪秀芝的声音："蠢货！你们这些蠢货！真死在里面了吗？我会骂你们一辈子的……"

她也在哭。

……

而原英焕，一步一步地，朝与出口相反的方向走去，始终紧紧拉着媛宸的手。他抛下了身后一切的亲情、友情、高官、厚禄，只为紧紧拉住身边这个人的手。如果换一

Chapter 18 新生
第十八章

个情景,换一个时间,有人突然出现在他面前,告诉他有一天他甘愿为一个女孩奉献生命,他一定嗤之以鼻。

但时光的长河中没有如果,只有注定。

十个小时前,他在枪林弹雨中迈出了那一步,宁愿烈火焚身,依然义无反顾。这绝地逼得他终于不得不痛苦地面对选择——逼得他发现,在生死一线间,他原来已经愿意陪伴这个女孩走向任何地方。

"夏嫒宸,我其实后悔了。"他捏住她的手,在自己唇边轻轻一吻,眸子里是刻骨的温柔,"我应该……自己进来找你。"

我愿陪你生陪你死,可这么多人的性命,我担负不起。

原昆笑着低下头,什么都没说。而老八,只是用力用充满灰尘烟土的大手揉了揉原英焕的脑袋……

当朝阳的第一缕光线从远方的地平线升起,与这冲天的火焰交相辉映的时候,外面有人惊诧地发现,从遥远的南方飞来了密密麻麻的黑点,像群鸟的迁徙,然后,那些黑点越来越近,越来越近!

是飞机!

无数蓝白相间标识的飞机飞到了江阳汽车制造工厂的上方,舱盖开启,雪花状的白色粉末仿佛取之不尽用之不竭一般飘洒而下!

短短一分钟,已形成遮天蔽日之势!

有警察呆呆地伸手摸上自己的帽子,手心里是白花花的,他凑近闻了,惊得结巴了:"是……是磷酸铵盐!"

再没有比这更壮观、更不可思议的事情。天空中,凭空出现了近千架高速侦察机,满载着灭火干粉而来!

这怎么可能呢?

纪维钦眼睛通红地抱住已经完全呆住的夏如萍,吼道:"嫒宸有救了!嫒宸有救了!"

而原韦德怔怔地立在距离工厂几十米外的警戒线处,手里还攥着手机,胳膊却慢慢垂下。

话筒里隐隐传来说话的声音:"喂!喂!老原,你听到没有啊?我会尽快从周边县区调剂一切消防资源……"

身后,突然响起大型运输车嗡嗡的轰鸣声,将电话里的声音完全盖住。原韦德等人

下意识朝两边退去，回过头，就见一辆比平常消防救灾车高出一倍有余的红色大卡正缓缓朝火灾点行来，而在那辆车后面，是排成一列浩浩荡荡的灭火车。

它们在阳光下晃得人几乎想要落泪。

而李钟敏正坐在第一辆车里，耳边仿佛响起了他曾经对父亲说过的话：

"在我夜夜被噩梦控制的时候，我曾多么痛恨这个世界，但今天，您不知道我有多么感激——爸爸，我会阻止她，会救下她，否则，岂不辜负了上苍对我的一番美意？"

他微微一笑，扣紧了安全帽的下环，目光凝望前方，拉起了手刹。

太阳，终于升起来了。

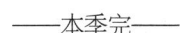

——本季完——

《赝妃传奇》

西西东东/著

真假太后 X 真假恩人　真假青梅 X 真假皇子
真假父子 X 真假龙种　真假情逝 X 真假妃嫁

唯美分享价：
25.00元/本

从乡野丫头变作宫中贵妃，
再从万千荣宠到百无一用，
为了寻找未婚夫婿，白穆一路波折，步步危机。
那年连理树下的少年，如今竟变身**少年皇帝**！
可曾经日夜相伴的他，如今却全然失忆？
突然出现的慕白，
藐视皇帝，却对白穆格外关心，
难道是因为二人名字相似，曾有渊源？
慕白想要的，可没那么简单……

这个女子，
杀过狼、说过书、中过刀，
险些葬身火海、父母含冤入狱，
凭着一手可以改变容貌的绝技，
能否得爱人真心，护亲人周全？
她的后宫险途，**分秒必争，步步惊心**！

辰荒学院的美少年
② 正统之争

美少年系列继续迸发光芒!

嫡系之争+乖乖女+黑猫助攻+神秘女孩现身,
谜团再度笼罩辰荒学院!
创学院开除历史的转校生,
天降神秘强势来客,
看不见的隐身人……
高颜值偶像和你一起闹翻奇幻学院!

精彩分享价:22.80元

精彩分享价:23.80元

柳澄收获友谊,却**失去能力**,
神秘小女孩的出现带来新的谜团,
心智异于常人的沐雪等待被唤醒……
而新人物叶云枫的出现,
使柳澄的身份遭疑,**校长被撤**,
北堂墨和夏泣初的**奇怪叛离**,
让洛水谣**彻底爆发**!
楚子巽的**投靠**,让这个奇幻的世界变得更复杂;
幸好还有**双胞胎兄弟**和向展神助攻,
以及百里澜风坚定不移的支持,
柳澄终以强劲态势,**热血狂傲杀回**学院!

哪怕身陷低潮,
美少年们也要改写异能界规则!